KB243104

변방의 노래 塞下曲

오월에도 눈 쌓인 천산엔
꽃은 없고 추위만이 있을 뿐
「절양류」 피리 소리 들려오지만
봄빛은 일찍이 찾을 길 없다
새벽에는 종과 북 따라 싸우고
밤에는 말안장 끼고 잠을 자노라면
허리에 찬 칼을 뽑아
곧바로 누란을 버런다

五月天山雪, 無花祇有寒. 笛中聞折柳, 春色未曾看.
曉戰隨金鼓, 宵眠抱玉鞍. 願將腰下劒, 直爲斬樓蘭.

삼족오
三足烏

삼족오 1
임영기 新무협 판타지 소설

초판 1쇄 찍은 날 § 2004년 9월 5일
초판 1쇄 펴낸 날 § 2004년 9월 15일

지은이 § 임영기
펴낸이 § 서경석

편집장 § 문혜영
편집 § 장상수 · 김희정 · 유경화
마케팅 § 정필 · 강양원 · 이선구 · 김규진 · 홍현경

펴낸곳 § 도서출판 청어람
등록번호 § 제1081-1-89호
등록일자 § 1999. 5. 31
어람번호 § 제2-0427호

주소 § 경기도 부천시 원미구 심곡1동 350-1 남성B/D 3F (우) 420-011
전화 § 032-656-4452 팩스 § 032-656-4453
http://www.chungeoram.com
E-mail § eoram99@chollian.net

ⓒ 임영기, 2004

ISBN 89-5831-230-0 04810
ISBN 89-5831-229-7 (SET)

삼족오

三足烏

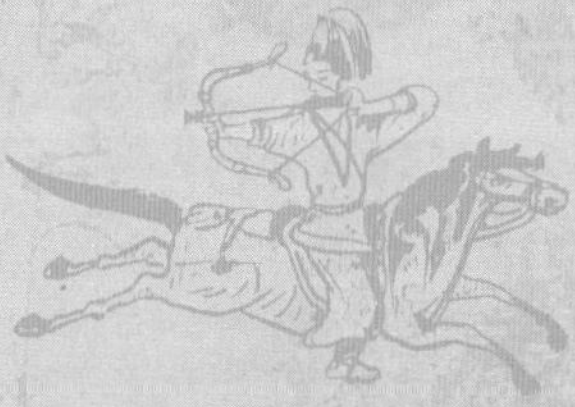

임영기 新무협 판타지 소설

도서출판
청어람

목차

〈引言〉 …… 6

第一章 생존(生存) …… 11

第二章 동행(同行) …… 31

第三章 개안(開眼) …… 57

第四章 종주(宗主) …… 81

第五章 귀성(歸城) …… 103

第六章 유화(柳花) …… 155

第七章 전투(戰鬪) …… 175

第八章 혈루(血淚) …… 203

第九章 입문(入門) …… 229

第十章 천풍(天風) …… 251

第十一章 여체(女體) …… 269

第十二章 극기(克己) …… 301

引言

　　삼족오(三足烏)는 역사(歷史)와 무협(武俠)과 영웅(英雄)들의 이야기이다.

　　나는 오래전부터 이 작품 '삼족오(三足烏)'를 구상해 오다가 오 년여 만에야 비로소 결심하고 글을 쓰기 시작했는데, 몇 달이 지나지 않아서 중국의 이른바 '동북공정(東北工程)'이라는 해괴한 짓거리를 신문지상에서 접하게 되어 묘한 기분에 사로잡혔던 적이 있었다.

　　여하튼 좋은 기분은 아니었다. 아니, 정말 더러운 기분이 돼버려서 며칠 동안 글 쓰기를 포기한 채 술만 퍼 마시면서 입만 열면 소위 '장쾌' 욕을 해댔고, 오줌은 되도록 중국 쪽을 향해서 누고, 침도 그쪽으로 뱉는 정도의 내가 할 수 있는 수준의 분풀이를 해대며 분을 삭이려 나름대로 애를 썼다.

　　그러나 나는 그리 오래 걸리지도 않아서 저들이 얼토당토않은 억지를 부리고 있는 원인이 결국 우리의 뿌리이며 우리 역사의 근저(根底)인 고구려를 제대로 지키고, 가꾸며, 만방에 알리지 못한 우리 자신에게 있다는 사실을 인정하지 않을 수 없었다.

　　나는 위정자도 아니고 역사학자는 더 더욱 아니어서 정부 차원이나 사학계의 차원에서 이 문제를 바로잡을 힘이 없다.

　　하지만 나는 글쟁이다. 그것도 아주 격조 높은 글쟁이다. 그리고 마침맞게도 '삼족오'라는 작품을 집필하고 있는 중이어서, 나는 내가 할 수 있는 방면의 글로써 고구려를 재조명하는 일에 진력하고자 한다. 이 작품으로서 중국의 동북공정이라는 것을 당장 중지시킬 수 없고, 저들의 무지몽매한 병을 완치시킬 수는 없겠지만, 그래도 최소한 우리의 고구려가 얼마나 위대했고, 우리의 역사가 또한 얼마나 장구(長久)했는지를 독자 제현들에게 고취시킬 수 있다면 그로써 족하다.

‘삼족오’는 단지 고대 신화에 나오는 세 발 달린 까마귀이고, 그 새가 해를 동쪽에서 서쪽으로 날랐다고 전해지는 태양조(太陽鳥)이며, 그것은 곧 태양을 상징한다라고 간단하게 치부하는 것과 삼족오의 신화가 고구려의 것만이 아닌, 고대 동북아시아 공통의 태양 숭배 사상이라고 일축하는 여러 사학자의 이치에 맞지 않는 어수룩한 논문이나 주장은 삼족오에 대한 지나친 이해 부족이며 무지의 소산이라고 나는 감히 일축하고 싶다.

그런데 그들이 내세우는 그 무지한 논거(論據)에 또한 가장 기본적인 의문이며 답이 동시에 담겨 있다는 사실은 또한 묘한 아이러니이기도 하다.

왜 고래(古來)로 중국을 제외한 동북아시아 제국(諸國)들은 약간의 미미한 차이만이 있을 뿐인 ‘삼족오—태양조—태양신—태양 숭배’로 이어지는 거의 유사한 신화관(神話觀)과 숭배 의식을 갖고 있는 것일까. 그것은 어쩌면 이스라엘에 근원을 둔 기독교나 카톨릭, 그리고 인도에서 발생한 불교와 아랍에서 시작된 이슬람이 누천년 동안 전 세계로 퍼져나가 수많은 갈래와 지파로 나뉘었어도 그 근간은 언제나 변함없다는 이치와 같지 않겠는가.

바로 그렇다. 기독교와 불교, 이슬람처럼 삼족오의 기원도 오직 한곳이며 그곳이 바로 우리 한민족의 역사와 문화가 발생한 장소인 것이다.

고기(古記)에 이르기를, 옛날 환국(桓國)의 서자(庶子) 환웅(桓雄)이 나라를 세우고 싶어하자 환국의 천제이신 아버지가 그에게 아래 세상의 삼위태백(三危太白) 땅을 다스리도록 명하여 환웅은 풍백(風伯), 운사(雲師), 우사(雨師)와 더불어 무리 삼천 명을 이끌고 태백산 꼭대기 신단수 아래로 내려와 그곳을 신시(神市)라 하고 자신은 환웅천황이라 칭했다. 이후 환웅은 잠시 사람으로 화해서 곰처녀와 혼인하여 아들을 낳으니 그가 곧 단군왕검(檀君王儉)인데 후에 그가 평양성에 도읍하고 비로소 조선이라 칭했으니 바로 고조선(古朝鮮)이었다.

이것을 재해석하여, 환웅은 아버지의 나라 환국을 떠나 멀리 태백산에 왔는데 그곳에는 이미 곰을 숭상하는 부족과 호랑이를 숭상하는 부족이 그 땅을 지배하고 있었다. 그중 곰을 숭상하는 부족은 환웅에게 호의적이어서 그에게 족장의 딸, 즉 곰처녀를 주어 혼인하게 했고, 호랑이를 숭상하는 부족은 환웅에게 적대적이어서 환웅의 무력에 쫓겨나 멀리 달아났다. 그 후 환웅을 조상으로 둔 부족의 족장이 훌륭한 아들을 얻었는데 그가 곧 단군왕검인 것이다라는 것이 대체적인 정설로 이어지고 있다.

삼족오는 고구려의 뿌리인 고조선에서도 숭배되고 있었다. 그렇다면 환웅은 그 삼족오를 어디에서 가지고 온 것일까. 바로 환웅이 떠나온 아버지의 나라 환국이 삼족오의 진정한 고향이라는 것은 코흘리개라도 알 수 있을 것이다. 환국, 즉 밝은 나라이다. 그래서 환국은 한국이라고도 부른다.

한국은 아주 먼 서쪽에서 온 대부족(大部族)이 지금의 바이칼호 근처에 세운 나라인데, 중국과는 엄연히 다른 종족으로 중국을 포함한 동북아시아와 동남아시아, 심지어는 아랍과 동유럽에까지 종족과 문화를 널

리 파생시킨 본국(本國)이었다. 그런 맥락에서 보면 일본이 삼족오를 축구협회 엠블렘으로 사용하고 있는 것이 전혀 이해하지 못할 일은 아닌 것 같다.

한국으로부터 문화와 숱한 문명을 가르침받기 전의 중국은 원시 시대의 야만족에 다름 아니었다. 저 유명한 치우천황(蚩尤天皇)이나, 중국이 존경해 마지않는 삼황오제(三皇五帝)의 삼황 중에 복희씨(伏羲氏)와 신농씨(神農氏), 그리고 중국에서 불신(火神)으로 추앙받았던 염제(炎帝)가 한국의 환인이 중국에 보내어 그들을 교화토록 한 고대의 역사적 사실이 이미 정설이 되었다는 사실은 결코 간과하지 말아야 할 대목이기도 하다.

환국에서 고조선이 나왔고 다시 고구려와 고려, 조선으로 맥맥이 이어져 내려오는 우리 대한민국이 아닌가. 이럴진대, 삼족오가 순전히 우리의 것이 아니라면 대체 누구의 것이라는 말인가. 더 이상 왈기왈부하는 것 자체가 오히려 내가 '장쾌'가 되는 것 같은 지저분한 기분이 들어서 이로써 삼족오에 대한 설명을 가름할까 한다.

나는 글을 쓰는 동안 한 마리 금빛 찬란한 삼족오(三足烏)가 되어 하늘 높이 날아올라 고구려의 드넓은 요동벌에서 조국 수호의 기치 아래 당나라의 대군과 결사 항전하며 목숨을 초개처럼 버린 고구려 용사들과 그들의 선열한 피가 고구려의 땅을 적시는 것과 당군에 끌려가는 수많은 고구려 노예를 목격했으며, 멸망한 조국 고구려를 떠나 아내를 찾아서, 자유를 찾아서, 정의를 찾아서, 그리고 개국(開國)과 복국(覆國)의 일념으로, 중원 대륙 구주팔황을 주유하는 진정한 고구려의 영웅들을 내려다보왔고, 그리하여 그들의 이야기를 단숨에 써내려 갔다.

　딸깍발이의 변(辯).

　'소설을 쓰려면 경험이 필요하다. 그럼 죽음에 관한 글을 쓰려면 죽고
나서 써야 하는가?' 라고, 이십 세에 요절한 레이몽드 라디게는 「육체의
악마」에서 세상의 모든 살아 있는 작가에게 해답없는 질문을 던졌다.

　나는 그 말을 언제나 좀 지나치다 싶을 정도로 곰곰이 염두한다마는,
그 사념(死念)의 끝 자락 죽음의 문턱에서 약간은 비겁해지는 심정으로
한쪽 발을 슬며시 빼내기 일쑤다. 죽음을 묘사하기 위해서 죽을 수 있는
용기나 사명감이 솔직히 지금의 내겐 없기 때문이다.

　그러나 '글을 쓴다' 라는 행위는 내게 있어서 살아 있는 동안에는 있
지도 않은 자궁 속의 결코 태어나지 않을 태아처럼, 꼭 부여안고 있어야
할 불치병(不治病)이요, 도취임에는 분명하다.

　고로, 나는 살아 있는 한 글을 쓸 것이고, 숨을 거둘 때까지도 글을 쓰
고 있을 터이다. 그리고 죽은 다음에는 기필코 사후(死後)의 세계를 글로
써서 이승 세계에 타전함으로써 라디게의 질문에 비로소 답하고 싶다.

　삼족오를 창공에 힘차게 날려준 'B백작' 과 청어람에 감사한다.

第一章　생존(生存) ■

밤하늘에는 별이 가득해서 마치 은가루를 뿌려놓은 것 같기도 했고 달리 보면 은색의 바다 같기도 했다. 게다가 지금처럼 힘겹고 처연한 심정일 때 바라보는 밤하늘은 여느 때보다 더 시리도록 하얗게 빛나 보였다.

아마 저 밤하늘은 고향에서도 보일 것이다. 아직 고향이 무사하다면 말이다.

고연(高淵)은 초원 한복판에 큰 대 자로 사지를 벌리고 누워 밤하늘을 바라보았다.

온몸이 물을 흠뻑 먹은 솜처럼 무거웠고 뼈마디와 근육이 조각나는 듯이 쑤시고 결렸다. 특히 옆구리와 허벅지가 벌겋게 달군 인두로 지지는 것처럼 고통스러웠다.

여태까지는 상처를 자세히 살펴볼 겨를도 없었거니와 한시름 돌린 지금도 손가락 하나 움직일 힘조차 없는 상태여서 그냥 내버려 두고 있는 처지였다.

기실 그는 속히 치료하지 않는다면 죽을지도 모를 심한 상처를 옆구리에 입은 상태였다.

그것은 날카로운 창에 찔린 상처였다. 또한 칼에 베인 허벅지에서는 아직도 피가 흐르고 있었다.

그가 지금 누워 있는 대초원 한복판의 풀은 서 있으면 허리께에 이를 정도로 길고 무성해서 굳이 몸을 감추려 들지 않아도 일어서지만 않는다면 적에게 발각될 염려는 없었다.

"헉헉헉! 허억!"

고연의 가쁜 호흡은 일각(一刻:십오 분)이 지나도록 쉽사리 멈춰지지 않았다.

그는 얼마 전까지 다섯 명의 당(唐)나라 군졸과 치열한 싸움을 벌이다가 천신만고 끝에 그중 두 명을 죽이고 자신도 중상을 입어 나머지 세 명에게 쫓기면서 아마도 족히 삼십여 리는 쉬지 않고 도망쳐 온 듯했다.

그가 이 대초원의 한복판에 이르렀을 때에는 더 이상 한 걸음도 옮길 수 없을 정도로 기진맥진한 상태였다.

그래서 만약 당군(唐軍)이 이곳까지 추격해 온다면 어쩔 수 없이 이 자리에서 개죽음을 당할 수밖에 없다고 자포자기하면서 쓰러져 버리고 말았다.

금방이라도 터져 버릴 듯하던 심장도 시간이 흐를수록 진정됐고 거친 호흡도 차츰 가라앉았다.

유성 하나가 길게 꼬리를 이으면서 밤하늘을 가로질렀다.

쏴아!

초원에 밤바람이 불어오자 풀들이 일제히 누우면서 별빛을 받아 여리게 반짝이며 잔물결처럼 일렁이더니 고연의 몸을 훑고 지나갔다.

그 서늘한 바람 덕분에 고연은 어느 정도 정신을 수습할 수 있게 되었다.

이윽고 그는 조심스레 윗몸을 일으켜 보려고 했으나 옆구리가 쪼개지는 듯이 아프고 전혀 힘이 모아지지 않아서 뜻을 이루지 못했다.

고연은 몇 차례 더 몸을 일으키려고 시도해 보다가 여의치 않자 그만 포기해 버렸다.

힘들여서 일어나 앉는다고 해도 더 이상 도주할 기력이 없는 다음에야 이대로 좀 더 누워서 쉴 수 있을 때 쉬자는 쪽으로 생각을 고쳐먹은 것이다.

그러다가 고연은 그냥 이대로 잠들어 버려도 좋다는 체념 반 초조함 반의 생각으로 끝내 지니고 있던 마지막 긴장의 끈마저 놓아버리고 눈을 감았으나 어찌 된 일인지 잠이 오지 않았다.

잠을 푹 자두어야 다시 먼 길을 떠날 힘을 얻을 수 있을 테고 또한 길을 가다가 운 나쁘게 당군이라도 마주치게 된다면 목숨을 걸고 싸울 수 있을 텐데 몽연한 정신 중에서도 난감한 기분이 들었다.

원래 그가 쓰고 있던 소우관(鳥羽冠:고구려의 귀족이나 관리의 모자)은 언제 날아갔는지 사라지고 없었다. 입고 있는 옷마저 여기저기 찢어지고 베어져서 맨살이 드러났는데 옆구리와 허벅지 이외에도 여러 군데 상처를 입은 모습이라서 일견하기에도 그간의 고초가 극심했음을 쉽사리 짐작하게 했다.

오른손에는 환두대도(環頭大刀:외날의 직도인데 칼자루에 고리가 달려 있다)가 쥐어져 있고 칼날에는 피가 말라서 엉겨 붙어 있었다.

두 시진(時辰:한 시진은 두 시간) 전 황혼 무렵의 싸움에서 당군 두 명을 베고 묻힌 피였다.

고연은 어린 마음에도 칼날이 당군의 몸뚱이를 베는 순간에는 여간 통쾌하지 않았다.

'복수다!'

극도로 지치지만 않았더라도, 무술이 조금만 더 뛰어났더라도 그곳에 있던 나머지 당군 세 명마저 모조리 찌르고 베어 죽일 수 있었을 텐데 하는 마음이 들었다.

신성하고 아름다운 내 나라를 침략해서 마구잡이 살인에 약탈, 부녀자들을 겁간하는 더러운 뙤놈들. 고연은 도주하는 내내 숨이 턱까지 차면서도 삭여지지 않는 원한과 분노로 이를 부드득 부드득 갈아붙였다.

고연은 고구려(高句麗) 삼경(三京) 중 제이의 수도인 남경성(南京城:지금의 평양)을 탈출하여 염난수(鹽難水:지금의 압록강)를 건너기 전까지 다섯 명의 당군을 죽였다.

그리고 두 시진 전의 싸움에서 두 명의 당군을 더 죽였으니 도합 일곱 명을 죽인 셈이다.

아직 미완(未完)의 고연이었지만 오직 살아야 한다는 절박한 일념과 당군에 대한 누를 길 없는 증오가 그로 하여금 미친 듯이 칼을 휘두르게 했다.

지금 같은 상황이 아닌 평소였다면 그는 두 명의 당군과 맞붙어 싸워서 겨우 힘겹게 이길 수 있을 정도의 실력이다.

아직 소년 티를 벗지 못한 앳된 얼굴.

날카롭게 우뚝 솟은 콧날이 그가 결코 범상한 인물이 아니라는 것을 대변해 주는 듯했다.

어느덧 가쁜 호흡이 멈춰서 굳게 다물려 있는 입은 단아하면서도 고집스러움을 엿보이고 있다. 전체적으로 귀티가 나고 고결해 보이는 매우 영준한 용모였다.

남경성 번화가를 동무들과 함께 거닐 때면 뭇 소녀들의 시선을 한 몸에 받아서 동무들로부터 곱지 않은 질투를 받기도 하던 고연이었다.

그러나 이제 다시는 그리운 동무들과 어깨를 나란히 하고 거리낌없이 웃으면서 남경성 대로를 활보할 수 없으리라. 그리고 그 동무들 또한 두 번 다시 만날 수 없으리라.

문득 눈을 감고 있는 고연의 눈가로 자신도 모르게 눈물이 흘러내렸다. 그러더니 이를 악물었는데도 뺨이 씰룩였고 생긴 지 얼마 안 된 듯한 목젖이 격하게 오르락거렸다. 울지 않으려고 기를 쓰고 참는 모습이 역력했다.

"으흑!"

결국 고연의 악다문 입술 사이로 짧고 격한 흐느낌이 새어 나왔다. 지금 그에게 닥친 고통과 절망을 참아내기에는 그는 아직 어린 소년에 불과했다.

"으흑흑흑!"

한번 봇물처럼 터져 나온 흐느낌은 쉽사리 멈추지 않았고 오히려 기다렸다는 듯이 더욱 격렬해졌다.

"스허엉! 엉엉!"

흐느낌은 마침내 통곡으로 변했다. 눈을 감은 채 굵은 눈물을 흘리면서 목 놓아 울어댔다. 철이 들고 나서는 처음 우는 울음이다. 둑이 터지듯 한번 터진 오열은 쉽사리 그쳐지지 않았다.

"허어엉! 으헝!"

평소에 그가 이렇게 우는 것을 만약 부친이 봤더라면 아마도 그는 치도곤을 당했을 것이다.

고연은 고구려의 귀족이었다. 귀족은 어떠한 난관이 닥쳐도 약한 모습을 보인다거나 울어서는 안 된다고 엄격하게 가르침을 받아온 그였다.

하지만 그런 가르침 같은 것은 다 잊어버리고 지금 이 순간만은 펑펑 울고 싶었다. 머리 속을 텅 비우고 그저 목 놓아 울고 싶을 뿐이었다.

고구려가 멸망했다. 이 믿어지지도 믿을 수도 없는 사실을 고연이 받아들이는 데에는 꼬박 보름이나 걸렸다.

당군에게 붙잡혀 무참히 개죽음을 당하거나 노예로 끌려가지 않으려고 산지 사방으로 도망치는 고구려인들을 그의 두 눈으로 똑똑히 목격했을 때에도, 점령군으로서 기세등등하게 고구려 산하를 휘젓고 다니며 고구려의 여자라는 여자는 눈에 뜨이는 대로 모조리 겁탈하고 윤간하고, 그것도 모자라서 그녀들을 무참히 난도질해 죽이던 당군들을 보며 통한의 피눈물을 흘릴 때에도, 그 당군들과 세 차례 마주쳐서 목숨을 내놓고 사생 혈투를 벌였을 때에도 결코 받아들일 수 없었던 고구려의 멸망이었다.

그러나 이젠 믿겨졌다. 고구려는 진정 멸망한 것이다. 누가 애써 설득하지 않아도 온몸과 온 마음으로 느껴지고 깨달아졌다.

지금 그가 누워 있는 땅은 더 이상 고구려의 영토가 아니었고 그가 이고 있는 저 은색 바다의 하늘도 고구려의 하늘이 아니었다. 그것은 이제 당의 땅이고 당의 하늘이 되었다.

한순간 고연은 울음을 뚝 그쳤다. 그는 눈물 젖은 눈을 번쩍 뜨며 모든 신경을 귀로 집중시키고 호흡을 멈추었다. 온몸의 모공까지 와르르 깨어나 머리카락이 곤두서도록 긴장했다.

고연은 전혀 움직이지 않은 자세에서 조용히 오른손의 환두대도를 힘껏 움켜잡았다. 위험이 다가오고 있다고 그의 본능이 쉴 새 없이 경고하고 있었다.

사사사! 스스스!

지금 들려오는 이 풀잎의 흔들림 소리는 바람에 흔들리는 것과는 어딘가 달랐다. 바람에 흔들리는 풀잎의 소리에는 일정한 결이 있지만 이것은 그 결을 끊는 소리다.

고연은 남경성을 탈출한 보름 동안 지난 십오 년을 살아오며 익힌 학문과 무술 수련을 합친 것보다 더 많은 것을 경험하고 체득했다.

그것들은 매 순간이 실전이었다. 그리고 실전은 지금도 그의 목숨을 담보로 하여 계속 이어지고 있었다.

지금 은밀히 다가오는 자들은 아마도 자신을 추적하던 당군일 것이고, 그게 맞다면 세 명일 것이며 필경 고연의 울음소리를 듣고 접근하는 것일 게다.

'철없는 행동을 했다. 대장부가 울다니…….'

고연은 방금 전의 행동을 후회했다. 하나 후회한다고 달라지는 것은 없었다.

지금은 오직 살아야 한다는 일념뿐이다. 그는 눈도 깜빡이지 않고 그대로 누워 있었다. 어설픈 행동보다는 그 편이 훨씬 유리할 것이라고 본능이 끊임없이 속삭이며 가르쳐 주었다.

미풍이 살랑대며 머리카락을 어지러이 흩날렸다.

바식! 사식! 쓰사삭!

풀잎 스치는 소리가 세 방향에서 들려왔다. 삼 장 이내의 거리였고 세 명이었다. 역시 추적하던 세 명의 당군이 틀림없는 것 같았다.

고연은 다시 한 번 힘주어 환두대도를 움켜잡았다. 가장 먼저 달려드는 놈을 죽인다. 그럼 두 명이 남는다. 그 다음에는… 다음에는…….

거기까진 생각하지 않았다. 현재 그의 몸 상태로는 최초에 달려드는 놈을 죽일 수만 있으면 그것만으로도 다행이다. 그만큼 그는 초주검 상태였다. 그러나 역시 최선은 생존이다.

파앗!

순간 하나의 검은 인영이 왼쪽 풀숲에서 튀어나왔는데 손에는 폭이 넓적하고 완만하게 휘어진 도가 쥐어져 있었다. 칼날이 별빛을 받아 섬뜩하게 빛났다. 당군이 사용하는 흔한 청룡도(靑龍刀)였다.

고연의 눈이 가느다랗게 떠지며 어금니가 악물어졌다.

휘익!

검은 인영은 일순간 몸이 허공에 뜬 상태에서 아래쪽에 누워 있는 고연을 향해 도를 맹렬히 그어 내렸다. 칼날이 귀기스럽게 더욱 빛났다.

슉!

고연은 자신의 몸 위에 떠서 일순간 정지한 듯한 검은 인영의 상체 한복판을 겨냥하고 두 손으로 움켜잡은 환두대도를 힘껏 찔러 올렸다. 혼신의 힘을 다한 일도였다.

푹!

"컥!"

칼이 호박을 찔렀을 때와 같은 음향이 터지며 칼을 쥔 고연의 두 손으로 묵직한 느낌이 전해졌다.

그리고 짜릿한 쾌감이 덤으로 느껴졌다. 그 직후에 검은 인영의 쥐어짜는 듯한 신음성이 터졌다.

칼에 찔린 검은 인영이 공교롭게도 고연의 몸 위로 덮치듯이 떨어져 내려 고연은 답답한 신음을 내뱉었다.

털썩!

"흑!"

역시 검은 인영은 당군이었다. 당나라 군졸의 전형적인 옷차림에 둥글게 챙이 달린 납작한 모자를 쓰고 팔자수염을 기른 넓적한 얼굴의 삼십 대 중반의 얼굴이 자신의 죽음이 믿을 수 없다는 듯 눈을 부릅뜬 채 고연의 몸 위에서 그를 쏘아보고 있었다.

전쟁이 아니었다면 당나라의 어느 이름 모를 산촌에서 낮에는 열심히 흙과 더불어 농사를 짓고 저녁 밥상에서는 아내와 함께 아이들의 재롱을 보며 흐뭇하게 미소 짓고 있을 평범한 당나라 백성의 얼굴이 거기에 있었다.

그러나 고연은 그 얼굴을 보자 다시금 분노가 치밀었다. 오합지졸 당군과 배신자 신라군(新羅軍)의 연합군에 고구려의 왕이 머물던 남경성이 함락됐다.

도합 일곱 차례의 대공격에도 끄떡없던 남경성이 여덟 번째 대공격을 견디지 못하고 결국 속절없이 무너지고 말았다.

고연은 목에서 끄르륵 소리를 내며 숨이 넘어가고 있는 당군을 무섭게 쏘아보았다.

죽어라! 어서 죽어라, 이 더러운 뙤놈아! 그 더러운 피를 이곳 이름 모를 요동 땅에 뿌리거라! 적시거라! 사죄하거라! 음험하고 야비하며 탐욕스러운 당의 황제를 모시는 너, 당의 군졸이여! 이곳에 죽어 몸이 썩어지면 비로소 내 나라의 먼저 가신 원혼에게 돈수백배 사죄하거라!

푸욱!

고연은 환두대도에 힘을 주어 디욱 깊숙이 당군의 가슴속으로 칼날을 찔러 넣었다.

"끄으으……"

당군의 몸이 푸들푸들 격렬하게 떨리고 있는 것이 고연의 몸으로 고스란히 전해졌다.

휙! 휘익!

그때 고연의 좌우 양쪽 풀숲에서 각각 한 명씩의 당군이 튀어나와 곧장 고연을 공격해 왔다.

고연은 다급해졌다.

그러나 죽어가는 당군이 고연보다 절반은 더 무거운 체중으로 누르고 있어서 옴짝달싹할 수 없는 처지였기에 반격은커녕 피할 수도 없는 절박한 상황이었다.

두 명의 당군이 고연을 향해 곧장 도를 휘둘러 왔다. 도광이 흡사 귀신이 노려보는 매서운 눈초리처럼 번뜩였다.

휙!

고연은 있는 힘껏 옆쪽으로 몸을 굴려 누르고 있던 당군의 몸 아래에서 간신히 빠져나왔다.

팍! 푹!

두 명의 당군이 휘두른 두 자루의 칼날이 엎어져 있는 당군의 몸을 베고 찔렀다. 그것으로 그는 완전히 숨이 끊어졌다.

죽은 채 엎어져 있는 당군의 등 한복판으로 환두대도의 칼날이 두 뼘이나 길게 삐져 나와 반짝이고 있는 게 고연의 눈에 띄었다.

'아차!'

피하기에 급급해서 환두대도를 놓아버린 것이다. 아니, 칼을 놓지 않았다면 죽어가는 당군의 몸 아래에서 빠져나올 수도 없었을 것이다. 칼이 죽은 당군의 몸을 관통하고 있었기 때문이다.

휙휙!

일격을 실패한 두 명의 당군이 재차 득달같이 고연을 향해 덮쳐 왔다. 이를 드러내고 적의를 내뿜는 당군의 얼굴이 얼핏 보였다.

고연은 상체를 일으키고 엉거주춤한 자세로 그들을 쳐다봤다. 칼도 없었지만 움직일 기력도 없었다. 이제야말로 꼼짝없이 당할 수밖에 없는 상황이었다.

쉬익! 쉭!

고연은 자신을 향해 베어오는 두 자루 칼을 망연히 쳐다보고만 있었다. 그 짧은 순간이 마치 억겁처럼 여겨졌다. 아버님, 어머님, 누이동생예(芮)의 얼굴이 주마등처럼 스쳐 지나갔다. 그리고 하나의 얼굴이 마지막으로 떠올랐다.

그 얼굴이 떠오른 것은 전혀 예기치 않은 일이었다. 이승에서의 마지막 순간에 그녀의 얼굴이 떠올랐는데 그 얼굴은 부모님과 누이동생의 얼굴처럼 금세 사라지지도 않았다.

유화(柳花)라고 했던가?

햇살처럼 눈부신 용태였다.

고연 자신을 포함하여 동문수학하던 태학(太學)의 모든 동무가 여신처럼 여기며 감히 근접도 못하고 말도 못 붙이던 소녀의 얼굴이기도 했다.

하나 그들 중에서 그녀에게 가장 가깝게 다가갔던 소년이 바로 고연이었다. 태학의 숱한 소년의 시선을 한 몸에 받은 채 연무장의 넓은 마당을 가로질러 구름 위를 걷듯 사뿐사뿐 걸어가던 소녀.

그녀가 극심한 수줍음에 당황하다가 넘어지지 않았었다면 그녀를 그토록 가까이에서 볼 수 있는 기회도, 그녀의 몸에서 은은히 풍겨지던 난향(蘭香)을 맡을 기회도, 부축해서 일으키며 그녀의 여린 이깨와 건드리기만 해도 닳아버릴 듯하던 부드러운 살결도 고연은 정녕코 느껴보지 못했을 것이다.

그때는 정말 머리가 텅 비어 몽연한 상태여서 고맙다는 인사를 남긴 채 총총히 사라져 가는 그녀를 멀거니 쳐다보고만 있었던 고연이다.

동무들이 벌 떼처럼 달려와 가까이에서 본 그녀의 얼굴이 어떻더냐고, 기분은 어떠냐고 아우성치듯 물어도 아무런 대답도 하지 못했다. 그녀의 얼굴 생김은 물론 방금 전에 무슨 일이 있었는지조차 도무지 기억나지 않았기 때문이었다.

그런데 지금 그녀 유화의 얼굴이 너무도 선연히 떠오른 것이다. 게다가 코끝을 은은히 자극하던 난향까지.

　"소녀의 이름은 유화예요."

　그런데 이제야 그때 그녀가 했던 말이 방금 전에 들었던 말처럼 또렷하게 기억 속에서 되살아났다.
　그래, 그녀는 그렇게 말했었다. 부축해 줘서 고맙다는 인사가 아니라 자신의 이름이 유화라고 고연에게 가르쳐 주었던 것이다.
　왜 그랬을까? 어째서 그녀는 자신의 이름을 고연에게 선뜻 말해 주었을까?
　그 당시의 그녀는 머지않아서 고구려의 온 백성을 굽어보는 어마어마한 신분이 될 터였는데…….
　쐐액! 쐐액!
　난향이 좀 더 진해졌다고 여긴 순간 두 자루 칼이 고연의 몸을 향해 무섭게 그어져 내렸다.
　고연은 미소 지었다. 죽기 직전에 유화의 눈부신 용태를 볼 수 있던 것은 행운이었다.
　남경성의 함락과 함께 그녀도 죽었을 것이다. 죽은 그녀의 영혼이 고연을 맞이하러 온 것일 게다.
　유화가 자신에게 손을 내미는 듯한 느낌을 받아서 고연은 그녀의 손을 마주 잡을 양으로 손을 내밀었다.
　쿵쿵!
　둔탁한 음향과 함께 방금 전까지만 해도 고연을 향해 칼을 휘두르며 덮쳐 오던 두 명의 당군이 고연의 눈앞에서 썩은 짚단처럼 나뒹굴었다.

고연이 상념에서 깨어나 크게 놀란 얼굴로 쳐다보니 쓰러져 있는 두 명의 당군 등 한복판에는 각각 화살이 깊숙이 꽂혀 있었다.

당군의 등에 화살이 깃만 남기고 꽂혀 있는 것으로 미루어 활을 쏜 사람은 대단한 힘의 소유자가 분명할 것 같았다.

두 명의 당군은 몸을 격렬하게 떨며 이승과 저승의 문턱을 넘지 않으려고 버둥거렸다. 하나 그 떨림도 잠시 후에는 완전히 멈췄고 이내 조용해졌다.

사사사…….

다시 초원의 미풍이 불어오며 풀들이 눕는 소리와 별빛이 풀 위에 떨어져 부서지며 이리저리 흩어지는 소리가 들려왔다.

고연은 활을 쏜 사람을 찾으려고 주위를 둘러보았지만 아무도 보이지 않았다.

'누가 이들을 죽였을까?

그때 그의 의문에 대답이라도 하는 듯 바람을 타고 한쪽 방향에서 두 사람의 말소리가 들려왔다.

"혹시 고구려 사람을 쏜 게 아닐까?"

"이 야밤에 이런 곳에 고구려 사람이 왜 있겠어? 오빠도 참!"

"하긴 그래. 그런데 누굴까? 칼로 누굴 죽이려던 것 같았는데……."

"뙤놈들 아니면 비적(匪賊)일 거야! 난 뙤놈들을 죽인 거였으면 더 좋겠어! 망할 놈의 뙤놈들! 흥!"

사삭바삭.

가까이 다가오며 풀을 헤치는 소리가 들려왔다. 두 사람의 대화로 미루어 그들은 남녀였고 여자는 앳된 소녀인 것 같았다. 남자도 굵은 목소리이긴 했지만 어른은 아닌 것 같았는데 뙤놈, 즉 당군을 아주 싫어하는 것 같았다.

고연은 일단 안심했다. 뛰놈을 싫어한다면 최소한 적은 아닌 듯싶어서였다.

잠시 후 고연은 눈앞에 서 있는 일남일녀를 적잖이 놀라며 쳐다보았다.

남자는 십칠팔 세가량의 소년으로 고연보다 머리 하나는 더 커 보였는데 덩치도 어른보다 더 커서 체중만으로도 고연의 두 배는 될 듯 우람했다.

그는 곰 가죽으로 만든 옷을 입고 있었고 역시 곰 가죽의 약간 커다란 행낭을 메고 있었으며 마치 철탑이 버티고 서 있는 것 같은 모습이었는데 어깨에 한 자루 장검을 메고 있는 게 보였다.

여자는 십이삼 세가량의 아주 어린 소녀였는데 머리를 두 갈래로 가지런히 땋아서 묶었고 동그란 얼굴에 눈이 커다랗고 입이 작은 귀엽고 예쁜 용모였다.

소녀는 표범 가죽으로 만든 옷을 입었고 역시 표범 가죽으로 만든 작은 행낭을 메고 있었으며 오른쪽 어깨에는 보통의 장검보다 약간 작은 검을 묶고 있었다. 그리고 왼쪽 어깨에는 전통(箭筒:화살통)을 메었고 왼손에는 보통의 활보다 약간 작은 활을 쥐고 있었다.

소년의 덩치가 너무 컸기에 그 나이에 어울리는 보통의 체구를 지닌 소녀의 키는 소년의 가슴께에도 못미쳤다.

두 사람이 짐승 가죽옷을 입고 있는 것으로 미루어 그들은 산에서 생활하는 산사람일 거라고 고연은 나름대로 생각했다.

덩치 큰 소년과 소녀는 그 자리에 못 박힌 듯 서서 주저앉아 있는 고연을 적잖이 놀라며 빤히 쳐다보고 있었다. 이런 야밤의 대초원 한가운데에 고연 같은 미소년이 있다는 사실은 두 사람이 놀라기에 충분했을 것이다.

고연은 조금 전에 죽인 당군이 흘린 피를 온몸에 흠뻑 뒤집어썼기 때문에 혈귀 같은 섬뜩한 모습이었다. 그러나 얼굴에는 피가 묻지 않았으므로 그의 준수한 용모가 감춰지지 않았다.

놀라기는 고연도 마찬가지였다.

어린 소녀가 활을 들고 있는 모습은 방금 전에 두 명의 당군이 화살을 맞고 죽은 것이 그녀의 솜씨라고 말해 주고 있었다. 그것이 고연을 놀라게 했다.

'저렇게 어린 소녀가……'

당군의 등에 박힌 화살이 깃대만 남았던 것으로 미루어 활을 쏜 사람이 거력의 소유자일 것이라고 짐작했던 고연이다. 그런데 자기보다 두세 살은 어려 보이는 데다가 연약해 보이기까지 하는 소녀였다니…….

"넌 누구지? 고구려인이냐?"

먼저 입을 연 것은 소녀였다. 적의는 없었지만 쇳소리가 약간 섞인 카랑카랑하며 상대를 깔보는 듯한 음성이었다.

"응."

고연은 이끌리듯 대답했다.

소녀는 마치 심문하듯 캐물었다.

"이런 곳에서 뭘 하고 있었지?"

"당군에게 추적을 당했어."

고연은 목숨을 구함받은 것에 대한 보답이라도 하려는 듯 꼬박꼬박 조용히 대답했다.

소녀는 집요했다.

"왜 뙤놈들의 추적을 받았는데?"

그때 덩치 큰 소년이 끼어들었다.

"상(祥)아, 뙤놈들이 무슨 이유가 있어서 고구려 사람들을 죽이고 쫓는다던?"

"하긴 고구려군 패잔병을 토벌하든가 고구려인을 닥치는 대로 잡아서 노예로 끌어가려고 혈안이 돼 있는 놈이니까. 쳐 죽일 놈들!"

소녀가 이마를 좁히며 차갑게 내뱉었다.

고연을 굽어보던 덩치 큰 소년의 눈이 놀라듯 가벼이 빛났다.

"너, 다쳤구나?"

음성에 걱정하는 기색이 역력했다.

고연은 울컥하고 감정이 조금 격해졌다. 따스한 말 한마디가 이토록 정겨울 줄은 몰랐다.

덩치 큰 소년은 고연의 격동하는 표정을 경계하는 기색으로 오해했는지 한층 더 부드럽게 말했다.

"걱정 마. 우리도 고구려인이야."

고연은 자신의 환두대도를 꽂은 채 죽어 있는 당군을 쳐다봤다.

덩치 큰 소년은 고연의 뜻을 알아차린 듯 즉시 당군의 몸을 발로 차서 젖혔다.

그가 시체의 심장 한복판에 정확하게 꽂혀 있는 고연의 환두대도를 뽑자 피가 푹 하고 분수처럼 솟구쳤다.

"가자! 이런 곳에서 어물거리다간 자칫 뙤놈들에게 들켜서 골치 아픈 일이 생길지도 몰라!"

덩치 큰 소년은 고연의 대답은 기다리지도 않은 채 그를 가볍게 들어 올려 두 팔로 안고 당군의 시체에서 화살을 뽑고 있는 소녀에게 말했다.

'어… 디로 가지?'

고연은 그렇게 묻고 싶은 말을 그냥 삼켜 버렸다.

어딘들 어떠랴? 이들도 나와 같은 고구려인이 아닌가!

그리고 정말 믿을 수 없게도 고연은 덩치 큰 소년의 품에 안겨 그가 걸음을 옮기자마자 그대로 죽음처럼 깊은 잠에 빠져들었다.

第二章　동행(同行) ■

고연이 깨어나서 가장 먼저 본 것은 쏟아지듯 부서지는 눈부신 햇살이었다. 그는 눈이 부셔서 다시 눈을 감았다가 잠시 후에 조심스럽게 다시 눈을 떴다.

그는 자신이 푹신한 풀 더미에 반듯하게 누워 있는 것을 깨달았다. 그의 옆에는 자신의 피 묻은 환두대도가 놓여 있었고 약간 떨어진 옆쪽에는 덩치 큰 소년과 소녀가 흙벽을 등지고 결가부좌의 자세로 나란히 앉아서 지그시 눈을 감고 있는 게 보였다.

'자는 건가?'

자는 것 같지는 않았다. 고연의 상식으로는 저런 부처님 같은 자세로는 잠을 잘 수 없었다.

덩치 큰 소년과 소녀는 요지부동, 꼼짝도 하지 않았다. 천둥이 쳐도 끄덕하지 않을 자세였고 분위기였다.

고연은 푹 잤기 때문인지 정신이 매우 맑았다. 그때 그는 한 가지 이상한 점을 느꼈다. 잠들기 전까지만 해도 온몸이 참기 어려울 정도로 쑤시고 아팠는데 지금은 조금도 아프지 않을뿐더러 심신이 날아갈 듯 상쾌하기까지 한 것이다.

게다가 옆구리와 허벅지의 격렬한 통증도 거의 사라졌고 미미하게 쿡쿡 쑤시는 정도의 미통만이 느껴질 뿐이었다.

고연은 시험 삼아서 조심스럽게 상체를 일으켜 보았다. 옆구리가 약간 쑤시는 듯했지만 참기 어려울 정도는 아니어서 쉽사리 일어나 앉을 수 있었다.

고연은 앉은 후에 주위를 둘러보고서야 이곳이 강변의 가파른 언덕 위쪽의 안으로 약간 움푹 패어진 구덩이 안이라는 사실을 깨달을 수 있었다. 강물까진 내리막이었는데 오 장여의 거리였고 구덩이의 천장 때문에 보이진 않았지만 그 위로는 강둑이 있을 것이라고 짐작할 수 있었다.

구덩이 바닥은 평평했고 폭이 일 장(丈:약3.3m)에 깊이도 일 장쯤 됐기에 세 사람이 운신하기에는 그다지 좁지 않은 공간이었다.

게다가 만약 당군이 강둑 위에서 아래쪽을 굽어본다고 하더라도 구덩이를 찾아내기란 여간해서는 어려울 듯했다.

고연은 자신의 옆구리 상처를 살펴볼 생각에 몸을 굽혀 굽어보다가 자신이 덩치 큰 소년처럼 곰 가죽의 옷으로 갈아입혀져 있는 것을 발견했다. 아마도 피 묻은 옷을 벗기고 갈아입힌 것 같았다.

당군의 칼에 찔렸던 옆구리의 상처에는 이름을 알 수 없는 으깬 약초가 적당하게 붙여져 있었는데 약초에서 상처로 써늘하면서도 상쾌한 기운이 전해지는 것이 느껴졌다.

칼에 찔리는 순간 결코 가볍지 않은 상처라고 직감했었는데 지금은 거의 통증을 느낄 수도 없다니 무슨 약초인지 신기하기 짝이 없었다.

"다행이야. 칼이 내장을 살짝 비껴 찔렀어. 한 치만 옆으로 찔렀어도
창자가 끊어졌을 거야. 그랬으면 무척 고생했겠지. 어쩌면 그것 때문에
죽었을 수도 있고."

언제 눈을 떴는지 덩치 큰 소년이 옆구리의 상처를 살펴보고 있는 고
연에게 조용히 설명했다.

고연은 나쁜 짓을 하다가 들킨 아이처럼 가볍게 얼굴을 붉히며 그를
쳐다봤다.

두 사람의 눈빛이 마주쳤다. 덩치 큰 소년의 눈빛은 아주 선해서 보는
이로 하여금 마음을 편안하게 만들었다. '걱정 마. 모든 게 잘될 거야' 라
고 그 눈빛이 말하는 것 같았다.

고연은 덩치 큰 소년을 보며 담담히 미소 지었다. '고마워' 라고 고연
의 미소가 대답했다.

"난 우태(禹太)야. 너는?"

덩치 큰 소년 우태가 방금 전보다 더 편안한 미소를 지어 보이며 말했
다.

"고연."

고연은 마음이 더욱 편해지는 것을 느끼며 대답했다.

"얘는 내 동생인데 우상(禹祥)이야."

"뭐야, 오빠? 누가 내 이름을 함부로 말하랬어?"

우태가 소녀를 가리키면서 말하는데 소녀 우상은 언제 눈을 떴는지 발
끈해서 소리치며 우태를 하얗게 흘겼다.

우태가 어른스럽게 껄껄 웃으면서 고연에게 말했다.

"상아는 원래 암팡진 성격이니까 네가 이해해라."

"암팡은 무슨? 내가 여우야, 암팡지게?"

우상이 입술을 삐죽이며 영 못마땅하다는 표정을 지었다.

"어디 상처 좀 볼까?"

우태가 고연에게 바짝 다가앉았다.

"앞으로 움직이는 데에는 별 지장 없겠어. 아마 약초를 서너 번쯤 더 바르면 깨끗이 나을 거야."

우태가 고연의 옆구리와 허벅지의 상처를 꼼꼼하게 살피면서 자세히 설명하자 고연은 놀라는 표정을 지었다.

"바보야! 그건 백두산(白頭山)의 아주 높은 곳에서만 자라는 희귀한 약초인 심령초(心靈草)에 다섯 가지 약초를 더 섞어서 정성껏 만든 아주 귀한 약이야!"

우상이 정말 바보에게 하듯 눈을 내리깔고 훈계조로 말했다.

"우리에게도 얼마 남지 않은 약초인데 바보 같은 오빠가 아무에게나 발라주다니……"

"상아, 고연은 아무나가 아냐. 우리와 같은 고구려인이잖니?"

"흥! 고구려인은 무슨 말라죽을!"

우상은 뭐에 심사가 뒤틀려도 단단히 뒤틀린 듯했다. 그리고 그 다음에 튀어나온 그녀의 날카로운 말에 고연은 착잡한 심정이 되었다.

"고구려는 이제 없어졌어! 몇날 며칠 말을 타고 달려도 끝이 보이지 않는 광활한 영토를 지녔던 대고구려는 영원히 사라졌다구! 바보 멍청이 같은 귀족들이 고구려를 거덜낸 거야!"

고연은 착잡한 표정으로 우상을 쳐다봤다.

어린 소녀인 우상의 입에서 그런 말이 쏟아져 나올 줄은 미처 예상치 못했다.

우상은 그래도 분이 풀리지 않는 듯 여전히 쌔근거렸다. 그 옆에서 우태는 씁쓸한 표정을 짓고 있을 뿐 입을 열진 않았다.

"귀족들이 나라를 망쳤어. 아버님께서 그렇게 말씀하셨고 나도 그렇게 생각해. 아버님 말씀을 오빠도 들었잖아. 우리가 이렇게 떠돌아다니게 된 것도 다 귀족들 탓이야……."

우상의 마지막 말은 거의 울음에 묻혀서 우물거리는 소리로 들렸지만 고연은 분명히 알아들을 수 있었다. 귀족이 고구려를 멸망시켰다. 당나라도 신라도 아닌 고구려의 귀족이 자신의 나라를 멸망시킨 것이다.

우상의 하소연이 아니더라도 그것은 고연 자신도 뼈저리게 통감하고 있는 터였다. 그래, 맞다. 고구려는 귀족들이 망쳐 놨다.

아니, 더 정확히 말하자면 고구려의 절대 권력자였던 연개소문(淵蓋蘇文) 대막리지(大莫離支)의 아들들의 권력 싸움이 결정적으로 고구려를 망쳤다고 할 수 있었다.

연개소문의 죽음 이후 권력 다툼이 치열했는데 그 와중에서도 연개소문의 차남 연남건(淵男建)이 장남이며 자신의 친형인 연남생(淵男生)을 축출하고 연남생의 아들 연헌충(淵獻忠)을 죽인 후 스스로 막리지(莫離支:재상)의 자리에 올랐다.

이에 격분한 연남생은 당나라로 피신했다가 당의 행군대총관(行軍大總管) 이적(李勣)과 함께 대군을 이끌고 고구려를 침공한 사건이 기폭제가 되어 결국 고구려는 당군 오십만, 신라군 이십칠만의 나당연합군(羅唐聯合軍)에 의해 괴멸하고 말았던 것이다.

그로써 장구한 구백 년 이십팔대 왕조(王朝)의 대고구려는 역사 속으로 영원히 사라져 버렸다.

"흑흑흑… 엉엉!"

흐느끼던 우상은 어느덧 목 놓아 울기 시작했는데 우태는 안쓰러운 표정으로 그녀를 지켜볼 뿐 애써 달래려고 하지 않았다.

'그래, 오래 참았다, 상아. 실컷 울어라.'

우태는 누이동생의 우는 소리를 들으며 강물 위로 시선을 던졌다.

"너, 갑자기 왜 이러는 거야?"

우태는 우상의 울음 섞여 놀라는 듯한 음성에 뒤돌아보다가 흠칫 놀라고 말았다. 고연이 두 사람을 향해 단정히 무릎 꿇은 채 고개를 떨구고 있기 때문이었다.

"용서하시오."

고연은 차마 고개를 들지 못하고 쥐어짜듯 겨우 입을 열었다.

우태와 우상은 크게 놀랐다. 고연의 행동을 이해할 수 없다는 표정이었다.

우태가 급히 고연을 부축했다.

"이러지 마라. 아직 몸도 성치 않은데."

고연은 꼼짝하지 않고 고개를 숙인 채 다시 말했다.

"나는 황부(皇部) 사람이오."

순간 우태와 우상의 얼굴에 믿을 수 없다는 듯한 불신 섞인 놀라움이 가득 떠올랐다.

두 사람은 놀란 얼굴로 한참 동안 말을 잃고 있다가 우태가 조심스레 입을 열었다.

"정말… 왕족 계루부(桂婁部) 가문 분입니까?"

우태는 어느새 말투도 공경하게 변해 있었다.

고연은 이들에게만은 자신의 신분을 속이고 싶지 않았다. 설사 고구려의 멸망 때문에 격분해 있는 이들 남매의 손에 죽임을 당한다고 해도 순순히 받아들일 작정이었다.

"그렇소. 보장왕(寶藏王:고구려의 마지막 이십팔대 왕)께서 나의 백부이시오."

우태와 우상의 얼굴에 방금 전보다 더한 극도의 놀라움이 가득 떠올랐다.

"천민 우태가 태대형(太大兄)을 뵈옵니다!"

고연은 우렁찬 외침 소리에 놀라서 고개를 들었다가 자신의 바로 앞에 우태가 무릎을 꿇고 납작하게 부복하여 머리를 바닥에 잔뜩 조아리고 있는 것을 발견하곤 더욱 놀라고 말았다.

고연은 급히 우태를 일으키려 하였다.

"왜, 왜 이러시오? 나는 더 이상 태대형이 아니오!"

"당신 자신이 고구려인이라는 사실을 부인하시는 겁니까?"

우태는 머리를 조아린 채 또렷한 음성으로 읊조렸다.

고연은 조용히 대답했다.

"아니오. 비록 나라를 잃었으나 나는 죽는 날까지 고구려인이오. 내 몸속에는 태조이신 고주몽(高朱蒙)의 피가 흐르고 있소!"

"소인 역시 죽는 순간까지 고구려인일 것입니다. 그러므로 당신은 여전히 태대형이십니다."

"글쎄 나는……."

"당신이 황부 계루부의 왕족이며 태대형의 신분이라는 것을 부인하는 순간 소인 역시 더 이상 고구려인이 아닌 게 됩니다."

고연은 우직한 우태의 주장에 할 말을 잃고 말았다.

억지스럽기까지 한 그의 말이 어쩌면 옳을지도 모른다. 고구려인으로 태어났으니 고구려인으로 살다가 죽어야 한다는.

아니, 그의 말은 옳았다. 고구려가 멸망했어도, 나라를 잃어 갈 곳이 없어졌어도 고연은, 그리고 우태와 우상은 분명한 고구려인이었다.

기실 태대형의 신분이라는 것은 평소였다면 우태와 같은 백성이 감히 쳐다볼 수조차 없는 엄청난 지위였다.

고구려에는 도합 오부(五部)의 귀족 가문이 있었다.

즉, 왕족인 황부를 중심으로 동부(東部), 남부(南部), 서부(西部), 북부

(北部)가 그것이며 각 가문의 수장(首長)은 대가(大加), 혹은 대대로(大對盧)라 불리웠고 왕실이나 정사에 깊숙이 관여하였으며 오부 중 가장 막강한 영향력을 행사하는 가문의 대대로가 재상(宰相) 격인 막리지가 되었다.

황부인 계루부의 대가는 고구려 왕의 형제의 신분으로서 따로 고추가(古雛加)라는 칭호로 불리우며 막강한 권력을 행사했다.

그리고 대대로 바로 아래가 태대형인 것이다. 오부 가문의 두 번째 지위로써 통상적으로 대대로의 후계자인 장자(長子)가 임명된다.

그 아래로는 울절(鬱折), 태대사자(太大使者), 조의두대형(早衣頭大兄), 대사자(大使者), 발위사자(拔位使者), 소형(小兄), 제형(諸兄), 과절(過節), 부절(不節), 선인(先人)의 도합 열두 단계의 지위가 망라되어 있다.

또한 고구려의 거대한 영토는 오부가 나누어 지배했는데 이때에는 대대로가 가장 큰 대성(大城)의 성주, 즉 욕살(褥薩)이 되고 그 아래 중성(中城)의 성주가 처려근지(處閭近支), 소성(小城)의 성주를 도사(道使), 혹은 누초(累肖)라고 칭했다.

고구려 오부의 원래 명칭은 황부가 계루부, 왕비를 배출하는 북부가 절노부(絶奴部), 남부는 관노부(灌奴部), 서부는 소노부(消奴部), 동부는 순노부(順奴部)였는데 연개소문은 순노부의 대가였다.

고구려가 멸망하기 전까지 수십 년간은 순노부의 대대로인 연개소문이 왕 이상의 무소불위의 권력을 휘둘렀으며 왕을 마음대로 퇴위시키고 즉위시키기도 할 정도였다.

고연은 황부 계루부의 제이인자인 태대형의 신분이었다. 이런 엄청난 지위의 고연이었으니 어찌 우태가 그의 앞에서 고개조차 마음대로 들 수 있겠는가?

하나 그 지위는 멸망한 고구려의 지위인 것이다. 더 이상 어느 누구도 알아주지 않는.

그러나 늠름하게 앉아 있는 고연의 전신에서는 감히 범접하기 어려운 위엄이 파도처럼 흘러나왔다.

그것은 그가 일부러 뿜어내는 것이 아니라 자연적으로 형성된 것이었다. 선천적인 면도 없지 않겠으나 태어나면서부터 오늘날까지 왕족으로서의 엄격한 수련을 혹독하게 받아온 때문이었다.

투덜거리며 쌀쌀맞던 우상마저도 그런 고연을 바라보는 중에 자신도 모르게 경건한 마음이 되었으며 우태는 살며시 고개를 들고 고연을 보다가 압도된 듯한 표정으로 다시금 황망히 고개를 숙였다.

오랜 침묵을 깬 사람은 고연이었다.

"형씨는 내 목숨을 구해준 은인이오."

"백성이 왕족을 보호하고 구하는 것은 당연한 일입니다. 백성은 왕족의 견마(犬馬)에 다름 아닙니다."

우태는 물러서지 않았다.

고연은 착잡했다.

고구려가 멸망한 데에는 비록 정치 일선에는 참여한 적이 없었지만 귀족이며 왕족인 자신에게도 얼마간의 책임이 있다고 자책하고 있던 고연이었다.

그러던 중에 우태의 각듯한 예의는 불편함을 넘어서 가시방석에 앉은 것 같은 기분으로 고연을 옥죄어왔다.

"상아, 뭘 하느냐? 어서 태대형께 예를 갖추지 못하겠느냐?"

우태는 한술 더 떠서 멀뚱히 서 있는 우상을 나무라기까지 했다.

하지만 우상은 선 채 고연을 주시할 뿐 예를 갖추지 않았다. 그녀의 눈빛은 몹시 복잡했다. 어린 소녀였지만 여러 가지 생각이 교차하고 있는 게 분명했다.

우태는 그런 우상을 보면서 당황해하며 난감한 표정을 지었다.

"이 아이가 정녕 혼이 나야겠구나!"

우태가 정말 우상을 혼낼 기세로 나직이 꾸짖을 때 고연이 불쑥 일어서며 말했다.

"아무래도 내가 떠나야 할 모양이오."

우태와 우상은 깜짝 놀랐다.

"윽!"

고연은 가벼운 신음을 흘리며 옆구리를 감싸 쥐었다. 앉아 있을 땐 몰랐는데 막상 일어서자 옆구리로 불로 지진 듯한 묵직한 통증이 전해져 왔다.

"태대형 각하(閣下)!"

우태가 퉁기듯 일어서며 고연을 부축했다.

"아직 거동하시면 안 됩니다. 겨우 봉합된 상처가 터지면 치료가 곱절로 어려워집니다."

"그래도 가야겠소. 구명지은의 은인에게 고마움도 표시하지 못하는 이런 자리는 한시라도 떠나고 싶소. 보은은 추후 인연이 닿으면 반드시 행하리다."

"태대형 각하……."

고연은 한 치도 물러설 수 없다는 자세로 아픔을 참으며 서 있었다.

어느덧 고연을 지켜보던 우상의 표정이 점차 풀리기 시작하더니 비로소 마음마저 봄날에 눈 녹듯이 녹아버렸다.

그녀가 알고 있는 귀족들은 하나같이 오만하며 백성을 벌레처럼 여기고 비단과 패물로 온몸을 두른 채 거들먹거리기만 하는 존재였다.

하나 비록 짧은 시간이었지만 그녀가 본 고연은 달랐다.

아직 그에 대해서 온전히 알 수는 없었지만 최소한 거만하지 않았으며 자신을 낮출 줄도 알고 은혜를 아는 사람이라고 그녀는 내심 판단되었다.

"이러면 어떨까요?"

우상이 눈을 내리깔고 주먹을 입에 대며 조용히 입을 열었다.

"나이가 몇이죠?"

우상은 당돌하리만치 똑바로 고연을 주시하며 물었다. 그러나 여태까지와는 달리 존대였다. 그것은 그녀도 고연의 신분을 무시하지 못하고 있음을 대변하는 것이었다.

"열다섯."

대장부 열다섯 살이면 혼인을 생각해야 할 나이이며 전장에 나가서 전공을 세울 수도 있는 나이이다. 연개소문은 십오 세에 동부대인 대대로가 되었다.

우상은 자신의 의견을 또렷하게 피력했다.

"태 오빠는 열일곱, 당신보다 두 살이나 많아요. 그러니까 태 오빠는 두 살 연상이라는 걸 확 떼어버리고 당신은 태내형이라는 신분을 떼이비리도록 하세요."

"상아, 그 무슨 발칙한……."

우태가 놀라서 황급히 말을 막으려 했지만 우상은 거침없이 말을 이었다.

"그래서 두 사람이 평등한 신분으로 친구가 되는 거예요. 어때요, 내 생각이?"

우상은 어떠냐는 듯 딸기 송이만한 봉곳한 가슴을 내밀고 두 사람을 번갈아 쳐다봤다.

"송구합니다, 이 아이가 철이 없어서……."

“나는 찬성이오.”

우태가 정신이 다 달아날 정도로 황망히 고연에게 허리를 굽힐 때 고연이 조용히 말했다.

우태와 우상은 똑같이 놀란 표정으로 고연을 쳐다봤다.

우상은 비록 말은 그렇게 했지만 고연이 정말로 자신의 제안을 받아들일 줄은 일 푼어치도 예상하지 않았다.

그녀가 그렇게 말한 것에는 달리 속셈이 있었다.

그녀 나름의 생각으로는 고연이 절대 우상 자신의 의견을 받아들이지 않을 것 같았다. 그래서 고연이 이쯤에서 고집을 꺾고 그냥 태대형으로서의 대접을 적당히 받다가, 서로간에 별다른 인연이 없는 것 같으면 그때 가서 헤어져 남남이 돼버리면 그만이라는 의도에서였다. 태대형이든 뭐든 간에 이미 고구려는 명망했고 헤어지면 남남인 것이다.

척!

“태, 이제 우린 친구일세!”

고연은 우태에게 손을 내밀며 의연하게 말하면서 미소 지었다.

우태는 그런 고연에게서 대인의 풍모를 엿보았다. 또 사사로움에 연연하지 않는 호방한 대장부의 기개를 발견했다. 그렇지만 함부로 범하기 어려운 왕족의 존귀함도 아울러 느꼈다.

우태는 난감한 표정을 지으며 어쩔 줄 몰라 했다. 그러나 그는 곧 마음을 정했다. 고연의 조용히 가라앉은 눈빛에서 진심을 읽은 때문이었다. 귀족이 아닌 친구가 되고 싶다는 순수한 뜻을.

우태는 고연이 내민 한 손을 공손히 두 손으로 덮듯이 감싸 잡았다.

“연!”

고연은 환하게 미소 지었다. 우상도 해맑게 웃었다.

고연은 우상의 웃는 모습을 처음 보게 되었다. 그녀가 웃자 마치 모란

꽃이 만개한 것처럼 탐스러웠고 주위가 환해지는 것 같았다.

"연!"

우태는 고연의 손을 놓지 않은 채 재차 그의 이름을 불렀다.

우태의 얼굴은 감격과 격동으로 물들어 있었다. 그는 감동에 겨워 말을 잇지 못하고 고연의 이름만 되풀이하여 불렀다.

그러나 고연은 그의 표정에서 그가 하고 싶은 말을 읽어낼 수 있었다.

"연! 핫핫핫핫!"

우태는 다시 고연의 이름을 부르고는 고개를 젖히고 유쾌하게 웃음을 터뜨렸다.

"태! 핫핫핫핫!"

고연도 그의 손을 잡고 고개를 젖히며 웃었다.

고연은 지난 보름간의 근심과 피로가 그 웃음에 담겨서 씻은 듯이 흩어져 날아가는 듯했다.

웃을수록 속이 후련해지는 것 같았기에 그는 오래도록 웃음을 그치지 않았다.

"핫핫핫힛!"

"핫핫핫핫!"

우상이 가볍게 아미(蛾眉)를 찡그리며 두 사람의 웃음을 끊었다.

"뭐야? 두 오빠가 누가 오래 웃나 내기하는 거야?"

우상은 스스럼없이 고연을 오빠로 받아들였다.

"연 오빠는 이제 날 상아라고 불러도 돼."

우상은 인심이라도 쓰는 듯이 고연에게 말했는데 다시 반말이었다.

고연은 훈훈하게 미소 지었다.

"고맙다, 상아."

우태가 생각난 듯 고연에게 물었다.

"그런데 넌 어디로 가는 길이지?"

"서쪽."

고연이 간단하게 대답하자 우태는 더 이상 묻지 않았다.

"잘됐군. 우리도 서쪽으로 가는 길이니 함께 가도록 하자."

우태는 고연에게 어깨동무를 하며 환하게 웃어 보였다.

2

고연은 앞을 보면서 눈을 크게 뜨고 한껏 놀라는 표정을 지었다.

땅 여기저기에는 이미 다섯 명의 당군이 피투성이가 되어 널려 있었는데 그들은 모두 죽은 상태였다.

쉬익! 쉭! 쉭!

차차차창! 챙챙챙!

다섯 명의 당군에게 포위된 우상은 두 발바닥이 거의 땅에 닿지 않는 상태에서 좌충우돌 펄펄 날아다니며 수중의 장검을 휘둘렀는데 그때마다 뼈를 에는 듯한 검풍이 뿜어졌고 당군들은 우상의 검을 가까스로 막으며 물러서기에 급급했다.

죽어 있는 다섯 명의 당군은 우상의 작품이었다. 싸움을 시작한 지 채 반 각도 지나기 전에 우상의 검이 그들을 너무도 간단하게 베고 찔러 쓰러뜨린 것이다.

쉭! 쉬쉭!

우상의 검술은 놀라웠다. 눈부실 정도로 현란했는데 어느 것이 허초이고 어느 것이 실초인지 분간하기조차 어려웠고 쳐다보고 있으면 눈이 어른거리다가 종내에는 머리까지 어지러워졌다.

고연은 아무리 정신을 집중해도 이리저리 움직이는 우상의 몸에서 여러 줄기의 검광이 어지럽게 뿜어지는 것만 보일 뿐이었다. 고연으로서는 생전 처음 보는 신기(神技)였다.

"큭!"

우상의 검이 당군 한 명의 목줄기 한복판을 깊숙이 찌르자 당군은 답답한 신음성을 토해냈다. 검의 앞부분이 당군의 목 뒤로 한 뼘이나 튀어나와 있었다.

키잇!

우상이 방금 찌른 당군의 목에서 검을 뽑으며 뒤쪽에서 막 자신을 공격해 오는 또 다른 당군을 향해 비스듬히 검을 후려쳐 갔다. 마치 뒤에도 눈이 달린 듯한 기민한 반응이었다.

목이 관통됐던 당군은 검이 뽑히자 목구멍에서 분수처럼 솟는 피를 두 손으로 감싸 쥔 채 비틀거렸다. 손가락 사이로 새빨간 핏물이 콸콸 흘러나왔다.

촤익!

"흐악!"

우상의 검이 뒤에서 공격하던 당군을 정수리에서부터 사타구니까지 세로로 일직선으로 그어 내렸다.

쿵! 쿵!

눈을 부릅뜬 당군은 미간 사이에서 사타구니까지 세로로 혈선이 그어진 채 처절한 표정을 짓다가 앞으로 고꾸라졌다. 거의 동시에 목이 관통됐던 당군도 쓰러졌다.

고연은 자신의 눈을 의심했다. 우상의 검술은 일찍이 그가 알고 있던 고구려 최고 무사인 무용(武鏞)을 능가하는 것이었다.

무용은 을지문덕(乙支文德) 대모달(大模達)의 평범한 집순(執盾:경호 책임자)이었는데 타의 추종을 불허하는 검술 솜씨 덕분에 군위(軍尉:장교)로 발탁되어 출전하는 전장마다 혁혁한 공을 세워서 마침내 천민으로서는 최초로 귀족의 반열인 모달(模達:장군)의 지위에까지 오른 입지전적인 인물이었다.

만년의 무용은 태학의 무술 총교두(武術總敎頭)였다. 그는 고구려 모든 소년과 청년이 가장 닮고 싶어하는 우상이었다.

고연과 태학의 모든 학도는 무용이 집필한 검술 교본과 창검술 교본, 전술 교본을 토대로 무학에 전념했었다.

그러나 지금 고연은 천외천(天外天)을 보고 있었다.

무용이 그랬듯이 고연은 오직 적을 죽이기 위한 실초만을 몸에 익혔다. 허초 따위가 있을 리 없었다.

전쟁이란 가장 빠르고 정확하게 적을 섬멸하고 승리하는 것이 목적이기 때문이었다.

하나 우상의 검술은 달랐다. 적을 공격하는 데 있어서 여러 개의 현란한 검광을 쏟아내어 적이 그중에 어느 것이 자신의 목을 벨 것인지를 도무지 알 수 없게 만들었다. 그렇게 넋을 빼놓고는 단숨에 적의 몸에 검을 꽂거나 베는 것이었다.

일각 전의 일이었다. 고연과 우태, 우상 세 사람이 강변의 구덩이를 떠나 서쪽의 요하(遼河)를 향해 길을 떠난 지 세 시진 만에 그들은 순찰 중이던 일개 조 열 명의 당군과 마주치게 되었다.

고연이 환두대도를 뽑으면서 싸울 태세를 갖추는 걸 보며 우태가 태연하게 말했었다.

"저들은 상아에게 맡기고 우린 잠시 쉬기로 하지. 세 시진이나 걸었으니 쉴 때도 됐어."

그러면서 우태는 풀 위에 털썩 주저앉아 버린 것이다.

우상이 범인들보다 뛰어난 실력의 소유자라는 것은 고연도 익히 짐작하고 있는 터였으나 상대는 제대로 훈련받은 당군이다. 그것도 한두 명이 아닌 열 명이다.

겨우 열두 살의 어린 소녀 우상이 감당하기에는 버겁다 못해 위험할 수도 있다고 고연은 생각했다.

그러나 고연이 자신의 생각이 기우였다는 것을 깨닫는 데에는 채 반 각도 걸리지 않았다.

우상은 비단 조금도 주눅 들지 않았을뿐더러 오히려 싸움을 즐기는 것 같은 표정으로 때로는 깔깔대고 웃으면서 당군들을 하나씩 차례차례 죽였던 것이다.

"저 녀석, 심심했나 보군. 장난을 치고 있어."

우태가 풀잎 하나를 입에 물고는 혼곤한 표정으로 우상을 보며 중얼거렸다.

'저게 장난이라고?'

고연은 더욱 놀라서 우상을 쳐다보았다. 하지만 그녀가 장난을 치는 거라고는 조금도 여겨지지 않았다.

"상아, 이제 쉴 만큼 쉬었으니 출발해야겠다! 어서 끝내거라!"

우태가 물고 있던 풀잎을 뱉으면서 우상을 채근했다.

"알았어!"

우상은 검을 휘두르면서도 천연덕스럽게 대꾸했다.

'대체 이들 남매는……'

고연은 어떻게 돌아가는 판국인지 종잡을 수가 없었다.

"크악!"

"허윽!"

그때 우상의 검에 연달아 두 명의 당군이 피를 뿌리며 쓰러졌다.

고연은 다시금 눈을 크게 떴다. 우태의 말대로 우상은 장난을 치고 있었던 것인가?

마지막 남은 한 명의 당군은 얼굴에 공포가 가득 떠올라 우상의 눈치만 살피기에 급급했다. 눈알을 뒤룩거리며 좌우를 살폈는데 도망칠 기회를 잡으려는 기색이 역력했다.

후닥닥!

아니나 다를까, 당군은 냅다 한쪽 방향으로 줄행랑을 치기 시작했다. 죽기를 각오하고 달리는 것이었으므로 순식간에 십여 장 밖을 내달렸다.

철컥!

우상은 검을 어깨의 검집에 꽂으며 십여 장 밖을 도망치고 있는 당군을 태연히 바라보았다.

"놓아주면 더 많은 뙤놈을 끌고 다시 나타날 게다."

우태가 일어나서 궁둥이를 털며 말하고 있을 때 우상은 이미 활에 한 대의 화살을 먹이는 중이었다.

타앙!

우상은 활을 겨누는 것 같지도 않더니 활시위를 놓았다. 당군은 벌써 이십여 장 밖을 내달리는 중이었다.

활시위를 놓는 소리는 흡사 백악지장(百樂之長)에 비견되며 고구려의 악기로 불리우는 현학금(玄鶴琴:거문고)의 여섯 줄[六絃] 가운데 가장 굵은 소리를 내는 대현(大絃)을 퉁겼을 때의 그것과 비슷했다.

쉬르르!

우상이 활을 아래로 내렸을 때 화살은 기이한 소리를 내며 일직선으로 당군을 향해 번개같이 쏘아져 나갔다.

하나 그걸 보며 고연은 우상이 검술에 비해서 궁술은 떨어진다고 생각했다.

제아무리 활의 달인이라고 해도 먼 거리의 목표물을 일직선으로 쏘아 맞추지는 못한다. 그렇게 하면 화살은 중도에 힘이 다하여 땅에 떨어지기 마련이다.

그렇기 때문에 거리와 힘을 나름대로 적절하게 측정, 배분하여 목표물보다 더 높은 허공을 향해 화살을 쏘아내는 것이 상례였다. 그러면 화살은 허공으로 날아가다가 포물선을 그으며 하강하면서 더 먼 곳의 목표까지도 적중시키게 되는 것이다.

최소한 고연은 태학에서 그렇게 배우고 또한 익혔다. 한데 우상은 허공으로 쏘지 않고 당군을 향해 일직선으로 화살을 쏘아낸 것이다.

이십여 장이면 꽤 먼 거리다. 그래서 고연은 당연히 화살이 중도에 떨어질 것이라고 판단했다.

그러나 다음 순간 고연의 예상은 보기 좋게 빗나갔다.

고연은 자신의 눈을 의심했다. 이십여 장 밖을 달리던 당군이 갑자기 픽 하고 고꾸라진 것이다.

먼 거리여서 화살에 맞았는지는 확인할 수 없었지만 그가 쓰러진 것으로 봐선 화살에 적중된 것이 틀림없었다.

한번 쓰러진 당군은 일어나지 못했다.

"정확하게 심장을 꿰뚫었어."

"당연하지."

우태가 말하자 우상이 코를 찡긋거리며 의기양양하게 대꾸했다.

"상아 너!"

"왜? 죽이면 안 되는 거였어, 연 오빠?"

고연이 놀라움을 삭이지 못하고 우상을 보며 입을 열자 우상은 혀로 입술을 핥으면서 은근히 딴청을 부렸다.

"아아! 이제 보니 너 굉장하구나, 상아! 훌륭해! 최고야!"

고연은 엄지손가락을 치켜세우며 칭찬을 아끼지 않았다.

"뭐, 그 정도 갖고."

우상은 얼굴을 약간 붉히며 쑥스러워했다.

명랑하고 활달한 줄로만 알았던 우상이 수줍어하는 모습은 깨물어주고 싶을 만큼 귀여웠다.

"나는 태 오빠에 비하면 새 발에 피야. 태 오빠는 고수거든."

세 사람은 다시 나란히 걸음을 옮기기 시작했는데 가운데에서 걷던 우상이 오른편의 우태를 보며 뽐내듯 말했다.

우태는 계면쩍어했지만 고연은 우태를 새삼스러운 눈으로 쳐다보았다.

우상의 무술을 보고도 입이 다물어지지 않는데 우태가 그녀보다 더 대단하다면 대체 어느 정도일까 하고 가늠해 봤지만 도무지 상상이 되지 않았다.

우태는 쑥스럽다는 표정을 지었다.

"고수는 무슨, 중원(中原)에 가면 나 같은 건 고수 축에도 못 껴."

"중원이라니, 당나라 말인가?"

"응. 우린 지금 중원으로 가는 길이야."

고연은 새로운 사실을 알게 됐다. 그러고 보니 그는 우태 남매에 대해 아는 게 거의 없었다.

압록수(鴨綠水:요녕성(遼寧省)에서 발해만으로 흘러드는 강).

대초원인 요동 땅 한복판을 유유히 가로질러 내해(內海:황해)로 흘러드는 대하이다.

고연과 우태, 우상은 높은 강 언덕에 나란히 서서 압록수를 굽어보며 맞바람에 옷자락과 머리카락을 날리고 있었다.

고연의 상처는 우태가 두 번 더 예의 신비한 약초를 붙여준 이후에는 거의 나아 있었다. 이젠 움직이는 데 조금도 불편하지 않았다.

도도히 흐르는 압록수는 이곳이 상류임에도 불구하고 그 폭이 꽤나 넓었다.

"굉장해! 말로만 듣던 압록수가 이렇게 클 줄은 몰랐어!"

우상은 큰 강을 처음 대하는지 신기해서 어쩔 줄 모르며 연신 탄성을 터뜨렸다.

"강 폭이 백 장은 되겠는걸?"

"오십 장이란다, 상아."

고연이 정정해 주자 우상이 고연을 보며 신기하다는 듯 물었다.

"연 오빠는 압록수를 잘 알아?"

"그럼. 이 일대는 고구려의 요충지라서 전술적으로도 매우 중요하지. 태학에선 요동과 요시(遼西), 요북(遼北) 지방에 대해서 뭐든지 통달해야 하거든."

우상은 눈을 동그랗게 뜨며 호기심 어린 표정을 지었다.

"연 오빠는 태학에 다녔구나?"

"응."

"태학은 귀족의 자제들만 가는 곳이지? 그럼 백성이나 천민의 자식이 공부하는 곳도 있어?"

"경당(經堂)이라는 곳이 있어. 고구려인이라면 아무리 미천한 신분이라 해도 갈 수 있는 곳이지. 그곳에서는 학자도 배출하고 병졸이나 십인장(十人長), 혹은 오십인장(五十人長), 백인장(百人長)까지 키워낸단다."

"만약 연 오빠가 태학을 제대로 마친다면 뭐가 되는 거지?"

우상의 물음에 우태가 곧바로 면박을 주었다.

"바보야, 연이는 태대형이란 말이야! 대대로 바로 아래인 태대형!"

고연이 담담히 미소 지었다.

"그게 아냐. 태대형은 권한이 없는 비상임직(非常任職)일 뿐이야. 내가 태학을 제대로 수료한다면 아마도 처려근지가 되겠지."

"그런 건가?"

우태가 멋쩍은 표정을 지었다.

"연 오빠, 처려근지라면 성주잖아! 굉장한데?"

우상은 마치 고연이 정말 처려근지라도 된 듯 종달새처럼 재잘거렸다.

"대성의 성주인 욕살이나 대모달은 중성을 다스리는 처려근지 십여 명을 거느리는데 처려근지 한 명 밑에는 소성을 다스리는 도사나 누초 두세 명이 딸려 있지."

"연 오빠 아버님은 계루부의 대대로시지?"

"응."

"어느 성의 성주셔?"

우상이 궁금한 듯 불쑥 물었다.

우태도 내심 궁금했던 터라 우상과 함께 물끄러미 고연을 바라보며 대답을 기다렸다.

고연은 멀리 허공에 시선을 주고 뭔가 생각하는 얼굴이 되어 조용히 입을 열었다.

"요동성(遼東城)."

우태와 우상은 크게 놀라는 표정으로 고연을 쳐다보며 아무 말도 하지 못했다.

세상 물정에 대해서 별로 알지 못하는 우상조차도 정작 요동성이라는 말이 나오자 입을 딱 벌리고 말았다.

요동성은 고구려 최대의 대성이다. 물론 크기로는 삼경인 평양성(요동 압록수 하류에 위치)과 동경(東京:혹은 국내성(國內城)), 남경(혹은 한성(漢城). 지금의 평양)보다 작았지만 삼경이 문물과 경제 중심의 성이라면 요동성은 군사적인 대성이었다.

요동성은 안시성(安市城), 오골성(烏骨城), 개모성(蓋牟城), 건안성(建安城), 비사성(卑沙城), 백암성(白巖城), 신성(新城) 등의 중성과 오십여 개의 소성을 거느리고 있는데 당나라가 고구려를 침공하는 입구인 요서와 요하(遼河) 일대, 그리고 요동을 관활하는 막중한 역할을 담당하고 있었다.

세 사람은 한동안 아무도 입을 열지 않았다.

침묵을 깬 것은 역시 철모르는 우상이었다.

그녀는 분위기가 어색했다고 느꼈는지 고연의 눈치를 살피면서 조심스레 물었다.

"연 오빠는 지금 아버님이 계신 요동성으로 가는 중이야?"

고연의 뒤쪽에 선 우태기 손가락을 입에 대며 우상에게 입 다물라는 시늉을 해 보였지만 우상은 전혀 개의치 않았다. 궁금한 것은 기필코 알고 넘어가야 직성이 풀리는 그녀였다.

우태는 고구려의 모든 성이 당군에게 철저히 짓밟힌 것을 소문으로 듣거나 눈으로 직접 목격했기 때문에 요동성이라고 온전할 리 없다고 생각했다. 그래서 되도록 고연 앞에서 요동성에 대해서는 말을 꺼내지 않으려는 것이었다.

고연은 여전히 먼 허공에 시선을 둔 채 조용히 대답했다.

"응."

대답은 짧았으나 그 속에 많은 고뇌와 염려와 희망이 어우러져 담겨 있는 것을 우태는 느낄 수 있었다.

"소문에는 요동은 물론이고 요서 지방과 요북의 고구려 성들은 모조리 뙤놈들에게 함락됐다던데? 그리고 대부분 죽었거나 간신히 살아남은 사람들과 부녀자들은 모조리 당나라로 끌려갔대."

우상이 입을 뾰족하게 하며 아는 체를 하자 우태는 두 팔을 미친 듯이 휘저으며 말하지 말라는 시늉을 했지만 그는 꼭 한발씩 늦고 말았다.

우상은 고연에게 뭔가 더 물으려다가 그의 얼굴을 보고는 그제야 입을 다물었다. 고연의 얼굴에 짙은 우울함이 떠올라 있기 때문이었다.

고연은 대답하지 않았다. 아니, 무슨 말을 해야 할지 알지 못했다. 가슴속을 천만 근의 납덩이가 짓누르고 있는 것만 같았다.

'아버님……'

고연은 아주 먼 하늘을 우러르며 그리운 이를 마음속으로 조용히 불러보았다.

第三章　개안(開眼) ■

압록수를 건너 서남쪽으로 팔백여 리를 더 가야 요동성에 당도하는데 압록수를 건너면서부터는 험준한 산악 지대가 줄곧 이어진다.

고연 일행은 이느 이름 모를 산을 넘다가 밤을 맞이하여 적당한 장소에서 노숙하기로 하고 여장을 풀었다.

타닥탁!

우태가 마른 나뭇가지를 모아 불을 놓자 모닥불이 기세 좋게 타올랐다.

세 사람은 모닥불 주변에 둘러앉았다. 계절이 초가을로 바뀌는 산중의 밤은 꽤 쌀쌀했다. 세 사람은 약속이나 한 듯 모닥불을 향해 손바닥을 내보이며 불을 쬐었다.

고연은 불기를 쬐니 먼저 몸이 따스해졌고 곧 이어 마음도 따스해지는 것을 느꼈다. 남경을 탈출한 이후로는 한 번도 지금처럼 따스한 밤을 보낸 적이 없었다.

당군에게 발각될까 두려워 불을 피우기는커녕 밤길을 도와 길을 재촉해야만 했었다.

되도록 낮에는 으슥한 곳에서 새우잠으로 모자란 잠을 보충했고 주로 캄캄한 야밤에 살쾡이처럼 조심조심 이동해야 했다.

고연은 우태 남매와 함께 있는 동안은 당군을 걱정하지 않아도 될 것 같다고 생각했다. 당의 대군과 마주친다면 어쩔 수 없이 도주해야겠지만 그럴 가능성은 희박했다.

더군다나 이런 산중에 당의 대군이 있을 리 만무했다. 고구려 패잔병들을 찾아내어 척살하는 몇 개 조의 수색 보졸 정도가 고작일 터였다.

"기다려. 먹을거리 좀 구해 올게."

우태가 말을 남기고 숲 속으로 사라졌다.

고연은 그가 사라진 컴컴한 숲을 물끄러미 바라보았다.

'대낮도 아닌 이 밤중에 숲 속에서 어떻게 먹을거리를……'

고연은 우태의 모습을 눈으로 좇으며 내심 중얼거렸다.

그는 언제 음식다운 음식을 입에 넣어봤는지 기억마저도 아득했다. 그야말로 풍찬노숙의 지난 보름이었다.

주인 없는 밭에서 따다 남은 생옥수수라도 발견한 날이면 그래도 운수가 좋았다. 하나 풀뿌리를 씹거나 개구리나 가재를 잡아서 날것으로 으적으적 씹어 삼킨 게 대부분이었다.

그나마도 배부른 포식은 요원했고 하루에 한 번 아니면 이틀에 한 번쯤 먹는 것이 고작이었다. 그렇게 보름을 견뎠으니 그의 위장이 한계에 도달한 것은 당연했다.

바삭바삭.

별안간 고연의 뒤쪽에서 낙엽 밟는 소리가 약하게 들려왔다. 그쪽은 우태가 사라졌던 방향과는 반대 방향이었기에 고연은 바짝 긴장해서 귀를 기울였다.

그러자 그 모습을 보던 우상이 상체를 뒤쪽의 나무에 기대면서 태연히 말했다.

"태 오빠야."

고연이 어떻게 아느냐는 듯이 우상을 쳐다보자 그녀는 눈을 감으며 당연하다는 듯 대꾸했다.

"발자국 소리만 들으면 알아. 태 오빠의 발자국 소리는 일정한 간격이 있고 남들보다 조금 묵직하거든."

"그렇구나."

고연은 자못 신기했지만 그냥 그렇게 대답했다.

"하지만 태 오빠가 마음만 먹으면 일체의 흔적이나 소리없이 연 오빠 등 뒤까지 귀신처럼 접근할 수도 있어."

고연은 진한 흥미를 느꼈다.

이들 남매의 신기한 능력에 대해서는 만난 이후부터 줄곧 의문과 흥미를 느껴오고 있는 터였다.

"어떻게 그럴 수 있지?"

"연 오빠는 설명해 줘도 모를 거야."

우상은 고연을 약간 무시하는 듯 눈을 감은 채 대수롭지 않게 말했다.

"그게 바로 무공(武功)이야."

우상은 자신의 말이 좀 심했다고 생각했는지 다시 말을 이었다.

"그리고 무공을 익힌 사람을 고수라 부르는데 그들이 활동하는 세계를 무림(武林)이라고 해."

고연도 그 정도는 알고 있었다. 고연 자신은 태학에서 일반적인 창검술이나 궁술 같은 싸움의 기술, 즉 무예(武藝)를 익힌 것에 반해서 무림인들은 체내의 기(氣)를 단련시켜 내공이라는 것을 키워 주먹이나 발, 혹은 무기에 실어서 공격하는데 그 위력이 상상을 초월할 정도로 막강하며 그런 것을 이른바 무공이라고 한다는 것을 언젠가 중원에서 흘러 들어온 책자에서 읽은 적이 있었다.

"그럼 태와 상아 넌 무림인이니?"

우상이 가볍게 고개를 까딱거렸다.

"곧 그렇게 되겠지."

털썩!

우상의 말대로 고연의 뒤쪽에서 불쑥 나타난 우태가 모닥불 옆에 하나의 누렇고 묵직한 물체를 내려놓았다.

그것은 큼직한 암사슴이었는데 콧등 위의 미간 사이에 한 자루의 비수(匕首)가 자루만 남긴 채 깊숙이 꽂혀 있었다.

쑥!

우태가 비수를 뽑았는데도 암사슴의 상처에선 피 한 방울 흘러나오지 않았다.

"혈(穴)을 정확하게 찔렀기 때문에 피가 안 나오는 거야."

고연이 신기한 듯 암사슴의 미간을 주시하는 걸 보고 우상이 대수롭지 않게 말했다.

"혈?"

고연은 눈을 빛냈다. 사람의 몸에는 무수한 혈도가 있고 그 각각에 따라 천차만별의 효능이 있다는 것을 자세히는 모르지만 어렴풋이 알고 있었고 또한 지대한 관심을 갖고 있는 그였다.

원래 무공이니 혈도니 하는 것들은 중원에서 발생되었다. 그리고 그런 것들은 소수의 사람을 상대로 싸우거나 시행하는 것이어서 고구려처럼 전쟁을 목적으로 무예를 수련하는 대규모 군사 조직에는 차용되지 않았던 것이다.

만약 고연에게도 무공이나 혈도 같은 것을 배울 기회가 있었다면, 새로운 문물을 배우는 것이라면 자다가도 벌떡 일어나는 고연이었기에 모르긴 해도 지금쯤 상당한 고수가 되어 있었을 것이다.

"하아! 그건 또 어떻게 설명하지?"

우상이 약간은 난감하다는 듯 우태를 바라봤다. 도움을 청하는 것 같았다.

스슥! 삭삭!

우태는 비수로 능숙하게 암사슴의 껍질을 벗기면서 조용히 입을 열었다.

"사람의 몸속에는 기(氣)라는 것이 있어. 기가 흐르는 통로를 경락(經絡)이라 하고 기가 경락을 타고 흐르다가 머물며 서로 교차하는 곳을 혈이라고 하지."

고연은 숨소리도 크게 내지 않고 귀를 기울였다.

"인체에는 임맥과 독맥의 양대 경락과 삼백육십오 요혈이 있는데 그 중에서 치명적인 혈을 사혈이라고 하고 그곳을 세게 누르면 상대는 즉사하게 되지."

고연은 남달리 오성이 뛰어나서 태학에서 늘 수석을 놓치지 않았었다. 그는 지금 우태가 하는 말들을 마른 모래가 물을 흡수하듯 차곡차곡 뇌리에 새기고 있었다.

푸욱!

어느덧 암사슴은 껍질이 말끔히 벗겨지고 내장이 빼내어진 상태로 놓여 있었다.

우태는 고연의 궁금증을 아는지 모르는지 태연한 얼굴로 아주 능숙하게 단단하고 긴 나뭇가지로 암사슴의 입과 항문을 관통하여 꿰어서 모닥불 위에 걸쳐 놓고 굽기 시작했다.

지글지글.

"그걸 좀 볼 수 있을까?"

고연은 우태가 쥐고 있는 비수를 보며 손을 내밀었다.

우태는 비수에 묻은 피를 암사슴 가죽에 슥슥 문질러 닦고는 미소를 지으며 고연에게 건네주었다.

"조심해, 무척 예리하니까."

고연은 비수를 자세히 살펴봤다.

비수는 한 면에만 날이 있는 직도였는데 칼날의 길이가 일곱 치 정도였고 손잡이가 네 치 길이였다. 칼날은 예리하다 못해 푸르스름한 예광을 은은히 뿌려냈다. 손가락을 슬쩍 대기만 해도 잘라질 것만 같았다.

비수의 손잡이를 보던 고연은 가볍게 놀랐다. 손잡이에 낯익은 문양이 양각되어 있기 때문이었다.

삼족오(三足烏)였다. 삼족오는 고구려의 선조인 동이(東夷)와 단군시대(檀君時代) 이전부터 숭상되어 온 국조(國鳥)이다.

또한 고구려 왕실의 문양이기도 했다. 고구려 왕의 옥새에도 삼족오가 새겨져 있다. 삼족오는 금오(金烏), 혹은 준오(踆烏)라고도 하는데 모두 태양조(太陽鳥)를 일컫는 말이었다.

태양조인 삼족오는 세 개의 발이 달린 신조(神鳥)로서 태양 속에 산다고 한다. 그래서 아침이 되면 태양을 끌고 저녁이 될 때까지 서쪽으로 날아간다는 전설의 새였다.

고연은 몹시 궁금한 표정으로 우태를 쳐다보았다.

"비수에 삼족오가 새겨져 있군."

"삼족오는 우리 가문의 상징이야."

우태는 고연이 내민 비수를 받으면서 태연히 대답했다.

고연은 내심 더욱 놀라고 말았다.

삼족오는 고구려 왕실의 문양이며 왕 이외에는 그 누구도 사용하지 못한다. 만약 사용하다가 발각되면 극형에 처해지는 것은 당연지사. 그렇다면 우태가 왕족이라는 것인가?

"하하! 난 왕족하곤 거리가 멀어."

우태는 고연의 내심을 간파한 듯 명랑하게 웃었다. 우상은 나무에 기대어 눈을 감고 있었는데 뜻 모를 미소를 짓고 있었다.

고연은 의문이 가시기는커녕 더욱 짙어졌기에 우태가 더 자세한 설명을 해주길 기다렸지만 우태는 더 이상 말하지 않았다.

모닥불 위에서 구수한 냄새가 풍겨 나왔다.

"자, 고기가 익을 동안 잠시 연에게 혈에 대해서 설명해 줄까?"

우태가 두 손바닥을 비비면서 일어나 고연에게 다가왔다.

우태는 앉아 있는 고연의 머리 위에 대뜸 자신의 오른손을 올려놓았다. 이어서 정수리 한복판에 손가락 하나를 지그시 대고는 조용히 입을 열었다.

"이제부터 여길 처음에는 약하게, 그러나 점점 세게 누를 테니 참기 어려우면 말을 해라. 그러면 즉각 손을 떼겠어."

우태는 손가락에 미미하게 힘을 주었다.

고연은 반응을 기다리며 조용히 앉아 있었다.

우태가 손가락에 약간 더 힘을 주었다. 순간 고연은 정수리가 쪼개지는 듯한 아픔을 느꼈다. 그러나 이를 악물고 참았다.

그리고 우태가 손가락에 약간의 힘을 더 주자 고연은 정신이 아득해지며 정수리에서 시작된 쪼갤 듯한 고통이 순식간에 온몸으로 확산됨을 느꼈다.

'제법인데? 이 정도면 벌써 비명을 질렀을 텐데……'

우태는 고연의 참을성에 적잖이 놀라면서 조심스럽게 손가락에 약간의 힘을 더 보탰다.

그래도 고연은 돌부처처럼 묵묵히 앉아 있었다.

'아니, 내가 백회혈(百會穴)을 누른 게 아니었나?

우태는 고연이 아무런 반응도 없자 자신이 혈을 잘못 누른 게 아닌가 싶어서 다시 확인해 봤으나 백회혈이 분명했다.

"그만! 그만 하라고, 바보 오빠야!"

우태가 막 손가락에 힘을 더 주려는데 무심코 고연의 얼굴을 보던 우상이 자지러지듯 외쳤다.

우태는 직감적으로 뭔가 잘못됐다는 것을 느낀 채 급히 손을 떼고 고연을 살폈다.

"맙소사!"

고연을 보는 순간 우태는 망연자실하고 말았다. 고연이 앉은 채 그대로 기절해 있기 때문이었다.

고연은 이를 악물고 극심한 고통을 견디다가 이를 이기지 못하고 끝내 기절하고 말았던 것이다. 신음 소리조차 내지 않았으며 우태의 말대로 그만 하라고 외치지도 않았다.

우태는 고연을 보며 가슴이 서늘해졌다. 우상이 소리치지 않았다면 손가락에 힘을 더 주었을 테고 그랬으면 십중팔구 고연은 그대로 즉사했을 것이다. 우태가 누른 백회혈은 사혈이기 때문이었다.

미련하다고 해야 하나, 아니면 참을성이 강하다고 해야 하나? 우태는 고연을 보면서 생긴 거 하고는 딴판이라고 생각하며 잔뜩 어이없다는 표정을 지었다.

우태는 급히 고연을 편안하게 눕히고 명문혈(命門穴), 신주혈(身柱穴), 아문혈(啞門穴), 전정혈(前頂穴)을 빠르고 가볍게 누른 후 팔다리와 가슴 주위를 부드럽게 주물렀다.

우상은 초조한 표정으로 눈도 깜빡이지 않고 그 광경을 지켜보았다.

"휴우~"

그러기를 반 각여, 고연이 숨을 길게 토해내면서 눈을 떴다.

우태와 우상은 고연이 누운 채 눈을 깜빡이는 걸 보고서야 안도의 표정을 지었다.

우상이 도끼눈을 뜨고 우태를 몰아세웠다.

"무슨 짓을 한 거야, 태 오빠? 내공도 없는 연 오빠는 백회혈을 살짝 건드리기만 해도 위험하다는 걸 설마 모르는 거야?"

우태는 꿀 먹은 벙어리처럼 서 있었다.

"만약 연 오빠가 죽기라도 했다면 어쩔 뻔했어? 응? 대답해 봐!"

우상이 서슬이 퍼레져서 꾸짖는 데도 우태는 일언반구 대꾸를 못했다. 생각만 해도 아찔했다. 만약 고연이 죽었다면…….

"난 괜찮아."

만약 고연이 정말 괜찮은 것 같은 표정으로 그렇게 말하지 않았다면 우상은 밤새도록 우태를 달달 볶아댔을 것이다.

우태는 고연의 앞에 앉아서 두 손을 모으고 진심으로 말했다.

"미안하다, 연."

"아냐, 오히려 내 잘못이야."

고연이 미소를 지으며 말했다.

엄밀히 따지자면 참기 어려우면 소리치라고 했던 우태의 말을 듣지 않고 끝까지 참다가 기절한 고연의 잘못이었다.

그런데도 우태는 거기에 대해서는 한마디도 언급하지 않고 무조건 미안하다고 말했다.

고연은 그런 우태의 선한 성품에 다시 한 번 감탄했다.

밤이 깊어지자 밤이슬이 숲을 적시기 시작했는데 모닥불 근처는 포근하기만 했다. 활활 타오르던 모닥불은 사그러들어서 벌겋게 달아오른 숯덩이만 남아 있었지만 세 사람의 몸을 데우기에는 충분했다.

모닥불 주위에는 사슴 뼈가 어지럽게 흩어져 있었고 우상이 두 손을 모아 뺨에 대고 다리를 오므린 채 새근새근 잠들어 있었는데 건너편에서는 고연과 우태가 마주 앉아서 뭔가 진지한 대화를 나누고 있었다. 아니, 고연은 단정하게 앉아서 잔뜩 귀 기울여 듣고 있었고 우태 혼자 진지하고도 장황하게 설명하는 중이었다.

"경락은 십이경맥(十二經脈), 기경팔맥(奇經八脈), 십오락맥(十五絡脈), 십이경별(十二經別), 삼백육십오락(三百六十五絡)과 헤아릴 수 없을 정도로 많은 손락(孫絡)으로 이루어져 있지."

고연은 한마디도 놓치지 않으려는 듯 숨도 멈춘 채 듣고 있었다. 배우려는 사람이 열성적이면 가르치는 사람도 의례 신명이 나기 마련이다.

"십이경맥은 좌우에 각각 열두 줄씩 있는데 상지(上肢)에 여섯 줄이 분포하고 흉부(胸部), 두부(頭部)를 연결하며 다른 여섯 줄은 하지(下肢)에 분포하여 구간(軀幹)과 두부를 연결하고 있어. 십이경맥은 모두 한 장부(臟腑)에 속하고 표리(表裏)되는 장부에 락(絡)하고 있지."

타탁탁!

벌건 숯덩이가 나직한 소리를 내며 튀었다.

"기경팔맥은 십이경맥과 상관 연결하는 독맥(督脈), 임맥(任脈), 충맥(衝脈), 대맥(帶脈), 음교맥(陰蹻脈), 양교맥(陽蹻脈), 음유맥(陰維脈), 양유맥(陽維脈)을 가리키는데 그중 등쪽의 정중선상(正中線上)에 있는 것을 독맥, 몸 전면의 정중선상에 있는 것을 임맥이라고 해. 또한 경맥에서 분출(分出)한 것을 락(絡)이라 하고 락에서 분출한 것을 손락이라고 하지."

한 사람은 열심히 설명하고 한 사람은 두 귀를 곧추세우고 듣느라 밤
이 깊어가는 줄도 몰랐다.

어느덧 먼 곳의 높은 산등성이로 빠끔히 얼굴을 내민 아침의 태양이
숲 전체에 눈부신 햇살을 내리쬐기 시작했다.

째째쩩! 지지재재!

온갖 새들의 지저귐이 숲을 깨웠다.

우상은 새소리에 얼굴을 찡그리면서 잠이 깼다.

집을 떠나온 뒤로 줄곧 노숙을 했는데 어젯밤은 정말 간만에 달콤한
단잠을 잤다. 정신이 맑고 상쾌한 것이 날아갈 것만 같았다.

하나 우상은 일어나 앉다가 어이없는 얼굴이 되고 말았다.

이미 다 꺼져 버린 모닥불 건너편에 고연과 우태가 마주 앉아 있었는
데 우태는 열심히 설명 중이었고 고연은 꼿꼿하게 앉아서 듣고 있는 모
습이었다. 두 사람은 어젯밤 우상이 잠들기 전에 봤던 모습 그대로였던
것이다.

"양(陽)은 천기(天氣)요 외(外)를 주관하는데 인체상에서는 두부(頭
部), 인면부(顔面部), 측경부(側頸部), 항부(項部), 측흉부(側胸部), 견배부
(肩背部), 요현부(腰剪部)가 양경(陽經)에 속하고, 음(陰)은 지기(地氣)요
내(內)를 주관하는데 인체상에서는……."

고연의 눈동자는 더없이 똘망똘망했다. 마치 너무 재미있어서 누군가
방해라도 한다면 즉각 발작을 일으킬 것만 같은 표정이었다.

우상은 두 사람을 보며 어이가 없었다.

'밤새 한숨도 안 자고 저 화상들이…….'

우상은 발딱 일어섰다. 당장 뜯어말리려는 것이었다.

그러나 우상은 곧 생각을 고쳐먹었다. 고연의 표정을 발견한 것이다.
맹세코 그녀는 이날까지 사람이 저토록 진지한 표정을 짓는 얼굴을 본

적이 없었다.

이름 모를 산중에서의 이틀째 날이 저물고 있었다.

우상은 봐주는 김에 아예 끝까지 봐주기로 작정했다. 아니, 누가 이기나 보자는 오기도 은근히 발동했다.

자기들이 배가 고파서라도 그만두겠지. 아니면 말하는 주둥이가 아프거나 듣고 있는 귀에 딱지가 앉든가. 하여튼 힘든 것은 자기들이지 나는 아냐. 잘됐다 싶어서 이 기회에 푹 쉬고 든든하게 배나 채워야겠다라고 마음먹은 우상이었다. 하지만 아니었다.

이건 해도 너무했다. 밤을 하얗게 새우고도 모자라서 낮을 다 보내고 다시 밤이 되려고 했다. 우상은 수십 번 고쳐먹었던 생각을 마지막으로 다시 고쳐먹었다.

별안간 고연과 우태는 약속이나 한 듯이 하늘을 쳐다보았다. 방금 귀청을 찢는 듯한 천둥 소리가 들렸기 때문에 비가 오려나 해서였다.

그런데 비는 오지 않았고 대신 두 사람 옆에 우상이 양 허리에 두 손을 얹고 싸늘한 표정으로 쏘아보고 있었다. 천둥 소리는 우상이 지른 고함 소리였던 것이다.

"너무하는 거 아냐, 두 사람?"

"뭐가?"

"우리가 뭘 잘못했니, 상아?"

고연과 우태는 영문을 모르겠다는 듯 멀뚱히 우상을 쳐다보았다.

우상은 기가 막혔다. 중지시키기를 잘했다 싶었다. 아니면 이 지칠 줄 모르는 체력의 화상들은 또 밤을 꼴딱 새울 게 뻔했으므로.

우태가 먹을거리를 구하러 숲으로 들어간 사이에 우상은 나뭇가지를 모아 모닥불을 피웠다.

그녀가 불을 피우고 나서 손을 털면서 고연을 쳐다보니 그는 한쪽에 앉아 뭔가 골똘히 생각에 잠겨 있었다. 아마도 우태에게 들었던 내용들을 반추하고 있는 듯했다.

"배고프지 않아, 연 오빠?"

우상이 걱정스럽게 묻는데도 고연은 듣지 못한 듯 생각에만 열중하고 있었다. 우상은 고연이 저러다가 쓰러지지 않을까 심히 걱정됐다.

우태야 내공이 심후하니까 사나흘 정도는 자지도 먹지도 않고 버틸 수 있다지만 고연은 평범한 사람이기 때문이었다.

고연은 우태가 장황하게 설명해 준 내용들을 완벽하게 외웠다. 다만 이해되지 않는 부분이 약간 있어서 거기에 골몰하고 있는 중이었지만 그 부분도 오래지 않아서 모두 이해할 수 있게 되었다.

고연으로서는 우태에게 들은 내용들이 신기하기 짝이 없었다.

우태가 말하기를, 체내에 기를 키우면 오랜 시간이 지나면서 그것들이 단전에 모이게 되고 싸움을 할 때나 달리거나 할 때 축적된 기가 밖으로 분출되어 보통 사람의 몇 배, 혹은 수십 배의 능력을 발휘하기도 하며 또한 쉽사리 지치지 않는다는 것이다.

'지금의 내게 절실히 필요한 것이다.'

고연은 그렇게 판단하고 거기에만 몰두했다. 그는 한 번 집착하면 침식을 잊고 끝장을 보고야 마는 성미였는데 지금 그 성격이 여지없이 발휘되고 있었다.

그때 고연은 느닷없이 등 뒤로부터 몸속으로 한줄기 시원한 바람이 스며드는 듯한 기분을 느꼈다.

그것은 그냥 바람이 아니라 어떤 오묘한 기운이었다. 그 기운은 순식간에 고연의 전신으로 퍼지면서 더없이 심신을 청량하게 만들어주었다.

고연은 이상한 생각이 들어서 뒤돌아보다가 우상이 자신의 뒤에 가부좌로 앉아서 눈을 감고 두 손바닥을 자신의 등 한복판에 붙이고 있는 것을 발견하고 적잖이 놀랐다. 오묘한 기운은 우상의 손바닥으로부터 고연의 등을 통해서 주입되고 있었던 것이다.

고연은 의아한 표정으로 뒤돌아보며 물었다.

"뭘… 하는 거니, 상아?"

"진기가 주입되는 중에는 말을 하면 안 돼. 연, 너는 즉시 체내로 주입되는 진기를 십이경맥과 기경팔맥을 거쳐서 전신에 일주천시키도록 해!"

멧돼지 한 마리를 어깨에 메고 돌아온 우태가 그 광경을 보고 고연에게 즉시 지시했다.

고연은 뭔가 심상치 않음을 직감하고 즉시 우태가 시키는 대로 시행했다. 혈과 경락에 대해서는 우태의 설명을 완벽하게 이해하고 있었기 때문에 별문제가 없었다.

다음 순간 고연은 내심 적잖게 놀랐다.

우태가 시키는 대로 했더니 뼛속까지 힘이 충만해지고 피로가 말끔히 가시는 것이 느껴졌기 때문이다.

뿐만 아니라 배꼽 아랫부분에 뭔가가 뭉쳐지는 듯한 느낌도 들었는데 그것이 몸 밖으로 분출되려고 펄떡펄떡 뛰는 것 같기도 했다.

만약 지금의 느낌으로 당군과 싸운다면 대여섯 명쯤은 단숨에 해치울 수 있을 것 같은 자신감이 충만해졌다.

우상이 피로한 기색으로 고연의 등에서 손바닥을 떼고 물러나 한쪽에서 가부좌의 자세로 눈을 감았다.

의아한 표정을 지으며 우상을 쳐다보는 고연에게 우태가 담담하게 설명했다.

"상아가 네 몸에 주입시킨 것을 진기라고 하는데 오랜 세월 동안 내공을 수련하면 생기는 것이지."

고연이 걱정스러운 표정으로 우상을 쳐다보자 우태가 빙그레 미소를 지으며 말을 이었다.

"하나 걱정할 건 없어. 상아가 한차례 운기조식을 하고 나면 소모한 진기만큼 다시 보충될 거야."

"진기가 보충된다고?"

"상아의 체내에는 삼십 년의 내공이 있어. 그것은 일부러 남에게 주려고 하거나 특수한 상황이 닥치기 전에는 결코 없어지지 않는 거야."

고연은 다시 귀를 곤추세우고 듣기 시작했다. 아무리 듣고 또 들어도 신기하기 짝이 없는 얘기들이었다.

이렇게 고연은 자신도 모르는 사이에 또 다른 세계로 발을 들여놓고 있었지만 정작 그 자신은 깨닫지 못하고 있었다.

"나에겐 오십 년 정도의 내공이 있어. 내공이란 것은 주먹이든 발이든, 검이나 도, 창 어디에든 실어서 몸 밖으로 발출할 수 있는데 그런 것을 발경(發勁)이라고 해. 그리고 그것이 상대를 중상을 입히거나 죽이는 서야."

우태는 한 그루 거목을 향해 걸어갔다. 둘레가 한 아름은 족히 됨 직한 굵은 참나무였다. 참나무는 나무 중에서도 가장 단단한 나무에 속했다. 우태는 참나무 앞에 우뚝 서서 호흡을 가다듬었다.

고연은 그가 뭘 하려는 것인지 몰라 기대에 찬 표정으로 지켜봤다.

"이엽!"

쉬익!

순간 우태는 우렁찬 기합을 터뜨리며 곧장 주먹을 내뻗었다. 주먹이 바람을 가르는 소리가 쇳소리처럼 날카롭게 숲을 떨어 울렸다.

빽!

우태의 주먹이 참나무 한복판 우태의 가슴 높이에 정확하게 적중되며 둔탁한 소리가 터졌다.

슉!

우태는 주먹을 거두었다. 그는 나무 앞에 우뚝 서 있었는데 나무는 아무렇지도 않았다. 아니, 아무렇지 않다고 여긴 순간 나무가 기음을 터뜨렸다.

우지직!

나무가 우태의 주먹에 맞은 부분에서 정확하게 두 동강이 나서 부러져 반대편으로 넘어가고 있었다.

고연은 눈을 부릅뜨고 말았다. 믿을 수 없는 일이었다. 어떻게 뼈와 살로 이루어진 사람의 주먹이 한 아름이나 되는 나무를 쳐서 부러뜨릴 수 있단 말인가?

쿵!

나무는 묵직하게 쓰러졌다.

"사실 이런 건 별거 아냐."

담담하게 말하며 돌아서는 우태는 아무 일도 없었다는 듯 조금도 힘들어하는 표정이 아니었다.

"연, 칼로 이 나무를 쳐 봐라."

우태는 한 그루 소나무를 가리키며 조용히 말했는데 그 소나무는 방금 전에 부러진 나무보다 두 배나 더 굵어 보였다.

스릉!

고연은 즉시 소나무 앞에 우뚝 서서 왼손으로 잡고 있던 환두대도의 손잡이를 오른손으로 잡고 천천히 칼집에서 뽑았다.

고연은 두 손으로 환두대도를 움켜잡고 소나무를 쏘아보았다. 그는 태학에서 배운 대로 정신을 집중하고 두 손에 잔뜩 힘을 실어 소나무의 베어야 할 부분을 직시했다.

그는 우상에게서 진기를 주입받은 후에는 몸에서 힘이 뻗치고 있었기 때문에 어쩌면 나무를 절반쯤은 벨 수 있을지도 모른다는 생각이 들었다.

"야압!"

휘익!

고연은 우렁찬 기합을 터뜨리며 오른쪽에서 왼쪽 수평으로 소나무를 맹렬히 베어갔다.

태학의 무술 총교두였던 무용이 혈기방장한 청년이었을 때 아름드리 나무를 단칼에 베었다는 사실은 온 고구려 땅에 전설처럼 전해지고 있었다.

칵!

환두대도의 칼날이 소나무에 박혔다.

온 힘을 다했기 때문에 고연은 두 팔이 떨어져 나갈 듯이 저리고 아팠다. 칼날은 나무에 세 치 깊이로 박혀 있었다. 환상은 깨졌고 기대는 여시없이 무너졌다.

고연은 적잖이 실망하여 소나무를 쳐다봤다.

슥!

"상아가 너에게 준 것은 단지 진기일 뿐이지 내공이 아냐. 진기는 내상을 치유하거나 쇠잔한 기운을 회복시키는 것에 도움을 주지. 하지만 단지 그것뿐이야."

우태가 소나무에서 환두대도를 뽑으며 고연의 내심을 짐작이라도 하는 듯 설명했다.

"내공을 분출하는 것을 발경이라 한다고 아까 설명했지? 그런데 너에겐 아직 내공이 없기 때문에 나처럼 할 수 없는 거야."

쐐애액!

우태가 갑자기 소나무를 향해 환두대도를 휘둘렀다.

그것은 그저 아무렇게나 휘두르는 것처럼 보였다. 칼을 휘두르기 전에 어떤 자세나 특별한 기수식 같은 것도 없어 보였다.

그러나 어찌나 빠른지 고연의 눈에는 칼이 보이지도 않았다. 다만 번뜩이는 섬광이 소나무를 향해 뿜어졌다고만 느껴질 뿐이었다.

우태는 언제 칼을 휘둘렀냐는 듯이 칼끝을 땅을 향해 비스듬히 뻗은 채 늠름하게 우뚝 서 있었다.

고연은 혹시 자기가 잠시 헛것을 본 게 아니었을까 하는 착각마저 들었다. 어쩌면 우태는 칼을 휘두르지 않고 계속 저렇게 서 있었던 것인지도 모른다고 잠시 생각해 봤다.

쩌어억!

그때 소나무에서 기음이 터졌다.

쩌저저적!

고연이 쳐다보자 소나무가 허리께의 높이에서 위쪽으로 한 뼘씩의 두께로 다섯 동강이나 베어져서 기우뚱거리며 무너지고 있었다.

고연은 자신의 눈을 의심했다.

이건 말도 안 된다. 칼을 언제 휘둘렀는지조차도 착각인가 싶었거늘 그렇게 해서 소나무를 베었다고 해도 정녕 놀라운 일일 텐데 그 찰나간의 순간에 소나무를 다섯 번이나 베었다는 사실을 어찌 순순히 믿어지겠는가?

기우우!

베어진 나무가 놀라고 있는 고연을 향해 덮치듯 쓰러져 왔다.

고연은 자신을 덮쳐 오는 나무를 멍하니 쳐다볼 뿐 두 발바닥이 땅에 뿌리를 내린 듯 피하지 못했다. 깔리면 죽거나 중상을 면키 어려울 것이었다.

휘익!

순간 고연의 귓가로 날카로운 바람이 일었다. 그는 어렴풋이 한줄기 바람이 자신의 귓가를 스쳤다고 느꼈다.

꿍!

소나무가 고연의 앞쪽 일 장쯤에 먼지를 일으키며 묵직하게 쓰러졌다. 고연은 어리둥절했다.

방금 전에 소나무는 고연을 향해 쓰러지는 중이었는데 어이해 지금은 자신이 소나무에서 일 장이나 떨어져 있는 것인가? 귀신이 곡할 노릇이었다.

그제야 고연은 우태가 한 팔로 자신의 허리를 감싸 안은 채 옆에 우뚝 서 있는 것을 발견했다.

"어… 떻게 된 거지? 난 방금 전까지 저기에 있었는데……."

우태가 고연의 허리에서 팔을 풀자 그가 어리둥절한 얼굴로 물었다.

"내가 널 안고 이곳으로 이동한 거야. 경신술이라는 것인데 신법이라고도 하지."

우태는 또 알 수 없는 소리를 했다.

고연은 쓰러져 뒹굴고 있는 나무를 묵묵히 주시했다.

우태가 고연의 시선을 좇아 같은 나무를 쳐다보며 설명했다.

"방금 전에 나는 칼에 내공을 실어서 발경했던 거야. 내공이 담긴 칼은 바위를 쪼갤 수도 있고 달을 베기도 하지."

"달을?"

고연은 놀라는 표정을 지었다.

"응. 나는 실력이 모자라서 아직 그 경지까지는 도달하지 못했어. 하나 내공의 절정고수나 검술의 대가는 달을 벨 수 있다고 들었어. 그걸 월

참(月斬)이라고 해."

　'달을 벤다……'

　우태는 그가 무슨 깊은 생각에 빠진 것 같아 방해하지 않고 모닥불 가에 앉아서 멧돼지를 손질하기 시작했다.

　스슥! 삭삭!

　멧돼지 껍질을 벗겨내고 통째로 나뭇가지에 꿰어 불 위에 얹고 있던 우태는 깜짝 놀랐다.

　고연이 느닷없이 자기에게 무릎을 꿇고 있기 때문이었다.

　"연, 왜 그래?"

　"부디 내게 그것들을 가르쳐 주게!"

　고연은 머리를 조아리며 간절하게 말했다.

　"이게 무슨 짓이야? 어서 일어나!"

　우태는 화들짝 놀라서 황급히 고연을 부축하려 들었다. 하지만 고연은 요지부동, 꼼짝도 하지 않았다.

　"가르쳐 주겠다고 대답하기 전에는 절대 일어나지 않겠어!"

　"이것 참……"

　우태는 난감했다. 힘으로 고연을 일으키려 한다면 까짓 손가락 하나로도 충분하겠지만 그런다고 단념할 고연이 아니라는 걸 알기에 난감했다.

　"뭘 고민해? 태 오빠가 씨를 뿌렸으니 이젠 거두어야지!"

　어느새 운기조식을 끝낸 우상이 모닥불 가에 앉아서 멧돼지를 뒤집어 익히면서 불쑥 내뱉었다.

　"그게 무슨 소리야?"

　"태 오빠가 연 오빠에게 밤을 새워가면서 혈이니 내공이니 일장 설교를 했었잖아! 연 오빠가 가르쳐 달라고 떼를 쓰지도 않았는데 말이야! 어쨌든 태 오빠가 연 오빠를 끌어들였으니까 책임지는 게 당연하다는 거야!”

“…….”

우태는 두꺼비처럼 눈만 끔뻑거렸다. 맞는 말이다.

“내가 보기에 연 오빠는 절대 포기하지 않을 것 같아. 태 오빠가 거절하면 아마 죽을 때까지라도 따라다니면서 괴롭힐걸?”

우상은 멧돼지의 익은 부분을 단검으로 베어내 오물오물 씹으면서 얄밉게 종알거렸다.

우태는 여전히 무릎을 꿇고 머리를 조아리고 있는 고연을 굽어보았다.

우태는 도움을 바라듯 우상을 쳐다봤다.

“그래서 네 생각엔 내가 어떻게 했으면 좋겠다는 거니?”

“어떡하긴, 연 오빠를 본 파의 제자로 받아들이는 거지 별수있겠어?.”

“……!”

“아버님께서 돌아가셨으니까 이젠 태 오빠가 본 파의 종주(宗主)야.”

우태는 귀에서 연기가 날 지경이었다.

“맙소사! 연이를 내 제자로 받아들이라구?”

“바보! 연 오빠를 우리와 같은 항렬로 받아들이면 되잖아! 그럼 사세 간이 아니라 사형제 간이 되는 거지. 사형제도 싫다면 그거야 두 사람이 알아서 해결할 문제고. 우물우물…….”

“그… 런가?”

우태는 어눌하게 중얼거렸다.

第四章 종주(宗主) ■

우태와 우상은 서둘러 동쪽을 향해 제단을 만들고 분주히 제삿상을 차렸다.

새로 잡아온 멧돼지의 머리를 통째로 베어서 올려놓고 우태가 자신의 행낭에서 조심스레 세 가지 물건을 꺼내어 제단에 가지런히 늘어놓았다.

그것은 금빛의 조그만 북[鼓]과 한 자루의 금빛 소검과 금빛 방울[鈴]이었다. 바로 천제이신 환인(桓因)께서 지상으로 강림하는 아들 환웅(桓雄)에게 주셨던 천부인(天符印)의 세 가지 신물인 것이다.

고연은 천부인을 보며 그것이 진품일 거라고는 손톱만큼도 생각하지 않았다.

고연과 우상이 지켜보는 가운데 우태가 먼저 제단에 큰절을 올렸다. 그는 세 번 절을 올린 후 일어나 옆으로 비켜섰다. 그의 표정이 여느 때와는 달리 매우 엄숙했다.

"제자 고연은 천제와 본 파의 개파조사께 예를 갖추라."

고연은 제단을 향해 공손히 절을 올렸다.

고구려에서는 왕실과 일반 백성들조차도 천제와 고구려의 국조 동명성제(東明聖帝)께 매년 삼월 삼 일과 시월 삼 일에 두 번 제사를 올리므로 고연에겐 이런 일이 전혀 낯설지 않을뿐더러 오히려 친숙하기까지 했다.

고연은 우태도 그런 맥락에서 개파조사와 함께 천제께 예를 올리는 것이라고 단순하게 생각했다.

고연이 제단 앞에 부복하고 있는데 옆에서 우태가 경건한 어조로 입을 열었다.

"장백파(長白派)는 환웅께서 하늘에서 처음 내려오신 장백산(長白山: 백두산) 신단수(神檀樹) 아래의 첫 도읍 신시(神市)의 자리에 개파한 후 오늘까지 누천년간 천제를 기리면서 맥을 이어오고 있노라!"

고연은 고개를 조아리고 있다가 깜짝 놀라고 말았다.

장백파라니? 장백파라면 고구려인에게는 전설 같은 존재가 아닌가? 민족의 성지인 백두산 어딘가에 존재한다고 막연한 소문만 무성한 바로 그 장백파라니…….

장백파의 사람들은 신선처럼 훨훨 날아다니기도 하고 무서운 백두산 호랑이를 귀여운 강아지처럼 다루기도 한다는데…….

고구려이든 부여(夫餘) 땅이든, 예(濊)나 맥(貊) 땅이든 옛적 단군왕검(檀君王儉)께서 지배하던 땅 안에서 재난이 발생하거나 돌림병이 돌거나 부족 간에 큰 싸움이라도 벌어지면 어김없이 나타나서 재난을 수습하고 돌림병을 고치며 싸움을 중재해 왔다는 장백파였다.

아무리 치열한 싸움이라도 장백파 사람들이 중재하면 싸움은 그 즉시 끝났다고 한다. 단군왕검의 땅 안에서 숨 쉬고 사는 백성들이라면 장백파 사람들의 말을 신의 말처럼 따르기 때문이었다.

그런데 그런 장백파를 우태가 입에 담고 있는 것이다.

고연은 궁금증이 구름처럼 피어올랐으나 꾹 참고 우태의 다음 말을 숨죽여서 기다렸다.

우태는 엄숙하고도 경건하게 말을 이었다.

"장백파 백이십칠대 종주 우태는 오늘 고구려 계루부의 장자 고연을 제자로 받아들이기로 하여 이에 천제와 조사전에 고하나이다!"

고연은 또다시 크게 놀라고 말았다. 우태가 장백파의 종주라니, 정녕코 놀라운 일이었다.

그러나 더 더욱 놀라운 일은 바로 그때 벌어졌다.

둥둥둥둥!

웅웅웅!

딸랑딸랑딸랑!

느닷없이 북소리와 방울 소리, 그리고 쇠가 떨어 울리는 소리가 한꺼번에 들려온 것이다.

우태와 우상은 소스라치게 놀랐다.

고연도 깜짝 놀라서 고개를 들었다.

그리고 세 사람은 똑똑히 보았다, 제단 위에서 벌어지고 있는 불가사의한 광경을.

제단에 가지런히 놓아둔 북과 소검과 방울이 모두 일어서 있었다. 비단 일어섰을 뿐만 아니라 지금 그것들이 저절로 소리를 내고 있었다.

둥둥둥둥!

북소리는 웅혼했다. 그것은 하늘의 가장 높은 곳에서 시작하여 하늘 전체를 무겁게 떨어 울리고 있었다. 마치 천제의 음성 같았다.

웅웅웅웅!

작은 소검이 검명(劍鳴)을 내고 있었다. 그 소리는 제단 위에서 시작된 것이 아니라 세 사람이 딛고 서 있는 땅속 깊디깊은 곳에서부터 시작되어 숲과 산과 천지간을 은은히 울리고 있었다. 마치 천제의 숨소리 같았다.

딸랑딸랑딸랑!

방울 소리는 더없이 명료했다.

그것은 하늘에서나 땅에서 시작된 소리가 아니었다. 그것은 세 사람의 마음속으로부터 맑고 또 맑게 들려오고 있었다. 마치 천제의 웃음소리 같았다.

둥둥둥!

웅웅웅!

딸랑딸랑딸랑!

그 소리들은 한데 잘 어우러져서 마치 하늘의 음악이라는 균천(鈞天) 같았고 듣는 이의 마음을 온유롭게도 평화롭게도 만들었다.

세 사람은 경악하며 눈을 부릅뜨고 제단을 쳐다보았다.

제단의 신북과 신검과 신령은 꼿꼿하게 일어선 채 이제 더 이상 흔들리지도 가늘게 떨지도 않았다.

그런데도 신비한 소리는 계속 들려왔다. 하늘과 땅과 마음속에서 마치 태고적부터 울렸던 소리처럼 울리고 있었다.

그 순간 우태와 우상은 똑같이 전설 속의 어떤 한 사람의 이름을 떠올렸다.

구백 년 전, 천제의 아들 해모수(解慕漱)와 물의 신 하백(河伯)의 딸 유화(柳花)를 부모로 두어 알에서 태어난 고주몽은 세 명의 친구 오이, 마리, 협부와 함께 부여 땅을 떠나 백두산 아래 비류수(沸流水) 근처에 초막을 짓고 기거했다.

그러던 어느 날 고주몽은 간밤의 꿈이 하도 신기하고 이상하여 백두산 신단수에 올라 천제께 제를 지내고 내려오는데 어느 웅장한 폭포 옆의 바위에 한 명의 신선 같은 중년인이 앉아 있다가 고주몽을 불러 세우며 말했었다.

"나는 신옥(神玉)이라고 하오. 천제의 명을 받들어 당신을 왕으로 옹립하기 위해서 기다리고 있었소."

신옥을 만난 고주몽은 비로소 결심하고 비류수 옆 졸본(卒本) 땅에 고구려를 세웠다.

신옥은 그 옛날 환웅을 모시고 강림했던 풍백(風伯)과 우사(雨師), 운사(雲師)처럼 바람과 비와 구름을 부르는 신통력을 지녔으며 지혜와 무술에도 뛰어났기에 고주몽은 가는 곳마다 승승장구하여 근처의 수많은 나라와 부족들을 복속시켜 고구려의 영토를 끝없이 넓혀 나갔다.

바야흐로 천하에 고구려와 상대할 나라가 남아 있지 않았을 때 신옥은 나타났을 때처럼 홀연히 사라졌다.

고주몽은 백방으로 신옥을 찾았으나 그날 이후 신옥은 두 번 다시 모습을 나타내지 않았다.

이것은 고구려 사람이라면 코흘리개조차도 알고 있는 고구려의 개국 신화였다.

우태와 우상은 똑같은 순간에 바로 신옥을 떠올린 것이다.

신옥은 장백파의 팔십칠대 종주였다. 그는 누천년 장백파의 역사 중에서 가장 뛰어난 종주로 기록되어 있다.

'그분께서 장백파에 입문하여 제자로서의 예를 올렸을 때 지금처럼 천부인이 동시에 울렸다고 한다.'

우태와 우상은 똑같은 생각을 하면서 불신의 표정으로 고연을 쳐다보았다.

둥둥둥둥!

웅웅웅웅!

딸랑딸랑딸랑!

천부인 북소리와 검명과 방울 소리는 계속 울리고 있었다.

고연은 어떤 알 수 없는 신력에 이끌려 제단 앞에 무릎을 꿇고 다시 고개를 숙이고 있었다.

우태와 우상은 크게 놀라서 서로의 얼굴을 마주 보았다.

말은 없었지만 두 사람은 같은 생각을 하고 있는 듯했다. 우상이 무언의 의미를 담아 우태에게 가볍게 고개를 끄덕여 보였다.

고연은 부복한 자세에서 꽤 오랫동안 있었지만 우태가 아무 말도 하지 않자 한참 만에야 조심스럽게 고개를 들다가 깜짝 놀라고 말았다.

우태와 우상이 고연의 오른쪽에서 그를 향해 나란히 무릎을 꿇고 이마를 땅에 댄 채 절을 올리고 있는 것을 발견한 때문이었다.

"무… 슨 일이지?"

고연은 엉거주춤한 자세로 물었다.

우태가 고개도 들지 못한 채 공손히 입을 열었다.

"저는 종주의 그릇이 아닙니다. 아버님께서도 늘 그렇게 말씀하셨고 저도 인정하고 있습니다. 얼마 전에 아버님께서 비명횡사하시지만 않았더라도 다음 대 종주의 지위는 아버님이 고른 다른 사람에게 주어졌을 것입니다."

고연은 그가 무슨 말을 하는지 금방 이해할 수 없었다. 게다가 난데없이 존대라니……. 하나 순간 그는 우태의 부친, 즉 장백파의 전대 종주가 이 세상 사람이 아니며 비명횡사했다는 사실을 비로소 알게 되었다.

"하나 저는 이제야 진정한 본 파의 종주를 찾았습니다. 그분을 종주로 삼는다면 아버님께서도 지하에서나마 크게 기뻐하실 것입니다."

"그게 누구지?"

고연은 그게 자신일 거라고는 눈꼽만큼도 예상하지 못했다.

"바로 당신이십니다."

고연은 자신의 귀를 의심할 정도로 놀랐다. 대체 무슨 말도 안 되는 소린가? 자신이 장백파의 종주가 되다니?

우태는 공손히 말을 이었다.

"혹시 신옥이란 이름을 들어보셨습니까?"

"물론이야. 태조 고주몽을 도와 고구려를 건국하신 일등 공신이 아니신가? 물론 전설의 인물이지만."

"그분은 실제 생존하셨던 본 파의 팔십칠대 종주셨습니다."

고연은 크게 놀랐다. 전설 속의 신옥이 실존 인물이고 게다가 장백파의 종주였다니……. 그러나 그의 다음 말은 고연을 더욱 놀라게 하였다.

"장백파에 입문하는 제자들은 누구나 천제께 제를 올리며 몸과 마음을 온전히 바침을 고해야 합니다. 그러나 누친년 본 파의 역시 속에서 천제께 제를 올리는 중에 천부인이 한꺼번에 울렸던 분은 신옥 사조께서 처음이자 마지막이었습니다."

고연은 뿌연 안개 속에서 희끗한 뭔가가 보이는 듯한 기분이 들었다.

"그럼……."

"당신께선 천제께 제를 올리는 중에 천부인이 한꺼번에 울린 두 번째 분이 되셨습니다."

"아!"

고연은 신음 같은 탄성을 흘렸다.

우태의 어조는 더욱 공경하고 엄숙해졌다.

"더 이상 무슨 말이 필요하겠습니까? 당신은 천제께서 직접 정하신 본 파의 종주이시며 장차 본 파의 명성을 구주팔황에 떨치실 분이십니다."

우태와 우상이 입을 모아 충심으로 읊조렸다.

"제자들이 백이십칠대 종주를 뵈옵니다!"

고연은 크게 당황했다. 너무 놀라서 정신을 수습하기 어려웠다. 그는 무슨 말인가 해야 한다고 생각했으나 정작 말이 나오지 않았다.

둥둥둥둥!

웅웅웅웅!

딸랑딸랑딸랑!

북소리와 검명, 방울 소리는 이제 고연의 마음속으로부터 울리기 시작했다.

그 현묘한 소리가 마음을 울리자 신기하게도 고연의 마음속은 명경지수처럼 맑아지기 시작했는데 막연하긴 했지만 마음속으로부터 누군가의 음성이 들려오는 것 같았다.

고연은 하나의 거대한 운명이 무겁고도 천천히 휘광(輝光)에 감싸인 채 자신에게 다가오고 있는 것을 느낄 수 있었다.

그것은 눈이 부시도록 찬란한 광채 속에서 꿈틀거리고 있는 고연의 운명이었는데 거부해서도 거부할 수도 없는 미증유의 신력을 지니고 있었다.

고연은 우뚝 선 채 입을 굳게 다물었다. 그렇게 오랜 시간이 지나도록 아무 말도 하지 않았다.

우태도 더 이상 말하지 않았다. 우태와 우상은 고연을 향해 부복한 채 요지부동, 꼼짝도 하지 않았다. 그렇게 세 사람이 있는 곳에만 시간이 정지한 듯했다.

얼마나 오랜 시간이 흘렀을까? 고연이 조용히, 그리고 엄숙한 어조로 입을 열었다.

"나는 장백파 백이십칠대 종주로서 첫 번째 명령을 내리겠다."

그는 마침내 자신이 장백파의 종주라는 것을 받아들인 것이다.

"하명하소서!"

우태와 우상은 고개도 들지 못한 채 읊조렸다.

"이 명령을 목숨을 걸고 따를 것을 맹세하겠는가?"

"맹세합니다!"

둥둥둥! 웅웅웅! 딸랑딸랑!

천부인의 현묘한 소리는 천지간에도 고연의 마음속에서도 여전히 울리고 있었다.

"나는 아직 미완의 몸이다. 정식 종주가 되는 시기는 내가 장백파의 무공을 터득한 뒤로 미루겠다. 또한 그 시기가 되기까지 너희 둘은 예전처럼 나를 친구와 오빠로 대할 것을 명한다!"

우태와 우상은 고개를 들고는 크게 놀란 표정으로 고연을 쳐다보았다.

고연은 엄숙한 얼굴이었다.

"너희는 방금 전에 내게 한 맹세를 지켜야 할 것이다."

이럴 수가? 보기 좋게 당했다.

우태와 우상은 실로 어이없어했다.

하나 고연은 나름대로 생각이 있었다.

장백파는 곧 고구려의 전설이다. 장백파의 종주라는 지위는 그만큼 막중한 것이다.

그는 자신이 아무것도 모르는 상태에서 종주가 될 수는 없다고 판단했다. 그것은 오히려 장백파의 명예를 실추시킬 게 뻔했다.

고연은 자신이 장백파의 종주가 될 운명이라는 사실을 부인하지는 않았다. 천제의 증거를 직접 목격했기 때문이다. 다만 그 시기를 늦출 뿐이었다. 자신이 완벽해지는 그 언젠가로.

"태, 상아, 그만 일어나라."

우태와 우상은 고연의 말을 거부하지 못했다.

두 사람은 방금 전에 자신들의 목숨을 걸고 고연과 예전처럼 친구와 동생이 될 것을 맹세했다. 그것이 고연의 따스한 배려라는 것을 모를 리 없는 두 사람이었다.

고연이 당군에게 죽을 위험에 처해 있을 때 우태와 우상이 그를 구했던 것은 결코 우연이 아니었다.

그것은 하늘이 안배한 필연이며 운명이었다. 세 사람은 비로소 그 사실을 깨닫게 되었다.

동녘으로 산중에서의 사흘째 태양이 떠오르고 있었다. 하나 그것은 어제의 태양과는 달랐다. 어제는 멸망한 고구려의 귀족 고연의 태양이었지만 오늘은 장백파 백이십칠대 종주의 태양이었다.

장백천급(長白天笈).

고연 일행은 다시 길을 재촉하여 산길을 가고 있었는데 우태가 걸음을 멈추고 그런 제목을 지닌 한 권의 낡고 빛 바랜 두툼한 책자를 고연에게 두 손으로 경건하게 내밀었다.

"본 파의 정수가 담겨 있는 비급이야. 하나의 심법 구결과 삼 초 구 식으로 이루어진 검법 구결, 권법과 비각술, 그리고 두 개의 경신 비결, 마지막으로 신공 구결이 기록되어 있어."

고연은 엄숙한 마음으로 책자를 받아 들었다.

"너는 백지와도 같은 상태니까 우선 심법 구결을 익히면서 권법과 비각술을 수련하고, 그 다음에 검법의 제일초식부터 수련하는 게 좋을 거야."

고연은 호기심과 기대가 부쩍 일어서 우태를 보며 물었다.

"너처럼 되려면 얼마나 익혀야 하지?"

우태는 담담히 미소 지었다.

"나는 다섯 살 때 무공에 입문했으니까 십이 년쯤 됐지?"

고연은 말문이 막혔다.

십이 년이라니? 그래서는 아버님을 도울 수도 없을뿐더러 아직 요동 성이 함락되지 않았다면 당군으로부터 요동성을 구해 내지도 못한다. 눈 앞이 아득해졌다.

우태가 손을 고연의 어깨에 얹으며 조용히 말했다.

"무슨 생각을 하는지 알아. 하나 그것은 불가능한 일이야."

고연은 착잡한 표정으로 우태를 쳐다봤다. 그의 표정이 '왜?' 라고 묻고 있었다.

"나는 아직도 장백천급의 신공은 시작조차 못하고 있어. 신공을 익히려면 최소한 일 갑자의 내공이 있어야 하거든."

일 갑자면 육십 년이다.

그렇다면 육십 년 후에나 신공을 익힐 수 있다는 말인가? 그때가 되면 나는 칠십오 세가 되고 부모님은 살아 계시지도 않을 것이며 고구려는⋯ 고구려는⋯⋯.

고연은 낭떠러지 끝에 서 있다가 마침내 그 아래로 떨어지는 기분이 들었다.

순간 퍼뜩 고연의 뇌리를 스치는 것이 있었다. 그는 기대에 찬 얼굴로 우태를 쳐다봤다.

"하지만 너는 오십 년 내공을 갖고 있다고 했지? 넌 십이 년 동안 무공을 수련했다면서 어떻게 그게 가능했지?"

당연한 의문이었다.

우태는 조용히 설명했다.

"물론 이론상으로는 불가능하지. 하나 자질이 뛰어나면 십 년 동안 수련하고서도 삼사십 년의 내공을 얻을 수도 있어. 게다가 내공 증진을 돕는 약초나 영물들을 두루 복용한다면 그 효과는 훨씬 배가되는 거야."

우상이 끼어들었다.

"아버님께서는 백두산에서 자생하는 신비한 약초들과 영물들을 구해서 환약으로 만드셨어. 천보단(天寶丹)이라고 하는데 그걸 우리와 문하 제자들에게 고루 먹이셨기 때문에 우리의 내공이 많이 증진된 거야."

"그랬었군."

"천보단 한 알은 십 년의 내공을 증진시켜 주는데 그것도 심법을 부지런히 연마했을 때만 가능하지."

고연은 진지하게 입을 열었다.

"아버님께서 어쩌다가 돌아가셨는지, 장백파가 어찌 되었는지, 너희는 왜 중원으로 가는 것인지 말해 줘."

그러자 우태와 우상의 얼굴에 짙은 슬픔과 회오의 기색이 역력히 떠올랐다. 단지 고연의 질문만으로도 우상의 눈에는 이미 눈물이 그렁그렁 고여들고 있었다.

일행은 시리도록 맑게 흐르는 어느 냇가의 바위에 나누어 앉았다.

우태는 냇물로 시선을 던지고는 한참 동안 침묵을 지킨 후에야 어렵사리 입을 열었다.

"알고 있는 것처럼 장백파는 고구려의 전설이야. 장백파를 무너뜨리지 않고는 고구려를 완벽하게 멸망시켰다고 말할 수 없지. 알려지진 않았지만 사실 당은 대군을 이끌고 고구려를 공격하면서 한편으로는 장백파를 공격했던 거야."

고연은 의문이 일었다.

"너희 아버님께선 장백파의 종주이시니 놀라운 능력을 지니셨을 테고 또한 장백파에는 많은 문하 제자가 있었을 텐데 오합지졸인 당군 따위로는 장백파를 어쩔 수 없었을 것 아닌가?"

우태가 무겁게 대답했다.

"아버님의 무공은 나 정도의 고수 열 명쯤이 합공을 해야 겨우 평수를 이룰 정도로 고강하셨어. 하나 당은 군사 따위로 본 파를 공격했던 게 아냐."

고연은 크게 놀랐다. 그가 아는 바로는 우태야말로 천하에서 가장 무서운 고수였다.

그런데 그의 부친이 우태 정도의 고수 열 명을 합친 정도의 고수라니 쉽사리 믿어지지 않았다. 게다가 그런 분이 죽었다는 사실은 더 더욱 믿기 힘들었다.

원래 장백파에는 백여 명의 문하 제자가 있었다. 그들 중에는 우태보다 뛰어난 고수도 부지기수였다.

우태의 부친은 이름이 우한경(禹韓敬)이었다.

우한경은 무공이 입신지경에 이르렀으며 중원에도 여러 차례 다녀오며 중원에서는 장백검신(長白劍神)이라는 별호를 얻게 되었다.

장백검신의 '검신'이라는 별호가 말해 주듯이 그는 검에 관한한 거의 무적이었고 신의 경지에 이르러 있었다. 중원에서 우한경의 검 아래 목숨을 잃은 고수는 수백 명에 이르렀다.

중원인들은 원래 오래전부터 장백파를 두려워하고 있었다. 아니, 공포의 대상이라는 표현이 옳았다.

장백파는 웬만해서는 중원에 발을 들여놓지 않았는데 어쩌다 몇십 년만에 중원에 발을 들여놓게 되면 발길이 닿는 곳마다 피바람이 불었고 피 냄새가 진동했다.

중원무림인들은 장백파 사람이면 가만히 놔두지 않았다. 어떻게든 장백파 사람을 이겨서 졸지에 명성을 날려보려는 의도에서 불나방처럼 덤벼들었다가 하루살이처럼 죽어갔다.

당은 그런 장백파를 제압하기 위해서 중원무림의 쟁쟁한 고수들을 불러 모으기 시작했다.

한 사람당 적게는 수백 근, 많게는 수만 근의 황금을 대가로 내놓았는데 그렇게 해서 모은 고수들의 수효가 삼백에 이르자 당 고종(唐高宗)의 밀명을 받은 대장군 번주(蕃周)는 그들을 이끌고 백두산 신단수에 위치한 장백파로 향했다.

삼백 명의 고수 중에는 더러 황금을 원하지 않은 인물들도 있었는데 그들은 장백파와는 기필코 피로 갚아야 하는 피의 빚 혈채(血債)가 있는 자들이었다. 그들은 황금을 받은 고수들보다 더욱 서둘러 백두산으로 내달렸다.

중원에서 몰려온 삼백 고수와 장백파의 결전.

결전 직전에 우한경은 우태, 우상 남매를 장백파의 곳곳이 한눈에 굽어보이는 근처의 한 그루 거목의 높다란 구멍 안에 숨겨두었다.

밖에서는 안이 잘 들여다보이지 않았지만 안에서는 밖이 한눈에 보이는 장소였다. 그리고 우한경은 남매에게 말했었다.

"만약 아비가 죽고 본 파가 멸문한다면 중원에서 온 자들 중에 누가 살아남았는지 얼굴을 똑똑히 기억해 둬라. 그리고 장백천급의 신공을 완성한 후 중원으로 가서 그자들을 찾아내어 반드시 죽여라. 그런 다음에야 이곳으로 돌아와 본 파를 재건하거라."

장백검신 우한경은 강했다. 그는 중원에서 온 고수들에게 자신이 어떻게 해서 장백검신이라는 별호를 얻게 됐는지 뼈저리게 실감시켜 주었다. 우한경의 검 아래 중원고수들이 추풍낙엽처럼 스러져 갔다.

그러나 중원고수들 중에도 절정고수들이 있었다.

그들은 세 명이었는데 우한경이 극도로 지치기를 기다렸다가 한꺼번에 덤벼들었던 것이다.

그들은 황금 때문이 아니라 원한 때문에 장백파에 온 자들이었는데 그들 각자의 무공 수준은 우한경과 일 대 일로 싸울 수 있을 정도였다.

우한경은 몹시 지쳐 있는 데다가 그런 인물 셋이 죽기를 각오하고 합공하자 결국 백여 초 만에 온몸이 난도질당해서 처참하게 죽고 말았다.

거목의 구덩이 속에 숨어 있는 우태와 우상은 부친이 피투성이가 되어 쓰러지는 광경을 피눈물을 흘리며 똑똑히 지켜봤다.

비명 소리와 울음소리가 인후로 치밀어 올랐지만 이를 악물고 끝끝내 참았다. 지금 들키면 죽음뿐이다. 죽으면 모든 게 끝장이다. 아버님의 유언도 지킬 수 없게 된다.

우태는 분노와 슬픔을 참느라 너무도 힘껏 이를 악물어서 두 개의 이빨이 부러졌다. 비명을 지를까 봐 우태에게 입이 막힌 우상은 끝내 기절하고 말았다.

우한경이 죽자 장백파의 문하 제자들은 반 시진을 버티지 못하고 한 명도 남김없이 모조리 도륙당했다. 우태는 부친을 합공해서 죽인 세 명의 절정고수가 부친의 목을 베어 수급(首級:머리)을 상자에 담는 광경을 한순간도 놓치지 않고 지켜봤다.

우태는 그들 세 명의 얼굴을 조각조각 뜯어서 머리 속에 깊디깊게 각인시켰다.

넓은 마당을 빙 둘러서 수백 명의 당군이 겹겹이 포위하고 있었는데 그 가운데 의자에 앉아서 흡족한 미소를 짓고 있는 장군 복장의 검은 수염을 기른 자는 무리의 우두머리 같았기에 우태는 그의 얼굴도 씹어 삼키듯 기억 속에 쑤셔 넣었다.

그자가 바로 당 고종의 명령으로 장백파를 몰살시킨 장본인 대장군 번주였던 것이다. 번주의 명령에 따라 당군들이 십여 채나 되는 장백파의 장엄한 전각마다 불을 질렀다.

장백파 전체는 즉시 화기가 충천했고 두 시진이나 타다가 잿더미가 되었다. 장백파의 누천년 기개와 영화도 불길 속에 함께 타다가 연기가 되어 사라져 갔다.

우태는 장백파가 불타는 것을 지켜보다가 입에서 피를 토하며 끝내 기절해 버렸다.

우태의 피맺힌 이야기를 모두 듣고 난 고연은 분노와 참담함을 동시에 느꼈다. 고구려의 전설인 장백파가 그렇게 무너지다니…….

고연은 우태와 우상을 보며 가늘 길 없는 측은지심이 들었다.

그는 우태 남매가 부모와 장백파의 복수를 하려고 중원으로 가는 길이라는 사실을 비로소 깨닫게 되었다.

어쩌면 요동성이 이미 함락됐고 부모님께서 돌아가셨다면 나도 우태 남매와 다를 바 없는 처지가 될 것이라고 고연은 생각했다.

그리고 고연은 이제 장백파의 종주였다. 그는 끓어오르는 분노를 억눌러 참으며 또박또박 힘주어 말했다.

"나 고연은 본 파를 짓밟은 무리를 결코 용서하지 않을 것이다!"

그 말은 우태와 우상에게 큰 위로가 되었다. 그들은 너무도 잘 알고 있었다.

구백 년 전의 신옥이 얼마나 대단한 인물이었는가를……. 아마 고연도 신옥 같은 인물이 될 것이라고 우태 남매는 믿어 의심치 않았다.

고연은 손에 들고 있는 장백천급을 다시 우태에게 돌려주었다.

"이걸 내게 주면 너희는 어쩌려는 거야? 태, 네가 지니고 있는 게 좋겠다."

우태는 빙그레 미소 지었다.

"장백천급의 내용들은 한 글자도 빼놓지 않고 완벽하게 외우고 있다. 다만 신공을 익히지 못했을 뿐이지."

문득 고연은 궁금하게 여기던 것을 떠올렸다.

"삼족오가 장백파와 연관이 있는 건가?"

우태는 담담히 미소 지었다.

"천제의 아드님이신 환웅께서 지상에 강림하셨을 때 지니고 계셨던 홀(忽:지팡이) 머리 부분에는 삼족오가 새겨져 있었어. 어느 날 환웅께서 풍백과 우사, 운사 세 분에게 홀을 하사하시며 이후 후손들이 나라를 세울 때마다 숨어서 도우라고 명령하셨지."

고연으로서는 처음 듣는 얘기였다.

"그 즉시 풍백, 우사, 운사 세 분은 백두산 신단수 어귀에 문파를 개파하셨는데 그게 비로 장백파야."

장백(長白)은 백두의 옛 이름이다.

고연은 크게 놀랐다.

"그럼?"

"풍백, 우사, 운사 세 분이 본 파의 공동 개파조사이시고 그때부터 삼족오는 본 파의 상징이 됐던 거야."

고연은 크게 깨달았다.

"그래서 그때부터 장백파는 나라가 세워질 때마다 암중에서 크게 도왔고 그 나라들도 한결같이 삼족오를 국조로 숭상하게 된 것이로군."

"그렇지."

그렇게 된 것이었다.

태양조이며 신조인 삼족오는 천제의 명령을 인간 세상에 전달하는 역할도 담당했는데 장백파의 도움을 받아 건국된 나라들마다 삼족오를 국조로 삼은 데에는 그만한 이유가 있었다.

삼족오는 고구려의 국조이기 전에 장백파의 상징이었던 것이다.

이십오륙 일쯤 지난 어느 날 고연과 우태, 우상 세 사람은 높고도 튼튼하며 길고 긴 장성의 성벽 위에 나란히 서서 맞바람을 받으며 그 아래로 펼쳐진 산하를 굽어보았다.

이 장성은 영류왕(營留王 618~642) 때 동북의 부여성(夫餘城)에서부터 바닷가의 비사성에 이르기까지 장장 천여 리에 걸쳐서 축조된 이른바 고구려의 천리장성(千里長城)이었다.

고연은 곰 가죽 옷을 입은 복장에 우태와 우상처럼 환두대도를 끈으로 매어 어깨에 메고 있는 모습이었다. 그렇게 하니까 두 손을 마음대로 사용할 수도 있었으며 여러 차례 칼을 뽑아보며 시험해 보니 그 편이 훨씬 편했다.

장성 위에 서 있는 고연은 만감이 교차했다.

그는 지금으로부터 삼 년 전 열두 살의 나이로 태학에 입학하기 위해서 요동성을 떠나 남경으로 향할 때 이 장성의 성문을 지났었다.

그때는 고구려를 짊어질 훌륭한 왕족이며 간성이 되고자 청운의 부푼 꿈을 간직하고 있었고 십여 명의 하인과 하녀, 한 명의 노비를 거느린 화려한 행렬이었다.

노비. 고연은 문득 한동안 잊고 있었던 수인타(首引咥)가 떠올랐다.

수인타는 말갈족(靺鞨族)의 여자였는데 고연보다 세 살 많았고 그가 태어나던 해에 그에게 주어진 노비였다.

수인타의 가계는 대대로 계루부의 노비였으므로 수인타 역시 태어나자마자 노비가 되는 것은 당연했다.

수인타는 고연의 그림자 같은 존재였다. 고연이 있는 곳에는 늘 수인타가 그림자처럼 따라다녔다.

평소에 고연은 손가락 하나도 까딱할 필요가 없었다. 모든 것을 수인타가 알아서 처리하고 대령한 때문이었다. 말 그대로 수인타는 고연의 노비였고 소유물이었으며 죽으라면 즉시 스스로 목숨을 끊고도 남을 여자였다.

그러나 고연에게 있어서 수인타는 결코 노비가 아니었다. 고연은 그녀가 노비라고 생각해 본 적이 한 번도 없었다. 수인타는 친구였고 누이였으며 또한 어머니였다.

두 사람은 남들 몰래 함께 잔 적도 많았는데 그것은 고연에게 음심이 있어서가 아니라 두 사람이 너무 친해서 한시도 떨어져 있고 싶지 않았기 때문이었다.

수인타는 하루에 한 번씩 고연의 알몸을 목욕시키며 구석구석 정성껏 닦아주었고 밤에는 두 사람이 꼭 끌어안고 자기도 했으며 고연이 잠을 이루지 못하고 칭얼거릴 때는 수인타가 다독거려 재운 적도 한두 번이 아니었다.

그 수인타와 남경에서 탈출할 때 피치 못해서 헤어졌던 것이다.

고연과 수인타는 당군에게 쫓기던 중이었는데 수인타가 다른 방향으로 당군들을 유인했기에 그 덕분에 고연은 무사할 수 있었다. 그후로는 수인타를 다시 만날 수 없었다.

'수인타……'

고연은 입속으로 중얼거렸다. 부디 죽지 말고 살아 있어다오. 고연은 간절하게 기원했다.

"연 오빠, 요동성은 얼마나 남았지?"

우상이 침묵을 깼다.

"저 큰 산 하나만 넘으면 돼."

고연은 전면에 보이는 꽤 높은 산을 응시하며 대답했다.

저 산만 넘으면 요동성이었다. 그리운 가족들이 있는 곳이며 어린 시절의 추억들이 곳곳에 배어 있는 곳이다. 수천 리나 먼 남경에서조차 한시도 잊지 못하던 그리운 고향 땅인 것이다.

"요동성은 건재할 거야. 너의 아버님께선 왕제(王弟)이기 전에 고구려 최고의 대모달이시잖아."

고연의 아버지 고중현(高中賢)은 계루부의 대대로이면서도 대장군인 대모달로서 칠 년 전 당의 소정방(蘇定方)이 신라군과 연합하여 고구려를 침략했을 때 연개소문과 더불어 크게 격퇴시키며 혁혁한 전공을 세웠었다.

고중현은 성루에 서서 군사들을 독전하거나 뒷전에서 전략이나 짜는 체질이 아니었다. 그는 전장에서는 건마를 휘몰아 누구보다도 먼저 적군을 향해 달려나갔으며 돌아올 때에는 가장 늦게 돌아오는 장군으로도 유명했다.

그래, 우태의 말처럼 그런 아버님이 철통처럼 지키는 요동성이라면 아직 무사할지도 모른다. 고연은 그런 실낱같은 기대를 심중으로 부여안았다.

第五章　귀성(歸城) ■

요동성이 가까워지자 당군의 모습이 자주, 그리고 많이 눈에 띄었다.

그것은 요동성이 아직 함락되지 않았다는 반증일지도 모른다고 고연은 판단하여 조심스럽게 안도의 한숨을 도해냈다. 희망이 서서히 현실로 나타나는 것 같았다.

온몸의 피가 빠르게 흐르면서 눈에서는 생기가 빛났으며 걸음이 점차 뛰듯이 빨라졌다.

고연 일행은 당군의 눈에 띄지 않으려고 극도로 조심하며 은밀하게 산속을 전진해 나갔다. 그러다가 그들은 어느 순간 더 이상 전진할 수 없게 되었다.

잡목이 밀생해 있는 어느 야산의 중턱에 커다란 바위들이 어지럽게 난립해 있었는데 고연 일행은 그곳의 바위틈 은밀한 곳에 몸을 감추고 눈을 빛내며 아래쪽을 살폈다.

아래쪽은 동서의 길이가 이십여 리, 남북의 폭이 십오 리에 달하는 거대한 평야형 분지였고 그 한복판에 웅장한 성이 자리 잡고 있었다.

요동성이었다.

고구려의 역사 구백여 년 동안 수많은 영고성쇠를 거듭했던 서쪽 최전방의 대성인 것이다.

아래를 보는 순간 세 사람은 입을 딱 벌렸다.

그들은 태어난 이래 단언코 이토록 많은 사람을 본 적이 없었다. 아마도 이후 죽을 때까지도 그러할 것이다.

요동성의 성문 쪽만을 터놓고 성 전체를 겹겹이 포위하고 있는 군사들의 수는 어림잡아도 오만여 명은 될 듯했다.

게다가 요동성 성문 앞 평야에는 수만 개의 군막(軍幕)이 드넓은 지역에 빼곡히 포진해 있었는데 아마도 그들 군막 안에는 성을 포위하고 있는 군사들의 대여섯 배는 족히 넘을 수십만의 군사가 들어앉아 있을 터였다.

적게 잡으면 이십오만, 많으면 삼십만의 대군일 것이라고 고연은 속으로 가늠해 보았다.

우태와 우상은 눈을 커다랗게 뜨고 말을 잃은 채 아래를 처다보고 있었다.

"저… 게 다 사람이야? 꼭 개미새끼들 같아."

우상이 입을 다물지 못하고 속삭이듯 중얼거렸다.

"당군이야. 어마어마하군."

우태가 정신을 수습하고 무겁게 중얼거렸다. 그가 고연의 표정을 살피자 고연은 두 눈을 딱 부릅뜨고 무서운 얼굴로 아래를 노려보고 있었다. 마치 두 눈에서 줄줄이 불길이 뿜어지는 듯한 무서운 표정이라 우태는 자신도 모르게 흠칫 놀라며 가슴을 쓸어내렸다.

"다행히 요동성은 무사한 것 같은데 당군이 너무 많군. 십만 명도 넘을 것 같다."

"삼십만쯤 될 거야."

우태가 신음처럼 중얼거리자 고연이 무거운 얼굴로 정정해 주었다.

"삼… 십만?"

우태 남매는 도대체 삼십만이라는 수가 얼마나 많은 것인지 두 사람의 머리와 숫자 개념으로는 도저히 측정할 수가 없었다.

고연의 눈은 정확했다. 태학에서 가르치는 수많은 것 중에는 적군의 숫자와 그들이 주둔하고 있는 곳의 지형, 지물 등을 빠르고도 정확하게 판단하는 과목도 있었다.

"어쩌지?"

도무지 대책이 서지 않는 듯한 얼굴로 우태가 중얼거렸다.

"우린 이쯤에서 헤어지자."

난데없는 고연의 말에 우태 남매는 깜짝 놀랐다.

"헤어지다니? 그게 무슨 소리야?"

우태가 이곳이 적지 한복판이라는 사실노 잊은 채 놀라서 작은 종을 두드리듯 낮게 외치는 바람에 고연과 우상은 깜짝 놀랐다.

하나 우태는 곧 자신의 실수를 깨닫고 황급히 주위를 둘러봤지만 다행히 당군은 그의 목소리를 듣지 못한 것 같았다.

우태는 고연을 똑바로 주시하며 엄숙한 표정으로 한 자 한 자 힘주어 또박또박 말했다.

"고연, 넌 본 파의 종주야. 종주를 버리고 가는 문하 제자란 있을 수 없다. 차라리 이 자리에서 네 손으로 우릴 죽여라."

우상도 우태와 같은 표정을 지었다. 우태 남매는 한 치도 물러설 기색이 아니었다.

고연은 우태의 말을 듣고 가슴 저 밑바닥에서부터 따스한 그 무엇이 솟구쳐 오르는 것을 느꼈다.

비록 만난 지 한 달 정도밖에 안 되는 우태 남매였지만 마치 어릴 때부터 생사고락을 함께 나누며 성장한 형제처럼 진한 정이 느껴졌다. 그런데 그들이 스스로의 목숨마저 도외시한 채 자신을 도우려 하자 고연은 감동이 복받쳐 오르는 것을 어쩌지 못했다.

고연은 감정을 억누르며 조용히 입을 열어 두 사람을 설득했다.

"태, 상아, 만약 결전이 벌어진다면 너희는 당군을 몇 명이나 죽일 수 있을 거라고 생각하지?"

"글쎄… 상아가 오백 명, 내가 천 명쯤은 가능하지 않을까?"

"그리곤 너희도 지칠 대로 지쳐서 죽게 되겠지."

"그럴… 테지."

"잘 생각해 봐. 당군은 총 삼십만이야. 삼십만 중에서 천오백 명을 죽이고 너희가 죽은들 뭐가 달라지겠어?"

"……."

우태 남매는 입을 다물고 말았다. 그렇다. 삼십만 대군 중에서 천오백 명을 죽여봤자 흔적도 나지 않을 것이다. 연못에서 한 바가지 물을 퍼낸 것이나 진배없을 일이다.

"물론 고구려군에겐 다소나마 도움이 되겠지. 하나 전세를 뒤집지는 못해."

고연의 조리있는 말에 우태와 우상은 할 말을 잃었다. 무작정 돕고 싶은 마음만 앞섰을 뿐 거기까진 계산하지 못했다.

우태 남매는 그래도 절대 이대로 떠나진 못한다고 마음속으로 곱씹어 다져 먹고 있었다.

"게다가 너희에겐 할 일이 있어. 선친을 무참히 척살하고 본 파를 궤

멸시킨 자들을 찾아내는 일이야. 너희는 그자들에게 마땅한 복수를 하기 전에는 결코 헛되이 죽을 수 없어!"

고연이 그렇게 일깨웠지만 우태와 우상은 그래도 쉽게 물러서려 하지 않았다. 그것은 그들 소년, 소녀가 최초로 간직하게 된 우정의 발로였다.

물론 선친과 장백파의 복수는 무엇보다도 중요했다. 하지만 고연은 장백파의 종주이자 두 사람이 난생처음 사귀게 된 유일한 벗이 아닌가? 백 번을 고쳐 생각해 봐도 고연을 혼자 버려둘 순 없는 일이었다.

"그래도 안 되겠어. 난 떠나지 않겠어. 너와 함께 있겠다."

우태가 고집스럽게 말했다.

"저길 봐."

갑자기 우상이 요동성을 가리키면서 긴장된 표정으로 낮게 속삭이는 바람에 고연과 우태는 말을 멈췄다.

우상이 가리킨 곳은 성의 정면으로 성문 위였다.

고연은 시력을 돋우어 뚫어지게 성문 위를 주시했다.

긴 성벽 위에 수백 명의 고구려군이 질서있게 늘어서 있는 것이 보였다. 하나 워낙 거리가 멀어서 자세히 보이긴 않았다.

"연 오빠, 성루를 봐."

우상이 재촉했다. 고연은 눈도 깜빡이지 않고 성루를 주시했다. 그곳에 세 사람이 나란히 서 있는 모습이 흐릿하게 보였는데 모두 갑옷을 입고 있는 것으로 미루어 장수인 듯했다.

우태가 안력을 돋우어 성루를 보며 진지하게 설명했다.

"가운데 계신 분은 금빛 갑옷을 입은 대모달의 복장인데 칠 척 장신에 검은 수염을 길렀고 얼굴이 붉으스레하고 눈빛은 번갯불 같은데 왼손에는 금검(金劍)을 쥐고 계시는군."

고연은 하마터면 눈물을 왈칵 쏟을 뻔했다.

"아버님……."

고연의 입술 사이로 신음에 가까운 중얼거림이 새어 나왔다.

우태와 우상이 똑같이 놀라는 표정으로 고연을 쳐다봤다. 역시 그들의 짐작대로 성루의 대장군은 고연의 부친이었다.

계루부의 수장 대대로이자 보장왕의 왕제이며 요동성주인 대모달 고중현인 것이다.

당군에겐 고중현이란 이름보다 '요동의 맹룡'이라는 별명이 더 잘 알려져 있었다. 당군은 그 별명만 들어도 오금을 절며 벌벌 떨어댔고 군사들의 사기는 땅에 떨어졌었다.

고중현의 탁월한 용병술에 의해서 죽어간 당군의 수효가 몇 수십만이던가? 그 요동의 맹룡 고중현이며 고연의 부친이 저기 요동성 성루에 천신처럼 서 있는 것이다.

고연은 눈을 부릅뜨고 부친을 자세히 보려 했으나 윤곽만 흐릿하게 보일 뿐 뜻을 이루지 못했다.

그것은 그의 시력이 나빠서가 아니라 거리가 워낙 멀기 때문이었고 우태와 우상이 고중현의 모습을 자세히 볼 수 있었던 것은 순전히 내공 덕분이었다.

"어떤 모습이신가?"

고연은 조심스럽게 물었다.

"옆의 장수와 웃으며 담소를 나누고 계시는군."

고연의 입가에 미소가 피어올랐다.

"하하, 과연 아버님이시군."

삼십만 적군을 코앞에 두고도 여유있게 담소를 나눌 수 있다면 보통 배포가 아니다. 고연은 바로 어제 뵈었던 부친을 다시 뵙는 듯한 기분이 들어 마음이 꽤나 안정되었다.

‘이제 오늘 밤에 성안으로 잠입해 들어가면 아버님을 뵐 수 있을 것이
다.’

고연은 한동안 부친의 모습을 더 바라보다가 이윽고 시선을 거두어 입
을 굳게 다물고 당군의 군막 쪽을 쏘아보았다. 우태와 우상도 시선으로
그를 좇았다.

고연은 무슨 생각을 하는지 눈도 깜빡이지 않고 군막을 쏘아보았다.

이윽고 그가 여전히 군막을 쏘아보며 조용히 입을 열었다.

“태, 당군을 수만 명쯤 몰살시키는 것과 같은 효과를 거두는 일이 있
는데 함께해 볼 텐가?”

“뭐, 뭔데?”

우태와 우상은 똑같이 바짝 긴장하며 마른침을 삼켰다.

고연은 자욱한 눈빛으로 눈을 가늘게 뜨며 중얼거렸다.

“적장, 즉 당군의 대장군을 암살하는 거야.”

“……!”

우태와 우상은 너무 놀라서 입을 딱 벌렸다.

“어, 이렇게?”

우태는 나직이 신음을 흘렸다.

“태, 너와 나 둘이서 해치우는 거다. 네가 도우면 가능할지도 몰라.”

“우리 둘이서?”

“나는? 나는 뭐 하고? 나도 갈 테야!”

속도 모르는 우상이 쇳소리를 내며 철없이 항의했다.

우태는 수십만 당군이 우글거리고 있는 저 아래를 쳐다보며 속이 숯덩
이처럼 새카맣게 타 들어갔다.

고연이 방금 한 말은 ‘우리 둘이 사이좋게 죽으러 가지 않을래? 라는
뜻으로 우태 귀에 들렸다.

고연이 군막에서 시선을 거두고 우태에게 진지하게 설명을 시작했다.

"오늘 밤은 그믐이라서 무척 어두울 거야. 달빛이 없으니 한 치 앞도 분간하기 어렵겠지. 일단 밤이 되길 기다렸다가 나와 태 둘이 아래로 내려가서 당군 초병 둘을 해치우고 그들의 옷으로 변장하여 잠입하는 거다."

우태와 우상은 숨도 쉬지 않고 귀를 기울였다.

"군사가 많다는 것은 역으로 그만큼 허점이 많다는 뜻이기도 하다. 당군으로 변장해서 대장군 군막까지 접근만 하면 절반은 성공했다고 볼 수 있어."

"충분히 가능성있는 일이로군."

우태는 가볍게 흥분한 음성으로 맞장구쳤다.

우태는 고연이 느닷없이 당의 대장군을 죽이자고 하자 눈앞이 캄캄해진 게 사실이었다.

그런데 그게 아니었다. 그런 기발한 계략이 있었을 줄이야. 과연 왕족은 뭔가 다르군 하고 감탄하며 우태는 열심히 설명하고 있는 고연의 잘생긴 얼굴을 슬쩍 쳐다봤다.

"대장군이라면 철통같이 호위하고 있지 않을까?"

우상이 아는 체를 했다.

"그럴 수도 있고 아닐 수도 있어. 보통 대장군의 군막은 전체 군막의 정 복판에 있는데 적이 감히 거기까지 잠입하리라곤 누구도 예상치 못할 테니까 오히려 호위가 허술할 수도 있어."

"음, 과연 일리가 있어. 좋아, 좋아."

우태는 연신 고개를 끄덕였다.

"대장군이 잠들기를 기다렸다가 입을 막고 소리없이 단칼에 죽이는 거야. 그리고는 수급을 베어서 곧장 빠져나오는 거지."

"수급? 머리통 말이야?"

우상이 눈을 동그랗게 뜨며 징그럽다는 듯 물었다.

"적장의 수급을 베어가면 요동성의 고구려군 사기가 충천할 거야. 반대로 당군은 사기가 땅에 떨어져서 전의를 상실할 테고."

고연의 말에 우태와 우상은 동시에 고개를 끄덕였다.

우태는 비로소 당군 수만 명을 몰살시키는 것과 같은 효과를 거두는 일이라는 고연의 말을 이해할 수 있었다.

자시(子時:자정) 무렵.

고연의 예측대로 그믐밤은 칠흑처럼 어두워서 손을 내밀어도 잘 보이지 않을 정도였다.

고연과 우태는 은신하고 있던 바위틈에서 나와 아래를 향해 살쾡이처럼 소리없이 미끄러져 내려갔다.

두 사람은 숲 가장자리의 나무 뒤에 몸을 감추고 분지 쪽을 날카롭게 주시했다. 하나 고연의 눈에는 막막한 어둠뿐 아무것도 보이지 않아서 쓴웃음만 지었다.

'어두워서 모습을 감추기에는 적당한데 아무것도 보이지 않으니 낭패로군.'

어둠이 유리할 거라고만 생각했지 자신들마저 불편하게 만들 줄은 미처 예상치 못했던 것이다.

피잇!

순간 우태에게서 두 개의 흰 빛줄기가 분지 쪽을 향해 일직선으로 쏘아져 나갔기에 고연은 흠칫했다.

털썩! 쿵!

보이지는 않았는데 고연은 앞쪽에서 뭔가 둔탁한 물체가 쓰러지는 소리를 들었다.

휙!

그와 동시에 우태가 쏜살같이 소리가 들려온 곳으로 튀어 나갔다.

잠시 후 우태는 축 늘어진 채 죽은 두 명의 당군을 양 옆구리에 한 명씩 끼고는 전혀 무겁지 않은 얼굴로 튀어 나갈 때처럼 빠르게 돌아왔다. 죽은 당군은 아직도 손에 창을 꼭 쥐고 있었다.

고연이 놀라고 있는 사이에 우태는 당군을 바닥에 눕혀놓고 빠르게 옷을 벗겼다.

우태는 씨익 웃으며 당군의 옷 한 벌을 고연에게 내밀었다.

고연은 옷을 받아 들고 당군을 자세히 살펴봤다.

두 명의 당군 미간 한복판에는 각각 비수가 자루만 남긴 채 깊숙이 꽂혀 있었는데 비수 손잡이에는 예의 삼족오가 새겨져 있었다.

그제야 고연은 방금 전에 우태에게서 쏘아져 나간 흰 빛줄기가 비수라는 것을 깨달았다.

'이런 칠흑 같은 어둠 속에서 그토록 정확하게 맞출 수 있다니…….'

고연은 내심 경탄을 금치 못했다. 칠흑 같은 어둠도 우태에겐 아무런 문제가 되지 않았던 것이다.

그때 우태를 보던 고연은 하마터면 웃음을 터뜨릴 뻔했다.

우태의 체구가 너무 컸기 때문에 보통 체구인 당군의 옷은 그에게 전혀 맞지 않았다.

우태는 마치 어른이 아이의 옷을 입은 것처럼 우스꽝스러운 모습으로 쓴웃음을 지으며 서 있었다. 그렇다고 우태와 덩치가 비슷한 당군을 찾아내는 것은 어려울 것 같았다.

우태는 어쩔 수 없다는 듯 어깨를 으쓱해 보였다.

"내가 널 안을게."

휙!

우태가 나직이 속삭이더니 고연의 대답도 듣지 않고 한 팔로 그의 몸통을 감더니 옆구리에 끼곤 군막을 향해 내달리기 시작했다.

아니, 그것은 달린다기보다는 날아가는 것과 같았다. 우태의 두 발은 가끔씩 땅을 디뎠을 뿐 거의 허공에 떠 있었는데 말이 질주하는 속도와 비슷했다.

두 사람이 숨어 있는 곳에서 군막까지는 삼백여 장의 먼 거리였다. 그러나 우태는 대여섯 번의 숨을 들이쉴 짧은 순간에 군막의 가장자리에 당도했다.

게다가 그 삼백여 장의 거리 중간중간에 두세 명씩의 당군 초병이 지키고 있었는데 어둠 속에서도 우태는 귀신같이 그들을 피해서 질주했던 것이다.

고연은 우태의 놀라운 능력에 감탄을 거듭할 뿐이었다.

그런데 우태의 부친 우한경은 우태 같은 고수가 열 명이 합세해야 겨우 평수를 이룰 수 있다니 그의 무위(武威)라는 것은 도대체 어느 정도인지 가늠하기조차 불가능한 일이었다.

'언젠가는 기필코 장백천급을 완벽하게 익히고 말리라.'

고연은 내심 다시 한 번 굳게 결심했다.

고연은 당군처럼 오른손에 창을 쥐고 애써 태연한 걸음으로 우태와 나란히 군막 사이를 걸어갔다.

그러면서 눈은 쉴 새 없이 예리하게 주위를 살폈다. 그러다가 고연은 우태가 자신과는 달리 무척이나 여유있는 걸음과 표정인 것을 발견하고는 그의 담력에 혀를 내둘렀다.

아마도 고수가 되면 자신감이 충만해져서 애써 꾸미지 않아도 자연적으로 당당해지기 때문일 거라고 고연은 생각했다.

그런데 두 사람은 예상했던 것과는 달리 적장의 군막을 쉽사리 찾아내지 못했다.

아무리 총명한 고연이라 해도 수만 개의 군막 속에서는 갈피를 잡지 못하고 당황할 수밖에 없었다.

막상 잠입해 보니까 산중턱에서 굽어보던 것과는 상황이 전혀 달랐다. 적장의 군막이 어느 방향에 있는지조차 가늠하기 어려운 상황이었다.

그때 설상가상으로 고연과 우태의 전면에서 두 명의 당군이 마주 걸어오는 것이 보였다.

고연은 그들과 마주치기 전에 피하려고 즉시 옆쪽으로 방향을 꺾으려다가 생각을 바꾸었다. 그렇게 하면 오히려 그들이 이상하게 생각할지도 모르기에 그냥 마주쳐 걸어갔다.

고연은 그들이 제발 그냥 지나쳐 주길 빌었다. 당군 군막 한복판에서 싸움이 벌어진다면 적장의 목을 베기는커녕 두 사람이 살아서 나가는 것조차 장담할 수 없게 될 것이다.

그러나 기대는 여지없이 무너졌다. 두 명의 당군이 고연과 우태 앞에 걸음을 멈추며 한어(漢語)로 뭐라고 말을 걸어왔기 때문이다.

고연의 온몸이 극도의 긴장으로 팽팽해졌다. 여차하면 둘 중 하나를 죽일 생각으로 창을 잡고 있는 손에 잔뜩 힘을 주었다.

그런데 전혀 예기치 않은 일이 벌어졌다.

우태가 한어로 태연히 뭐라고 대꾸하고 있는 것이 아닌가?

두 명의 당군은 나직이 웃음소리를 내며 고개를 끄덕였다.

이어서 당군이 그대로 고연과 우태를 지나치려고 하였기에 고연은 내심 안도의 한숨을 토해냈다.

바로 그때 우태가 당군에게 또 한어로 뭐라고 말을 걸었다. 아주 천연덕스러운 표정을 지으면서 말이다. 그 바람에 고연은 화들짝 놀라고 말았다.

그러자 두 명의 당군 중 한 명이 걸음을 멈추고 그들이 걸어왔던 방향을 가리키며 뭐라고 대꾸했다.

우태는 두 손을 마주 잡고 가슴 높이에서 가볍게 흔들어 보이면서 뭐라고 말하며 또 웃어 보였다.

두 명의 당군도 뭐라고 한어로 대꾸하면서 지나쳐 갔다.

고연은 멀어지는 당군을 보면서 안도의 한숨을 내쉬었는데 그의 등줄기에서 주르르 식은땀이 흘러내렸다.

고연과 우태는 다시 걸음을 옮기기 시작했고 고연이 앞을 보고 걸으면서 속삭였다.

"한어를 할 줄 아는 거야?"

"응, 아버님께 배웠어."

우태가 태연히 대꾸했다.

"방금 그들과 뭐라고 말한 거지?"

"어디 소속이냐고 묻기에 북쪽을 지키는 초병이라고 대답했지."

"나중에는?"

"대장군 군막이 어디냐고 물었어."

고연은 머리 속이 얽힌 실타래처럼 어지러웠다. 이걸 배포라고 해야 하나, 아니면 무지막지하다고 해야 하나?

"네가 그랬잖아. 적진 한복판일수록 허점이 더 많아서 의심하지 않을 거라고. 난 너한테 배운 걸 써먹었을 뿐이야. 나, 잘했지?"

우태는 아무렇지도 않게 말하며 칭찬해 주길 바라기까지 했다. 더 듣다간 고연의 머리가 어떻게 돼버릴 것만 같았다. 하여튼 그 덕분에 두 사람은 적장의 군막을 어렵지 않게 찾을 수 있었다.

적장의 군막은 다른 군막보다 열 배는 더 컸고 더 높았으며 금빛의 누런 황막이었고 수십 개의 깃발이 나부끼고 있었다.

군막 입구 양쪽에는 일견하기에도 평범해 보이지 않는 두 명의 당군이 철탑처럼 버티고 서 있었다.

고연은 황막이 잘 보이는 한 군막 뒤에 숨어서 황막 입구를 쏘아보며 눈썹을 좁혔다.

"그냥 정면으로 돌파하자. 저놈들은 내가 처치할게."

우태가 속삭였다. 그는 아무래도 배포, 아니면 무지막지함에 재미가 든 게 분명했다.

"곤란해. 해치우는 것은 네가 하더라도 우리가 황막 안에서 적장의 목을 베는 동안 저들의 모습이 보이지 않으면 의심할 거야."

"그렇군."

고연의 시선이 황막의 보이지 않는 뒤편으로 향했다고 여긴 순간 그는 즉시 입을 열었다.

"황막의 뒤쪽을 찢고 잠입하자."

꾸물거릴 시간이 없었다. 적장의 군막은 예상보다 훨씬 경호가 허술했지만 밤새 그러리라는 보장은 없었다. 이것은 하늘이 내린 절호의 기회였다.

스으.

우태의 비수는 예리하기 짝이 없었다. 두꺼운 황막에 슬쩍 갖다 대기만 했는데도 황막은 세로로 석 자나 길게 베어졌다.

고연과 우태는 창을 놓고 빨려들 듯이 황막 안으로 숨어들었다. 고연의 심장이 그의 귀에 들릴 정도로 미친 듯이 쿵쾅거렸다. 그는 자신의 심장 소리 때문에 발각되는 게 아닐까 하는 생각마저 들었다.

황막 안은 생각했던 것보다 훨씬 넓었고 훈훈한 온기가 감돌고 있었으며 은은하게 밝았다. 복판에 놓인 큼직한 화로에서 숯불이 벌겋게 타고 있었으며 기둥에는 약한 빛을 뿌리는 유등이 걸려 있었다.

고연과 우태는 재빨리 황막 안을 둘러보았다. 그리고 다음 순간 두 사람의 시선이 얼어붙듯이 한곳에 고정되었다.

크고 푹신한 호피에 일남일녀가 실오라기 한 올 걸치지 않은 알몸으로 부둥켜안은 채 잠들어 있는 모습이 두 사람의 시야에 들어왔다. 그 순간 두 사람은 일순 크게 당황했다.

두 사람은 이제 십오 세와 십칠 세의 소년이었다. 당연히 여자와는 몸을 섞어본 적이 없는 동정의 몸이었다. 그리고 남녀 간의 은밀한 정사에 대해서는 들어본 적도 본 적도 없었다.

두 사람은 몸도 정신도 아직 순진무구한 소년이었으므로 지금과 같은 낯뜨거운 광경을 정면으로 목격하게 되자 여간 당황스러운 게 아니었다.

고연과 우태는 얼굴을 붉히며 고개를 돌려 외면하다가 서로의 얼굴을 마주 쳐다보는 꼴이 되고 말았다. 두 사람은 서로의 얼굴을 보며 피식 실소를 흘렸다.

고연이 먼저 벌거벗은 남녀 쪽으로 조심스럽게 다가갔다.

알몸의 남자는 오십여 세쯤의 초로인이었다. 약간 비대한 체구였고 배가 불룩했으며 짧고 검은 수염을 기른 모습이었는데 그가 삼십만 당군을 총지휘하는 대장군인 듯했다.

여자는 이십오륙 세 정도의 나이에 갸름하며 무척 요염한 용모였고 잘록한 허리와 희고 펑퍼짐한 엉덩이를 지닌 꽤나 육감적인 몸매의 소유자였다. 여자는 옆에 누운 초로인의 몸에 비해서 몸의 굵기가 절반도 되지 않아 보였고 무게는 삼분의 일에도 못미칠 것 같았다.

남녀는 얼마 전에 격렬한 일을 치러서 몹시 피곤한 듯 가늘게 코를 골며 깊은 잠에 빠져 있었는데 여자는 똑바로 누운 초로인 쪽을 향해 옆으로 누운 자세에서 팔과 다리를 초로인의 가슴과 다리에 안 듯이 얹은 자세웠다.

그런 자세였기 때문에 여자의 사타구니의 은밀한 부위가 적나라하게 드러나 있었고 고연과 우태는 남녀의 아래쪽에서 다가가고 있었기에 그 광경을 한눈에 볼 수밖에 없는 입장이었다.

여자의 사타구니는 검은 방초(芳草)에 덮여 있었고 방초 안에서 흘러나온 듯한 희끗한 액체가 방초와 허벅지에 말라붙은 자국이 흐릿하게 남아 있었다.

두 소년은 뜻하지 않은 장면 때문에 방금 전보다도 열 배는 더 당황하고 말았다. 아마도 그것은 초로인의 목을 베는 것보다 백 배는 더 힘들 것이 분명했다.

초로인은 싸움터에까지 여자를 데리고 와서 밤마다 질펀하게 육욕의 향연을 만끽하고 있었던 것이다.

고연은 초로인의 얼굴을 날카롭게 쏘아보았다. 잠든 초로인의 얼굴에서 탐욕과 게으름과 교만이 풍겨지는 듯했다.

고연은 우태를 보다가 그가 여자의 사타구니에 시선을 못 박은 채 눈을 커다랗게 뜨고 있는 것을 발견하고 실소를 흘렸다.

고연이 초로인의 목을 벨 작정으로 어깨의 환두대도를 잡은 채 그자의 얼굴 쪽으로 다가가자 그제야 기척을 느낀 우태가 허둥지둥 고연에게 다가왔다.

슥.

우태가 품속에서 한 자루 비수를 꺼내 쥐고 초로인에게 다가갔다.

고연이 팔을 뻗어 우태를 제지했다.

'왜?'

'내 손으로 직접 목을 베겠어.'

우태가 의아한 얼굴로 눈으로 묻자 고연이 눈빛으로 그렇게 대답했다.

고연의 얼굴에는 우태로선 한 번도 본 적 없는 결연함이 가득 떠올라 있었다.

우태는 고개를 끄덕이며 비수를 고연에게 주고 자신은 한 걸음 옆으로 물러났다.

고연이 비수를 쥐고 긴장한 얼굴로 우태를 쳐다보자 그는 고연에게 한 손으로는 자신의 입을 막고 다른 손으로는 자신의 목을 빠르게 그어대는 시늉을 해 보였다.

고연은 알았다는 듯 묵직하게 고개를 끄덕였다. 초로인의 입을 막고 단숨에 목을 베라는 뜻이었다.

고연은 크게 심호흡을 했다. 하나 가슴이 잔잔하게 떨리고 입 안의 침이 바짝 마르며 긴장감이 쉽사리 가셔지지 않았다.

그는 초로인의 얼굴 옆에 서서 그를 굽어보았다. 그의 자고 있는 얼굴에는 정복자의 잔혹함과 침탈자의 야비함이 겹쳐져서 떠올라 있었다.

고연은 지그시 어금니를 악물고 눈을 부릅뜨며 오른손으로 비수를 힘껏 움켜잡았다.

고연의 왼손이 초로인의 입을 찍어 누르듯이 막자 초로인의 눈이 빈쩍 떠졌다.

초로인의 놀라움으로 물든 눈이 한껏 흡떠지며 고연을 쳐다봤다. 잠에서 막 깨어난 그는 지금 자신이 어떤 상황에 처했는지 조금도 깨닫지 못하는 것 같았다.

고연과 초로인의 시선이 허공에서 마주치며 뒤엉켰다.

고연은 두 눈에서 강렬한 살기를 뿜어냈다. 순간 초로인이 억센 힘으로 일어나려고 했다. 고연은 흠칫 놀라며 입을 막은 손에 더욱 힘을 주었다.

그러자 초로인은 더 강한 힘으로 일어나려고 하면서 미친 듯이 사지를 버둥거렸다. 그 힘이 너무 완강해서 고연은 더 이상 버티기가 어려웠다. 고연은 크게 당황했다.

팍팍!

순간 우태가 재빨리 초로인의 어깨와 목 부위의 세 군데 혈도를 제압했다. 그러자 초로인은 두 눈을 부릅뜬 채 온몸이 뻣뻣하게 굳어졌다.

고연이 놀란 가슴을 겨우 진정시키면서 우태를 쳐다보자 그는 담담하게 고개를 끄덕여 보였다.

고연은 마음을 가라앉히고 초로인을 쏘아보았다. 초로인의 두 눈이 공포로 가득 물들어 있었다.

'잘 봐둬라, 이 돼지 같은 놈아! 난 대고구려의 아들 고연이다!'

고연은 속으로 외치면서 두 눈에 더욱 짙은 살기를 떠올리며 어금니를 힘껏 악물었다.

드윽.

순간 고연의 오른손에 쥐어진 비수가 초로인의 목을 가로로 정확하게 그었다.

일도로 초로인의 목은 간단하게 베어졌다. 역시 우태의 비수는 예리하기 짝이 없었다.

고연은 초로인의 목을 벤 후에도 한동안 그의 입을 찍어 누르고 있었다. 초로인의 목에는 가로로 가느다란 혈선이 그어져 있었고 그곳에선 피가 흘러나와 순식간에 호피를 흥건히 적셨다.

고연은 싸늘하게 초로인을 굽어보았다. 그는 자신의 싸늘해진 심장이 진저리를 치며 희열하는 것을 느꼈다.

초로인의 두 눈이 더욱 부릅떠졌고 머리와 분리된 몸뚱이가 갓 잡아 올린 물고기처럼 한동안 퍼덕이더니 오래지 않아서 멈췄다. 그의 두 눈은 여전히 부릅떠져 있었는데 눈의 동공은 허공의 한 점에 고정된 채 움직임을 멈춘 상태였다.

우태가 고연의 어깨에 가만히 손을 얹자 고연은 움찔 놀랐다.

우태가 조용히 고개를 끄덕였다. 그제야 고연은 초로인의 입을 막았던 손을 떼고 한 걸음 물러섰다. 그의 손바닥에는 초로인이 흘린 침이 축축하게 묻어 있었다.

우태는 재빠른 동작으로 근처에 있는 보자기에 초로인의 수급을 싸서 능숙하게 묶은 후 고연을 쳐다보다가 흠칫 놀랐다.

고연은 크게 놀라는 표정으로 호피에 누워 있는 여자를 뚫어지게 쳐다보고 있었다.

그런데 자고 있던 여자가 언제 깼는지 원래의 자세 그대로 누운 채 경악으로 물든 눈만 커다랗게 뜨고 고연을 마주 쳐다보고 있었다.

고연은 크게 당황했다. 등줄기에서 식은땀이 흐르는 것이 느껴졌다. 여자가 소리치면 그저 적장을 죽인 것만으로 만족하고 우태와 함께 이곳에 뼈를 묻어야 할 것이다.

여자는 너무 놀라서인지, 그 순간 자기가 어떻게 처신해야 할지를 갈등하고 있는 것인지 눈을 커다랗게 뜬 채 경악하면서 꼼짝도 하지 않았다.

쉭!

그때 우태에게서 여자에게로 하나의 희고 차가운 빛살이 일직선으로 쭉 그어졌다. 그것은 우태와 여자 사이에 흰 줄 하나가 팽팽하게 연결된 것처럼 보였다.

흰 줄의 끝이 여자의 얼굴 어림에 닿았을 때 그녀의 입이 찢어지도록 크게 쩍 벌어졌다.

여자의 눈썹 한복판인 미간에는 어느새 우태의 비수 한 자루가 손잡이만 남긴 채 깊숙이 꽂혀 있었다. 손잡이의 삼족오가 유등 빛을 받아 흐릿하게 번뜩였다.

고연은 비수가 꽂힌 부위가 인당혈(印堂穴)이라는 것을 한눈에 알아봤다. 아까 두 명의 당군 초병도 인당혈에 비수가 꽂혀 즉사했었다.

고연은 우태에게 배운 혈에 대한 지식을 이미 완벽하게 자신의 것으로 만든 상태였다.

여자는 눈을 감지 못한 채 절명했다. 사혈에 비수가 꽂혔으니 숨도 한 번 쉬어보지 못하고 즉사한 것이다.

고연과 우태는 황막의 찢어진 뒤쪽을 통해서 밖으로 나온 후 태연히, 그러나 빠르게 걸음을 옮겼다.

고연은 이상하리만치 마음이 평온했다. 조금 전에 초로인을 벨 때의 긴장감은 까맣게 잊어버렸다.

처음에 숨어 있던 산 중턱의 커다란 바위틈 사이의 은밀한 공간에 고연과 우태, 우상이 서로 얼굴을 마주 보며 앉아 있었다.

세 사람의 복판에는 초로인의 수급을 싼 보자기가 놓여 있었다. 보자기 아래쪽에서 흐른 피가 땅을 축축이 적셨다.

고연은 보자기를 보고 있으면서도 자신들이 적장의 수급을 베어 살아서 돌아왔다는 사실이 쉽게 믿어지지 않았다. 그것은 가히 기적이라고 해도 과언이 아니었다.

사실 처음에 고연이 적장의 목을 베자는 생각을 해냈을 때에는 그 자신조차도 결과에 대해서는 회의적이었다.

만약 그런 계획을 다른 사람이 들었더라면 영락없는 자살 행위라고 일축했을 게 뻔했다. 그만큼 그 계획은 무모하기 짝이 없었다.

'운이 좋았어.'

고연은 내심 중얼거리며 우태를 처다봤다.

"고맙다, 태."

"무슨 소릴, 내가 더 할 일은 없는 건가?"

우태가 아쉬운 표정으로 말을 받았다.

고연은 진심으로 말했다.

"아까도 말했듯이 적장의 목을 벤 것은 수만 명의 당군을 죽인 것이나 진배없어. 넌 이미 큰일을 해냈다."

고연이 조용히 채근했다.

"더 늦기 전에 너희는 이제 그만 떠나."

우태와 우상의 얼굴에 진한 아쉬움이 떠올랐다.

우상은 고개를 푹 숙이고 있었다.

우태가 품속에서 뭔가를 꺼내 고연에게 내밀었다. 백옥으로 만든 손가락 길이의 작은 병이었다.

"천보단이야. 다섯 개뿐인데 나와 상아가 한 개씩 갖고 너에게 세 개를 주마."

고연은 크게 놀라서 우태를 쳐다봤다.

"이 귀한 것을……."

"장백천급의 심법 구결을 익히면서 먼저 한 개를 복용하고 이후 한 달에 한 개씩 나누어 복용해. 그럼 도움이 될 거야."

"태, 나는……."

"자, 이걸 줄게. 내가 직접 만든 거야."

우태가 상의를 벗더니 자신의 속옷 가슴에 두르고 있던 띠를 풀어서 고연에게 주었다. 그것은 일곱 자루의 비수가 가지런히 꽂혀 있는 비수대(匕首帶)였다.

고연은 고개를 가로저었다. 굳이 설명하지 않아도 우태가 몹시 아끼는 비수라는 것을 잘 알고 있는 고연이었다.

"받을 수 없어."

"나는 또 만들면 돼."

우태는 비수대를 고연의 손에 쥐어주었다.

"그리고 틈틈이 비도술을 익혀라."

"비도술?"

"비수를 던지는 방법이야."

"나는 비도술을 모르는데?"

우태의 표정이 진지하게 바뀌었다.

"비도술은 요령이 없어. 끝없는 수련만이 있을 뿐이야."

우태는 스승이 제자에게 대하듯 자상한 어조로 설명했다.

"되도록 표적을 작은 것으로 정하되 쉽사리 비수를 던지지 마라. 처음에는 보는 수련만 하는 게 좋아."

"보는 수련?"

"응, 표적에서 눈을 떼지 말고 계속 주시하는 거야. 그러다 보면 어느 순간에 표적이 크게 보일 때가 있어. 그때 비수를 던지는 거야. 아주 빠르게."

우태는 강조했다.

"목표가 크게 보이지 않거나 아주 빠르게 던질 자신이 없다면 아예 던지지 마라. 십중팔구 실패하게 될 테니까."

고연은 우태의 말이 금방 이해되지 않았다. 하나 지금은 말을 길게 나누고 있을 때가 아니었다.

"알았어. 이제 그만 가봐."

꽈악!

"고연."

우태가 고연의 손을 두 손으로 힘주어 잡으며 입을 열었는데 음성이 가늘게 떨려 나왔다.

"우태."

고연도 우태의 손을 힘껏 마주 잡았다. 맞잡은 손을 통해서 말로는 형언키 어려운 뜨거운 그 무엇이 서로에게 전해졌다.

우태와 우상은 동시에 일어서더니 고연을 향해 너무도 공손히 큰절을 올렸다.

우태가 머리를 조아린 채 아뢰듯이 입을 열었다.

"종주, 다시 뵈올 때까지 부디 옥체 보중 하십시오."

벗이 아닌 문하 제자가 종주께 올리는 절이었다.

우태와 우상은 무릎을 꿇고 앉아 있었는데 우상은 여전히 고개를 푹 숙인 상태였고 우태는 묵묵히 고연을 주시하고 있었다.

끄덕.

고연은 말없이 고개를 끄덕였다.

우태가 지그시 어금니를 악물었다.

"죽지 마라. 죽으면 내가 절대 용서하지 않겠다. 건강하게 살아 있는 너의 모습을 보여다오."

우태는 눈을 부릅뜨며 다짐하듯 말하고는 우상의 손을 잡고 일어나서 뒤돌아 바위틈 사이로 걸어나갔다.

고연은 초로인의 수급이 담긴 보자기와 비수대를 들고 일어서서 그들이 가는 것을 묵묵히 지켜보았다. 천교만감이 복잡하게 얽혔다.

고연은 잘 알고 있었다. 이제 저 두 사람을 살아서 다시 만날 가능성은 거의 없다는 사실을.

'잘가라, 친구, 상아……'

고연은 우태 남매의 모습이 어둠 속으로 사라지는 것을 지켜보며 입속으로 중얼거렸다.

그때 우상이 우태의 손을 뿌리치고 고연을 향해 구르듯이 달려오는 모습이 보였다.

와락!

우상은 고연의 품으로 안겨들었다. 그녀는 두 팔로 고연의 허리를 끌어안고 그의 가슴에 얼굴을 묻은 채 꼼짝도 하지 않았다.

우상은 떨림이 고연의 가슴으로 전해져 왔다.

우상이 소리없이 몸을 떨며 흐느끼고 있었다. 곧 이어 고연의 앞섶이 축축하게 젖어들었다. 우상의 눈물이었다.

고연은 착잡한 심정으로 묵묵히 우상을 떼어냈다.

우상은 눈물이 가득 고인 눈으로 고연을 빤히 올려다보았다. 그녀는 입술을 깨물며 애절하게 말했다.

"죽지 마, 연 오빠. 죽으면 안 돼."

우상이 말없이 고연의 손에 하나의 물건을 쥐어주었다. 차가운 감촉이 고연의 손에 전해졌다.

휙!

우상은 눈물을 흘리면서 몸을 돌려 기다리고 있는 우태에게 나는 듯이 달려갔다.

우태와 우상은 곧 어둠 속으로 사라졌다. 고연은 한동안 그 자리에 서 있다가 우상이 손에 쥐어준 물건을 들어 올렸다.

그 물건을 보는 순간 고연은 흠칫 놀랐다.

천부인 중에 금빛 소검, 즉 신검이었다. 신검의 손잡이에는 금빛의 삼족오가 정교하게 양각되어 있었다.

소름.

고연의 눈에 참고 참았던 눈물이 숫구쳐 올랐다. 하나 그는 울지 않으려고 어금니를 힘주어 악물었다.

그는 신검을 자신에게 주고 간 우태 남매의 깊은 뜻을 짐작했다.

우태 남매는 다시는 천제께 제를 올리지 못할 것이다. 고연을 다시 만나기 전까지는.

천제께 올리는 제단에는 천부인 세 개의 신물이 모두 있어야 하기 때문이다. 이제 우태 남매는 고연을 다시 만나야만 천제께 제를 올리게 될 것이다.

고연은 두 눈에 눈물이 고인 채 우태 남매를 삼킨 어둠을 바라보았다.

고연에겐 살아야 할 이유가 하나 생겼다.

2

시각은 축시(丑時 : 새벽 두 시)가 되어가고 있었다. 고연은 이미 반 시진째 한 장소에 갇힌 채 미동조차 하지 못하고 있는 상황이었다.

그곳은 둘레가 이십여 장쯤 되는 장방형의 우거진 덩굴 속이었는데 산 아래에서 요동성까지 펼쳐진 탁 트인 벌판의 중간쯤에 위치해 있었다. 원래 산 아래의 나무 뒤에 숨어 있던 고연은 성벽으로 접근할 기회를 노리고 있었다.

하나 오만여 명의 당군이 요동성을 겹겹이 포위하고 있어서 날개가 달리지 않은 이상 산 아래에서 성벽까지 백여 장이 넘는 거리를 들키지 않고 접근할 방법이 전무했다.

그는 머리에 쥐가 날 정도로 궁리에 궁리를 거듭해 봤지만 도무지 아무런 방법이 없었다.

그가 애를 태우고 있을 때 어떻게 된 일인지 오만여 당군이 갑자기 포위망을 풀고 요동성 성문 쪽으로 질서있게 물러나는 게 아닌가?

오래지 않아서 포위망은 완전히 풀렸고 단지 요동성 둘레를 십여 장 간격으로 다섯 명씩의 당군이 띄엄띄엄 지키는 형국이 됐다.

고연으로서는 당군의 그런 행동이 금방 이해되지 않았지만 어쨌든 상관없었다. 애타게 고대하던 기회가 마침내 찾아와 준 것이다.

기실 당군은 어떤 작전을 꾸미고 있었고 그것 때문에 내일 있게 될 전투에서 고구려군이 돌이킬 수 없는 위기에 처하게 되리라는 것을 고연으로서는 알 턱이 없었다.

이에 당군이 포위망을 풀고 물러나자 고연은 기회를 놓치지 않고 단숨에 이곳 덩굴 숲까지 달려와서 숨어들었던 것이다.

그러나 그는 거기에서 벌써 반 시진째 꼼짝도 못하고 갇혀 있는 중이었다.

고연은 초조한 심정이 되어 덩굴 사이로 앞을 주시했다. 어둠 때문에 보이진 않았지만 요동성의 뒤편 성벽이 오십여 장 거리의 전면에 있다는 걸 짐작할 수 있었다.

하나 덩굴과 성벽 사이에 다섯 명의 당군이 돌부처처럼 움직이지 않고 서 있었다.

그들의 좌우 십여 장 거리에도 각각 다섯 명의 당군이 지키고 서 있었지만 역시 어둠 때문에 서로 보이지는 않았다.

얼마 전에 고연은 당군들이 완전히 철수한 줄 알고 무작정 달려나갔다가 어둠 속에 다섯 명의 당군이 나란히 지키고 서 있는 것을 발견하곤 질겁해서 다시 덩굴 숲으로 되돌아왔었다.

당군들은 한결같이 오른손에 창을 쥐고 있었고 어깨에는 넓적한 청룡도를 메고 있는 모습이었다. 그들은 그곳에 배치된 이후부터 지금껏 그 자리에서 한 발자국도 움직이지 않고 있었다.

성벽까지 오십여 장의 거리는 꽤 멀었지만 고연이 전력을 다해서 질주한다면 대여섯 차례 호흡할 시각에 능히 도달할 수 있을 것 같았다. 그러나 문제는 여전히 다섯 명의 당군이었다.

덩굴에서 당군들과의 거리는 십여 장. 고연이 그들의 뒤로 소리없이 접근하여 칼을 휘두른다면 단번에 두 명은 죽일 수 있을 것이다.

하나 나머지 세 명을 대처할 방법이 없었다. 그들 세 명과 싸움을 벌이면 주변에 있는 당군들이 벌 떼처럼 몰려들 것은 자명한 일이었다.

고연은 고개를 절레절레 가로저었다. 그것은 짚을 안고 불속으로 뛰어드는 것과 다름없는 행동이었다.

고연은 너무나 답답했다. 이제 두 시진 정도 지나면 동이 틀 것이다. 그렇게 되면 덩굴 속이라고 해도 더 이상 고연을 감춰주지 못할 것이다. 그러나 이대로 물러날 수는 없었다. 이제 결단을 내려야만 했다.

칠흑처럼 어두운 그믐밤이었지만 그 어둠 속에서 오랫동안 행동하다 보니까 이제 어느 정도 어둠에 동화되어서 웬만한 사물을 식별하는 데에는 불편함이 없었다.

그때 고연의 눈이 커졌다. 다섯 명의 낭군 중에 세 녕이 어디론가 가고 있었다. 그는 숨을 멈춘 채 멀어지고 있는 세 명의 당군에게서 시선을 떼지 않았다.

어쩌면 그들은 곧 다시 돌아올지도 모른다. 아니, 돌아올 것이다. 그러므로 기회는 지금뿐이었다.

이윽고 세 명의 당군이 어둠 속에 잠기면서 고연의 시야에서 완전히 사라졌다.

고연은 남아 있는 두 명의 당군을 쏘아보며 천천히 소리없이 어깨의 환우대도를 뽑았다. 그는 왼손에 초로인의 수급이 담긴 보자기를 쥐고 오른손에는 환두대도를 힘껏 움켜잡고 호흡을 가다듬었다.

한 칼에 한 명씩 순식간에 죽이되 비명을 지르지 못하게 해야 한다. 약간의 신음 소리라도 낸다면 좌우에 있는 당군들이 득달같이 몰려올 것이다.

팟!

순간 고연은 덩굴 속에서 튀어나와 전력을 다해 두 명의 당군을 향해 내달렸다. 숨도 쉬지 않았고 당군에게서 눈도 떼지 않았다.

무슨 기척을 느꼈는지 두 명의 당군이 몸을 돌려 뒤돌아봤을 땐 고연은 이미 그들의 반 장 앞까지 접근해 있었다.

칼을 치켜들고 두억시니(야차(夜叉))처럼 덮쳐드는 고연을 발견한 두 명의 당군의 얼굴에 혼비백산하는 기색이 역력히 떠올랐다.

팍!

그들이 미처 자세를 바로잡기도 전에 고연의 칼이 오른쪽에 있는 당군의 목을 벼락같이 베었다.

목을 베인 당군의 목은 떨어지지 않았고 목에 가로로 가느다란 혈선이 그어져 있는데 그는 자신의 목이 베어졌는지도 모르는 듯 그저 크게 놀라는 표정을 짓고 서 있을 뿐이었다. 그러므로 비명조차 지르지 못하는 것은 당연했다.

휙!

그제야 왼쪽의 당군이 다급히 고연에게 창을 찔러왔다. 하나 워낙 창졸간에 찌르는 것이라 위력도 없었고 빠르지도 않았다.

고연은 이를 악문 채 당군의 이마를 노리고 맹렬하게 세로로 칼을 그어 내렸다.

칵! 쩍!

고연의 칼은 당군이 찔러오는 창을 절반으로 자르고 연이어 그의 머리통을 세로로 쪼갰다. 역시 비명은 없었다.

얼마나 세게 휘둘렀는지 고연의 칼은 당군의 머리를 잘 익은 수박처럼 절반으로 쪼개어 코 부분까지 깊숙이 박혀서 칼을 뽑으려 하는 데도 잘 뽑히지 않았다.

픽!

고연이 발로 당군의 배를 힘껏 걷어차자 그제야 칼이 머리에서 뽑혔다.

푸악!

그때 목을 베인 당군의 머리통이 목 위에서 굴러 떨어지며 목에서 분수처럼 핏물이 솟구쳐 올랐다.

휘익!

고연은 두 당군의 몸이 땅에 쓰러지기도 전에 성벽을 향해 달리기 시작했다.

성벽의 높이는 약 십오 척(尺:일 척은 30.3㎝)으로 매우 높았다. 게다가 수성(守城)을 위해 성벽에 기름이 발라져 있을 것이므로 기어오른다는 것은 불가능했다.

허허허!

고연은 성벽 아래에 이르러 급히 멈추고 거친 숨을 몰아쉬었다. 그는 숨을 고르면서 빠르게 성벽 아래를 둘러보았다.

성벽 아래쪽은 무성하게 풀이 자라 있었다. 그의 기억이 틀리지 않는다면 여기쯤일 것이다. 그때 뒤쪽에서 놀라는 외침 소리가 어지럽게 들려왔다.

잠시 자리를 비웠던 세 명의 당군이 돌아와서 죽어 있는 두 명의 당군을 발견한 것이라고 고연은 짐작했으나 돌아볼 여유는 없었다.

아마 그들의 외침에 주위에 있던 당군들이 벌 떼처럼 몰려들고 있을 것이다.

삐이익! 삐이익!

요란한 호각 소리가 밤하늘을 날카롭게 찢었다. 당군 초병들은 호각을 지니고 있다가 유사시에는 그것을 불어 위급을 알린다는 걸 고연은 알고 있었다. 고연은 코끝에 불이 붙은 것처럼 조급해졌다.

졸졸졸.

들렸다. 미약했지만 분명히 성벽 아래에서 물 흐르는 소리가 아주 작게 들려왔다.

고연은 물소리가 들려오는 성벽 아래쪽의 무성한 풀을 두 손으로 빠르게 헤쳐 보았다.

그러자 그곳에는 성벽 아래를 따라 폭 반 자에 깊이 두 자가량의 아주 작은 물길이 있었다.

성벽 아래의 움푹한 곳에 두 개의 굵직한 쇠 막대가 세로로 가로질러져 있는 구멍이 나타났는데 물은 그곳을 통해 성안으로부터 흘러나오고 있었다. 개수구(하수구)였다. 요동성에는 성 둘레에 도합 열다섯 곳의 개수구가 있는데 이곳은 그중 한곳이었다.

첨벙!

고연은 주저없이 물길로 뛰어내렸다.

어린 시절 고연은 바로 이 구멍을 통해서 수인타와 함께 몰래 성을 빠져나와 산으로, 들로, 강으로 고삐 풀린 망아지처럼 뛰어다니며 해 저문 줄 모르고 놀았었다.

그의 기억이 틀림없다면 개수구에 가로질러진 두 개의 쇠 막대 중에서 오른쪽의 것을 약간 힘 주어 돌리면서 잡아당기면 어렵지 않게 빠질 것이다.

만약 고연이 개수구의 위치를 잘못 기억하고 있어서 쇠 막대가 빠지지 않는다면, 또한 지난 삼 년 사이에 고구려군이 쇠 막대를 새로 교체했다면 끝장이다. 그렇다면 고연은 이 자리에서 허무하게 죽음을 맞을 수밖에 없을 것이다.

고연은 환두대도를 칼집에 꽂고 기도하는 마음으로 오른쪽 쇠 막대를 힘껏 잡아당겼다.

두둑!

너무 힘껏 잡아당겼기 때문에 고연은 쇠 막대를 손에 쥔 채 하마터면 뒤로 자빠질 뻔하면서 휘청거렸다.

고연은 몸을 바로 세우며 무심코 뒤돌아보다가 숨이 멎어버릴 만큼 놀라고 말았다.

그는 왼손에는 보자기를, 오른손에는 쇠 막대를 쥔 채 성벽을 등지고 서 있는데 그의 바로 앞쪽 이 장 거리에 어느새 십오륙 명의 당군이 창을 꼬나 쥐고 부챗살처럼 펼쳐진 형태로 서서 고연을 쏘아보고 있는 것이 아닌가?

당군의 반응이 이처럼 신속할 줄은 미처 몰랐다. 아니, 어쩌면 고연이 너무 지체했는지도 몰랐다. 고연의 얼굴에 절망이 가득 떠올랐다.

아아, 이제 이 구멍을 통해서 성안으로 들어가기만 하면 되는데, 그러면 그리운 가족을 만날 수 있을 테고 요동성이 끝내 함락되더라도 그들과 함께 기꺼이 죽음을 맞이할 수 있으련만……

고연은 갑자기 두 다리에 힘이 풀리며 쓰러질 듯 휘청거렸다. 이윽고 십오륙 명의 당군이 고연을 향해 일제히 창을 겨누며 던지려는 자세를 취했다. 이제 던지기만 하면 고연은 처참하게 죽고 말 것이다.

일촉즉발의 순간이었다. 고연은 이제야말로 죽는 거라고 생각했다.

멀고 먼 남경에서 이곳 요동성까지 수천 리 길을 온갖 고생을 하면서 오직 그리운 사람들과 함께 있고 싶다는 일념으로 왔는데 요동성 성벽 아래에서 허무하게 죽음을 맞이하게 될 줄이야.

고연은 모든 것을 체념하고 눈을 감았다.

쐐애액!

퍽! 퍽! 퍽!

"흐악!"

"컥!"

그때 허공을 찢는 둔탁한 파공성과 당군들의 처절한 비명 소리가 연이어 고연의 고막 속으로 날카롭게 파고들었다.

고연이 깜짝 놀라서 눈을 뜨고 쳐다보니 창을 겨누고 있던 당군 중 서너 명이 쓰러지고 있었다.

쓰러진 당군의 등 한복판에는 한결같이 화살이 깊숙이 꽂혀 있었다.

'상아!'

고연의 뇌리를 번개같이 스쳐 가는 앳되고 명랑한 소녀의 모습이 있었다.

창을 던지려던 당군들은 갑자기 세 명의 당군이 화살을 맞고 쓰러지자 일순간 우왕좌왕하며 마구 떠들어댔다. 그들은 매복해 있던 고구려군이 습격하는 것이라고 생각하는 듯했다.

쐐액!

그때 또다시 귀청을 찢을 듯한 파공성이 어둠 속에서 들려왔다.

퍽! 퍽! 퍽!

"으악!"

"크악!"

뒤 이어 또다시 당군 세 명이 처절하게 비명을 지르며 쓰러졌다. 필경 우상이 세 대의 화살을 한꺼번에 쏘아내고 있는 것이리라.

당군들은 대체 어디에서 화살이 쏘아오는지 몰라서 겁먹은 얼굴로 두리번거리며 허둥댔다.

그때 우태와 우상이 검을 뽑아 들고 어둠 속에서 귀신처럼 튀어나와 당군들을 공격하며 우태가 고연에게 급히 외쳤다.

"연, 어서 들어가라!"

고연의 추측대로 역시 우태와 우상이었다. 그들은 고연과 헤어져서도 즉시 떠나지 않고 줄곧 그를 지켜보고 있었던 것이다.

휘익! 쉭! 쉭!

우태와 우상이 현란하게 검을 휘두르며 당군들을 공격하자 당군들은 변변히 반격도 못하고 추풍낙엽처럼 쓰러져 갔다.

"끄악!"

"우왁!"

우태가 검을 휘두르며 고연에게 재차 외쳤다.

"뭘 하는 거냐, 연! 곧 뙤놈들이 몰려오면 우리 모두 낭패를 당한다! 어서 들어가라!"

그 말에 고연은 정신이 번쩍 들어서 급히 개수구로 몸을 숙였다.

개수구의 구멍은 고연이 들어가기에는 좁았다. 그가 개수구를 빈번히 드나들던 어린 시절보다 체구가 많이 커진 때문이었디.

아니나 다를까, 고연의 어깨가 구멍에 꽉 끼어서 더 이상 들어갈 수도 나올 수도 없는 난감한 상황이 되고 말았다. 그의 몸 절반은 성안에 있고 절반은 성 밖에 있는 우스꽝스러운 상황이 되어버린 것이다.

"하하! 이건 네가 미워서가 아니다!"

그때 성 밖에 나와 있는 고연의 엉덩이 쪽에서 우태의 나직한 웃음소리가 들리더니 엉덩이에 묵직한 통증이 전해져 왔다. 우태가 발로 고연의 엉덩이를 냅다 걷어찬 것이었다.

철퍽!

고연은 개수구에서 몸이 쑥 빠져서 성안쪽 사각형의 개숫물이 고여 있는 웅덩이로 엎어지고 말았다.

무릎까지 오는 얕은 곳이었지만 더러운 개숫물이 모여 있는 개수통에 처박혔기에 악취가 코를 찔렀다.

"태."

고연은 개수구를 보며 나직이 불러보았다. 그러나 우태의 대답은 들려오지 않았다. 아마도 고연의 엉덩이를 찬 직후 떠난 듯했다.

고연은 즉시 보자기를 쥐고 개수통에서 땅으로 올라섰다.

그는 천천히 주위를 둘러보았다. 어둠 속에서 낯익은 풍경들이 어렴풋이 시야에 들어오자 감격이 치밀어 올랐다.

그의 눈앞에는 지난 삼 년간 그의 뇌리에서 한시도 떠나지 않던 요동성의 정겨운 풍경들이 펼쳐져 있었다.

성벽 안쪽은 아무것도 없는 풀밭이 십여 장의 폭으로 성벽을 따라 길게 이어져 있었다. 만약 적이 침입했을 경우 쉽게 발견하기 위해서 일부러 시야를 틔워놓은 것이었다.

그 풀밭의 안쪽에 아담한 마을이 있었다.

어둠 속에서 소리없이 내리는 밤이슬에 젖어 있는 정감 어린 전형적인 고구려의 마을이었다. 어둠 때문에 마을마저도 희끄무레하게 보일 뿐 그 외에는 아무것도 보이지 않았다.

고연은 감회에 젖어서 이끌리듯 마을로 들어섰다. 마을은 쥐 죽은 듯 적막했다.

귀기스러운 기운이 마을 전체를 자욱이 뒤덮고 있는 듯했다. 그것은 마치 요동성의 함락을 알리는 불길한 전조처럼 보였다.

고연은 점차 걸음을 빨리하더니 이윽고 달리기 시작했다. 너무도 낯익은 풍경들이 그의 양 옆으로 휙휙 스쳐 지나갔다.

요동성안은 매우 넓었다.

성 전체는 장방형이었는데 성의 둘레가 삼십여 리에 이르렀고 성안에서 생활하는 성민의 수만도 십만여 명에 달할 정도로 방대한 규모였다.

성안에는 없는 게 없었다. 사람이 살아가는 데 필요한 것들은 모두 갖추어져 있었고 수백 개의 상점이 들어차 있었다. 하나 지금은 전시라서 상점들은 반년째 문을 닫은 상태였다.

성민들의 대다수는 농업에 종사했는데 성 밖의 광활한 초원에 전답을 일구어 동틀녘이면 고구려 군사들의 호위를 받으며 논밭으로 나가 땀 흘려 일했고 해질녘에 또한 군사들의 호위를 받으며 성으로 돌아오곤 했다.

그러나 지금은 당군이 반년이 넘도록 요동성을 포위하고 있는 상황이라 성 밖의 논밭은 돌보는 사람 없이 잡초만 무성하게 자라 있을 뿐이었다.

고연은 양편으로 상점들이 늘어서 있는 성의 중심지인 번화가를 달려서 지나쳤다.

요동성의 한복판은 높은 담이 둘러쳐져 있었으며 둘레가 오 리에 달하는 거대한 요동총군영(遼東總軍營)이 지리 잡고 있었고 그 중심에 장군가가 위치해 있었다.

번화가가 끝나는 곳에 요동 총군영의 거대한 전문이 있다.

고연은 한달음에 전문 앞에 당도했다.

전문 양쪽에는 커다란 화롯불이 활활 타오르고 있었으며 열 명의 고구려 군사가 일렬로 장승처럼 버티고 서 있었다.

모두 철갑(鐵甲:쇠 갑옷)을 입었고 왼쪽 허리에는 환두대도를 찼으며 오른손으로는 긴 창을 세워 잡고 있었는데 그 창은 당군의 창처럼 찌르기만 할 수 있는 게 아니라 찌르기는 물론 칼처럼 벨 수도 있는 언월도(偃月刀)처럼 생긴 것이었다.

"헉헉헉!"

고연은 전문 앞에 이르러 허리를 잔뜩 굽힌 채 거친 숨을 몰아쉬며 헐떡거렸다. 심장이 목구멍 밖으로 튀어나올 정도로 숨이 찼다.

전문을 지키던 고구려 군사들은 당군의 복장을 한 고연이 난데없이 불쑥 나타나자 즉시 포위하며 일제히 창을 겨누었다.

"무기를 풀고 무릎을 꿇지 않으면 당장 죽이겠다!"

군사들의 우두머리인 십인장이 고연에게 으름장을 놓듯 묵직하게 호통 쳤다.

"헉… 헉… 문… 을 열어라……."

고연은 간신히 헐떡이며 말했다. 그는 자신이 당군의 복장이라는 사실을 미처 깨닫지 못하고 있었다.

"미친놈! 당군 따위가 감히 여기가 어디라고……."

십인장은 당장이라도 고연의 목을 베어버릴 기세로 호통 치다가 말끝을 흐리고 말았다.

비 오듯 땀을 흘리며 지친 모습으로 헐떡이고 있는 너무도 잘생긴 미소년의 얼굴이 매우 낯이 익기 때문이었다.

고연은 허리를 펴고 애써 미소 지었다.

"나는 고연이다."

순간 십인장의 두 눈이 화등잔처럼 커졌다.

"마, 맙소사!"

쿵!

십인장은 그 자리에 무너지듯이 무릎을 꿇고 고연에게 머리를 조아리며 부르짖었다.

"태대형 각하!"

"태대형 각하!"

열 명의 군사도 일제히 무릎을 꿇고 외쳤다. 그 외침은 요동성의 새벽을 울리며 허공으로 퍼져 나갔다.

"당장 전문을 열어라! 즉시 대모달께 알려라!"

십인장이 서둘러 외쳤다.

그긍!

육중한 전문이 좌우로 활짝 열렸다. 그리고 그 안쪽의 너무도 낯익은 풍경들이 고연의 시야로 들어왔다.

고연은 마치 저승에서 이승으로 되돌아오는 기분을 맛보면서 전문 안으로 들어섰다.

전문 안쪽에는 곳곳에 횃불이 밝혀져 있었으며 철갑 보졸 백여 명이 양쪽으로 길게 도열해서 창을 세운 채 고연을 향해 무릎을 꿇고 있었다.

고연은 철갑 보졸들 복판을 의연하게 걸어 들어갔다.

요동 총군영 안에는 수백 채의 거대한 전각이 질서있게 지어져 있었고 그것들은 오만의 고구려 군사들의 숙소며 식당이며 수련장 등으로 이용되고 있었다.

"도련님!"

걸어 들어가던 고연은 드넓은 연무장을 가로질러 펄펄 나는 듯이 자신을 향해 달려오는 한 사람을 발견했다.

그 사람은 보통 사람보다 절반은 더 키가 컸고 덩치는 두 배에 가까웠으며 철갑을 입었고 오른쪽 허리에 커다란 도끼를 차고 있었는데 얼굴은 약간 거므스름한 데다가 범강장달이처럼 험악한 용모였다.

우태도 큰 체구였으나 지금 달려오고 있는 사람에 비하면 오히려 작은 체구였다. 심장이 약한 사람이라면 그를 보는 순간 지레 겁부터 집어먹을 정도로 엄청난 체구요 험상궂은 용모였다.

"도련님!"

그는 어느새 고연의 오 장여 앞까지 달려오고 있었는데 험상궂은 얼굴
에는 더할 수 없는 반가움이 떠올라 있었다.

"아란타(阿丹哭)!"

고연은 멈춰 서서 반가운 표정을 지었다.

와락!

거구의 사내 아란타는 달려들던 기세 그대로 두 팔로 고연을 덥석 안
아 들었다.

"왓핫핫핫! 도련님! 돌아오셨군요!"

아란타는 고연을 안고 빙빙 돌리면서 웃음을 터뜨렸는데 고연은 그의
뺨으로 눈물이 흘러내리는 것을 발견했다.

아란타는 말갈족이었고 노비의 신분이었는데 칠 년 전에 우연히 고연
의 부친인 고중현의 목숨을 구해주게 되어 그 공로로 면천(免賤:노예에서
벗어나는 것)되었었다.

그는 그 길로 고구려군에 편입하였다가 나가는 전투마다 공을 세워 지
금은 누초의 지위에 오른 사람이었다.

또한 아란타는 고연의 노비인 수인타의 친오빠이기도 했다.

형제가 없는 고연은 그런 아란타를 친형처럼 대했으며 아란타는 고연
을 자신의 목숨보다 더 아끼고 사랑했다.

아란타는 고연이 살아서 돌아왔다는 전갈을 듣는 즉시 가장 먼저 달려
나온 것이다. 단언하건대 그는 죽은 부모가 살아서 돌아왔다고 해도 이
처럼 기뻐하지는 않았을 것이다.

어느덧 고연 주위에는 수백 명의 고구려 군사가 빙 둘러 모여 있었다.
그들은 하나같이 고연의 생환을 진심으로 기뻐했다.

아란타가 돌기를 멈추고 고연을 내려놓았다.

"소인이 도련님을 뵈옵니다."

아란타는 고연의 발 아래에 무릎을 꿇고 이마를 땅에 대며 떨리는 음성으로 공손히 읊조렸다.

"태대형을 뵈옵니다!"

운집했던 모든 고구려 군사가 사면팔방에서 일제히 무릎을 꿇고 머리를 조아리며 천둥처럼 외쳤다.

고연의 가슴이 뜨거워졌다. 그는 마침내 고향으로 돌아온 것이다.

고연은 문득 다시금 수인타가 떠올랐다.

"아란타, 수인타는……."

아란타는 고연의 표정에서 수인타가 잘못됐다는 사실을 직감했다.

"그녀는 날 살리려다가 죽었어."

아란타는 일어서서 환하게 웃었다.

"하하하! 그 아이가 헛되이 죽진 않았군요! 다행입니다!"

아란타는 수인타가 죽은 것보다 고연이 살아서 돌아온 것을 더 기뻐했다. 그는 그런 사람이었다.

놀 계단 위에는 금빛의 화려한 의자가 놓여 있었고 거기에 고구려 계루부의 대대로이며 요동성주인 고중현이 금빛의 철갑을 입고 위엄있게 앉아 있었다.

검고 윤기 흐르는 멋진 수염, 호랑이의 그것처럼 광채를 뿜어내고 있는 두 눈은 범상한 사람이 감히 마주 쳐다봤다가는 오줌을 지리고 말 것이 분명했다.

고중현은 하나뿐인 아들이 생환했다는 전갈을 받았지만 추호도 표정의 변화가 없었다.

그의 무릎 위에는 그의 형이며 패망한 고구려의 마지막 왕이었던 보장왕이 직접 하사한 삼족오검(三足烏劍)이 은은한 금광을 뿌려내며 놓여 있었다.

삼족오검은 고구려의 태조 동명성제의 애검(愛劍)이었는데 지난 구백여 년 동안 고구려의 왕에게만 전해져 내려온 왕의 신물이었다.

고중현의 뒤쪽에는 각 성의 처려근지들과 가라달(可邏達:막료, 혹은 참모) 이십여 명이 역시 철갑을 입고 무장한 용맹한 모습으로 늘어서 있었다.

드넓은 연무장에는 고연이 생환했다는 소식을 듣고 수많은 고구려 군사가 몰려나와 있었고 돌 계단 아래에는 고연이 고중현을 향해 무릎을 꿇고 있었다.

고연은 이마를 땅에 대고 공손히 아뢰었다.

"소자, 아버님을 뵈옵니다."

그의 음성이 가늘게 떨리고 있었다.

"늦었구나."

고중현은 조용하고도 짧게 말했다. 굵은 저음에 은은히 위엄이 깃든 음성이었는데 그것은 마치 어디 가까운 곳에 심부름이라도 보낸 아들을 맞이하는 듯 태연한 어투였다.

"올라오너라."

고연은 보자기를 들고 조심스럽게 돌 계단을 올라가서 부친 앞에 우뚝 섰다.

후줄근한 당군 복장을 했고 피를 뒤집어썼으며 어깨에는 환두대도를 메었는데 봉두난발의 머리카락에 뺨과 눈이 움푹 들어간 곤핍(困乏)하기 짝이 없는 몰골이었다.

그렇지만 고연의 눈빛만은 살아 있었다. 터오르는 여명처럼 생기있고 맑은 정광이 흘러나왔다.

고중현은 아들의 얼굴을 똑바로 쳐다보았다. 삼 년 만에 보는 아들이었다. 이윽고 고중현의 시선이 고연의 눈에 고정되었다.

비로소 고중현의 입가에 흐릿한 미소가 피어올랐다. 고연의 눈빛이 살아 있는 것을 발견한 때문이었다.

‘그새 많이 늙으셨다.’

고연은 부친의 얼굴에서 삼 년 전에 보지 못했던 주름을 발견하곤 가슴이 저려왔다.

고중현의 나이는 사십오 세였지만 나이보다 더 늙어 보였다. 고연은 고중현의 입가에 머금어져 있는 부드러운 미소를 발견하고는 왈칵 눈물을 쏟을 뻔했다.

문득 고연은 부친의 뒤쪽 오륙 장쯤 떨어진 전각의 입구에 서 있는 두 여자를 발견하고는 깜짝 놀랐다.

그녀들은 다름 아닌 고연의 어머니와 누이동생 고예(高芮)였다.

어머니와 고예는 고연을 보면서 하염없이 눈물을 흘리고 있었다. 그녀들은 눈으로 직접 고연을 보고 있으면서도 그가 살아 돌아왔다는 사실이 믿어지지 않는 듯한 표정을 짓고 있었다.

기실 모든 사람은 고연이 죽은 것으로 믿고 있었다.

태학이 있는 남경성이 함락됐으며 보장왕이 당나라로 끌려갔고 남경성에 남아 있던 군사들과 남자들은 모조리 죽임을 당했으며 부녀자들은 닥치는 대로 겁탈당했거나 당나라에 끌려갔다는 소문이 파다한 때문이었다.

그래도 고연의 어머니와 고예는 고연이 죽었다는 사실을 믿으려 들지 않았었다. 그녀들은 고연의 영특함을 잘 알고 있었기에 그가 어떻게든 살아서 돌아올 거라며 한 가닥 희망을 버리지 않았던 것이다.

그런데 마침내 사랑하는 아들과 오라버니가 살아서 돌아왔으니 어찌 기쁘지 않겠는가.

특히 고연의 어머니는 금방이라도 쓰러질 듯했는데 눈물을 흘리며 입구의 기둥을 꼭 잡고 있으면서도 한순간도 고연에게서 시선을 떼지 못했다.

그 모습은 마치 시선을 놓치기라도 하면 그 즉시 눈앞에서 고연이 사라져 버리기라도 할 듯 애틋한 모습이었다.

어머니와 누이동생을 쳐다보고 있는 고연은 비로소 자신이 정말 요동성에 돌아왔다는 사실을 실감할 수 있었다.

고연은 부친에게 공손히 입을 열었다.

"아버님께 드릴 선물이 있습니다."

고중현은 가볍게 의아한 표정을 지었다. 사지에서 방금 막 돌아온 아들이 느닷없이 선물이라니…….

고연은 바닥에 보자기를 놓고 조심스럽게 풀었다.

그러자 곧 눈을 부릅뜬 채 아직도 살아 있는 듯한 초로인의 머리가 나타났다. 초로인의 목에서는 여전히 피가 흐르고 있었다.

고중현은 초로인의 수급을 보며 조용히 물었다.

"누구의 수급이냐?"

"앗!"

고연이 대답하려고 할 때 갑자기 고중현의 뒤쪽에서 짧은 외침이 터져 나왔다.

외침을 터뜨린 사람은 삼십여 세가량의 젊은 가라달이었는데 수급을 보며 경악을 금치 못하는 얼굴이었다. 그는 이끌리듯 앞으로 나서면서 수급을 가리키며 넋이 나간 듯 더듬거렸다.

"성주님, 이, 이자는 적장 이적(李勣)입니다!"

순간 고중현의 얼굴에 불신의 표정이 가득 떠올랐다.

이적이 누군가! 당의 행군대총관으로 오십만 당군을 이끌고 보장왕이 있는 남경성을 함락시켰던 인물이 아닌가? 그는 모든 고구려인이 가장 증오하며 죽이고 싶어하는 인물이기도 했다.

처려근지 중 한 명이 경악하면서 수급을 가리키며 가라달에게 물었다.

"지금 성 밖에 포진해 있는 당의 삼십만 대군을 총 지휘하는 대장군 이적이 바로 이자라는 말인가?"

"틀림없습니다."

고중현은 어느새 평소의 평정을 되찾았다. 그는 위엄있는 어조로 고연에게 조용히 물었다.

"어떻게 된 일이냐?"

고연도 수급의 주인이 이적이라는 사실을 듣고 내심 크게 놀라고 있었다. 그 역시 이적을 갈아 마셔도 시원치 않을 만큼 증오하고 있었던 터였는데 자신이 그자의 목을 베었다는 게 얼른 믿어지지 않았다.

고연은 내심의 격동을 가라앉히고 공손히 대답했다.

"소자가 친구와 함께 적진에 잠입하여 직접 베었습니다."

고중현은 고연의 대답에 적잖이 놀라고 말았다.

"네 손으로 베었다는 말이냐?"

"그렇습니다. 자고 있는 것을 입을 막고 단칼에 베었습니다."

고중현은 놀라는 얼굴로 고연을 쳐다봤다.

"오오, 어떻게 이런 일이……!"

"맙소사! 태대형께서 직접……!"

고중현의 뒤쪽에서 신음과 탄성이 어지럽게 뒤섞여 나왔다. 처려근지와 가라달들은 아까보다 더 경악하는 표정으로 고연을 쳐다보았다.

이제 겨우 십오 세의 고연이 삼십만 대군이 운집한 당군 진영 한복판에 잠입하여 적장 이적의 목을 베어왔으니 어찌 놀라지 않겠는가?

"허헛! 내 평생 이렇게 기분 좋은 선물은 처음 받아보는구나!"

고중현이 흐뭇한 웃음을 터뜨렸다.

고연은 이날까지 살아오면서 맹세코 부친의 웃는 모습을 한 번도 본 적이 없었다.

부친은 늘 근엄했으며 당당했고 무서웠다. 고함을 지르는 법도 없었다. 음성은 언제나 나직했고 행동은 조용했다. 그런 부친이 환한 웃음을 터뜨린 것이다.

고중현이 흐뭇한 미소를 지으며 측근에게 명령했다.

"허헛! 이적의 수급을 모두에게 보여줘라!"

늠름한 처려근지 한 명이 고중현 옆에 우뚝 서서 피가 뚝뚝 떨어지는 수급의 머리카락을 움켜쥐고 들어 올려 아래쪽 연무장에 운집한 고구려 군사들을 향해 쩌렁쩌렁하게 외쳤다.

"보아라! 이것은 적장 이적의 수급이다!"

그러자 고구려 군사들이 놀라서 웅성거렸다.

처려근지가 더욱 큰 소리로 외쳤다.

"방금 돌아오신 태대형 각하께서 적진에 친히 잠입하시어 이적의 수급을 베어오셨다!"

연무장에 무덤 같은 침묵이 흘렀다.

"우와아아아아!!"

순간 고구려군은 일제히 천둥 같은 함성을 터뜨렸다.

"와아아아!!"

"태대형 각하 만세!! 대모달 각하 만만세!!"

자고 있던 모든 고구려 군사까지 쏟아져 나와 함성을 질렀기에 함성은 더욱 커졌고 끊이질 않았다.

오만 명의 고구려군이 목청껏 질러대는 함성은 뇌성벽력보다 더 컸다.

고구려 군사들 중에는 너무도 기쁘고 통쾌해서 눈물을 흘리거나 펑펑

우는 사람들까지 있었다.

처려근지와 가라달들도 기쁨과 흥분으로 얼굴이 벌겋게 상기되었고 어떤 사람은 눈물을 줄줄 흘렸다.

고연은 예상했던 것보다 반향이 훨씬 더 컸기에 어리둥절한 표정으로 서 있었다.

고연의 어머니와 고예는 느닷없는 함성에 깜짝 놀랐다. 하나 가라달 중 한 명의 설명을 듣고서는 너무도 기뻐하며 울었다.

"우와아아아!!"

"당군을 박살 내자!!"

"뙤놈들을 쳐부수자―!!"

함성 소리는 일각이 지나도록 멈추지 않았고 고구려군의 사기는 그야말로 하늘을 찌를 듯 드높아졌다.

고연이 이적의 수급을 베어왔다는 사실은 천군만마를 얻은 것이나 다름없는 효과를 불러왔다.

전쟁에서의 가장 큰 승리의 요인은 군사들의 사기다. 사기가 충천하는 군사가 비록 숫자석으로 월등하게 열세나 하나라도 단숨에 적군을 섬멸했다는 예는 고서에도 비일비재하게 기록되어 있지 않은가.

고중현은 군사들의 함성을 멈추게 하지 않았다. 억만금을 주고도 살 수 없으며 그 어떤 방법으로도 얻지 못할 효과를 일부러 가라앉힐 필요는 없었다.

고중현은 나름대로 계산하고 있었다. 이 정도의 사기라면 한번 해볼 만하다.

이 일이 있기 전에는 사실 모두들 절망하고 있었다. 삼십만 대군과 오만의 싸움. 그것은 삼척동자가 보더라도 결과가 뻔한 싸움이었으므로.

그러나 이젠 달라졌다. 고구려군은 사기가 충천하고 있는 반면 졸지에 우두머리를 잃은 적군은 우왕좌왕할 것이며 사기가 땅에 떨어져 있을 것이다.

고구려군의 천둥 같은 함성 소리는 필경 당군에게도 들릴 테고 고구려 군사 속에 섞여 있을 적의 간세(奸細:첩자)는 이 사실을 당군에 알릴 것이다.

그래도 상관없다고 고중현은 생각했다. 그것은 오히려 땅에 떨어진 적군의 사기를 아예 땅속으로 파묻을 것이기 때문이었다.

고중현이 몸을 일으켰다.

"연아, 어머님에게 인사드리고 아비에게 오너라."

고중현은 고연에게 한마디 던진 후 측근들을 이끌고 측면의 전각으로 묵직하게 걸어갔다.

그 전각은 회의를 하는 곳이었다. 고연은 지혜로운 부친이 이 절호의 기회를 놓치지 않으려 한다는 것을 감지했다.

"와아아아—!! 태대형 각하 만세—!!"

함성은 쉬이 그치지 않고 더욱 커져 갔다. 고연이 이적의 목을 베었다는 소문은 어느새 총군영 밖의 백성들에게까지 파다하게 퍼져서 백성들까지 한꺼번에 거리로 뛰쳐나와 함성을 터뜨리고 있었다.

요동성 전체가 용광로처럼 뜨겁게 달아오르고 있었다. 요동성이 생긴 이래 한 번도 없던 일이 벌어지고 있었다. 백성들은 손에 손을 잡고 덩실덩실 춤을 추며 함성을 질렀다.

고연은 함성을 지르고 있는 고구려 군사들에게 두 손을 번쩍 들어 올려 보였다.

"우와아아아아—!! 태대형 각하 만세—!!"

함성이 두 배로 커졌다.

고연은 보이지 않는 성 밖의 어둠으로 시선을 주었다. 그곳 어딘가에서 요동성과 멀어지고 있을 우태, 우상에게 던지는 시선이었다.

'들리는가, 태, 상아?'

이윽고 고연은 몸을 돌려 어머니에게 걸어갔다.

절반쯤 걸어갔을 때 문득 고연은 이상한 느낌이 들었다. 옆쪽에서 마치 햇살이 비춰오듯 밝고 따스한 기운이 전해져 온 것이다.

고연은 부지중 그곳을 처다보았다. 그곳은 앞쪽에 아담한 정원이 꾸며져 있는 전각의 어느 창문이었는데 그곳을 처다보는 순간 고연은 찬란한 눈부심 외에는 아무것도 발견할 수 없었다.

창문이 온통 밝음으로 가득 차 있었다. 그 밝음 안에 누군가 있는 것 같았는데 밝음 때문에 그 사람의 모습이 보이지 않았다. 그 밝음이 정말 있었는지는 잘 모르겠지만 최소한 고연이 창문을 처다보는 순간에는 그렇게 느껴져서 눈을 감아야 할 정도였다.

이윽고 밝음이 어느 정도 가시자 창문 안쪽에 서 있는 한 사람의 모습이 윤곽이나마 어렴풋이 보였다.

그러나 그 사람에게서 여전히 은은한 광채가 뿜어지고 있었기에 고연은 금방 그 사람을 알아보지 못했다.

고연은 어느 정도 광채가 눈에 익었을 때에야 그 사람을 알아보고 마침내 경악하며 그 자리에 얼어붙고 말았다.

"아!"

그 사람은 여자였다. 봉황이 수놓아진 최고급 비단옷을 입고 있었으며 머리를 틀어 올려 옥잠(玉簪:옥 비녀)을 꽂았고 두 가닥의 귀밑머리를 귓가로 길게 늘어뜨린 빈하수(鬢下遂:고구려 상류층의 머리 모양)를 했으며 얼굴색이 백옥처럼 희고 고운 소녀였다.

고연의 또래쯤 됐음 직한 나이였는데 갸름한 얼굴 윤곽에 크고 서늘한 봉목(鳳目)을 지녔고 약간 위로 치켜 오른 듯 오만하면서도 고아하며 오뚝한 콧날에 장미꽃처럼 붉고 도톰하며 조그만 입술을 지닌 너무도 아름다운 용모의 소유자였다.

누구라도 그녀를 보는 순간 그 천상의 아름다움에 넋을 빼앗기고 또한 그 얼굴을 한 번이라도 보면 죽을 때까지 절대 잊지 못하리라.

고연 역시 그랬다. 그 역시 소녀의 얼굴을 처음 본 이후부터 지금까지 맹세코 단 한 순간도 잊은 적이 없었다.

태학의 마당에서 수많은 소년이 지켜보는 가운데 그녀가 넘어진 것을 일으켜 주었을 때 고연은 그녀를 처음 보았었다.

그후 소녀는 고연의 수호신이 되어버렸다. 그의 모든 말과 행동에 그녀의 이름을 걸어야만 했고 숨을 쉬며 살아가는 이유가 되었던 것이다.

유화. 바로 그녀였다. 놀랍게도 그녀가 요동성에 있었다.

유화를 쳐다보는 고연은 자신의 눈을 의심했다. 그는 유화가 남경성에서 죽었을 것이라고 생각했었다. 그런데 그녀가 자신의 눈앞에 서 있는 것이 아닌가?

고연과 시선이 마주친 유화는 두 뺨을 발그레하게 물들이면서 눈을 약간 내리깔고 수줍어했다. 그 모습 또한 너무도 고혹적이었다.

유화가 가볍게 고개를 숙이며 고연에게 어렵사리 목례를 보냈다.

하지만 고연은 얼굴 가득 극도의 놀라움을 떠올리고 있었기에 답례는커녕 눈도 깜빡이지 못하고 유화를 주시하고 있을 뿐이었다.

그러자 유화는 몸을 돌려 황망히 창문 안쪽으로 사라졌다.

더 이상 유화는 창문 앞에 없었다. 착각이었을까? 헛것을 본 것인가?

요동성에 오는 동안 몇 차례 그녀의 환영이 문득문득 떠올랐던 것처럼 방금 전의 그것도 환영이었는가?

비로소 고연은 눈을 깜빡이며 방금 전의 상황을 정리해 보려고 애썼으나 머리 속이 얽힌 실타래처럼 더욱 혼란스러워질 뿐이었다.

“연아!”

“오라버님!”

고연은 눈앞에서 자신을 부르는 소리에 퍼뜩 정신을 수습했다.

어머니와 고예가 고연의 앞에 나란히 서서 눈물을 흘리고 있는 모습이 비로소 보였다.

“어머님, 그간 강녕하셨습니까?”

고연은 어머니에게 큰절을 올렸다.

어머니는 황망히 고연을 부축해서 일으켰다.

“어서 일어나거라.”

어머니는 두 손으로 고연의 뺨을 어루만지며 기쁨의 눈물을 흘릴 뿐 말을 잇지 못했다. 무슨 말을 할 수 있으랴. 죽었다고 여긴 아들이 살아서 돌아온 것이 그저 한량없이 기쁘기만 했다.

“오라버님!”

고예가 고연의 품으로 와락 안겨들었다.

“예야.”

고연은 고예를 품속 깊숙이 끌어안았다. 얼마나 그리웠던 가족인가?

그는 다시는 놓치지 않으려는 듯 어머니와 고예를 한꺼번에 끌어안고 한동안 그대로 있었다.

고연의 어머니는 뛰어난 미인이었다.

그녀는 연개소문의 조카로 동부 순노부 사람이었다. 타고난 미모와 영특함 때문에 고구려의 내로라하는 집안의 청년들이 그녀의 얼굴을 한 번만이라도 보려고 아우성쳤으며 그렇게 해서 그녀를 보게 된 청년들은 그날부터 가슴앓이를 하느라 밤잠을 이루지 못했고, 해서 그녀의 집 앞에는 늘 그녀에게 청혼하려는 가문의 사람들로 문전성시를 이루었다고 한다.

　그러나 그녀는 백부인 연개소문이 주선한 혼처를 순순히 따랐고 그래서 고중현을 만나 오늘에 이르게 된 것이다.

　고예는 모친을 그대로 빼닮은 용모였다. 마치 한 송이 수선화와도 같이 청순하며 아름다운 얼굴이었다.

　고연이 요동성을 떠날 때는 불과 아홉 살이었던 고예가 어느덧 열두 살 소녀로 성장해 있었다.

　비록 어린 나이였지만 요동성의 청년들은 고예를 보노라면 괜히 마음이 설레었고 얼굴을 붉히기 일쑤였다. 그만큼 고예의 미모는 출중했던 것이다.

　고연은 고예를 그윽이 바라보다가 문득 우상의 얼굴을 떠올렸다.

　고예와 우상은 동갑으로 고예가 청초하고 순수한 성격이라면 우상은 명랑하고 직선적인 성격이었다.

　고연은 헤어진 지 불과 한 시진밖에 안 된 우태 남매가 벌써 그리워지기 시작했다.

第六章 유화(柳花) ■

유화(柳花)

대전의 상석에는 고중현이 좌정했고 그 앞쪽 좌우에는 벽을 등지고 십여 명의 장수가 길게 도열해 있었으며 왼쪽의 말석(末席)에는 고연이 서 있었나.

고연은 비록 대모달의 아들이며 태대형의 신분이었지만 고중현은 그를 말석에 세웠다.

고중현은 전장에서는 무조건 경험과 무술 실력이 모든 것에 우선한다고 판단하는 사람이었다. 그런 점에서 고연은 이곳에 모인 사람들 중에서 가장 실력이 모자랐기에 당연히 말석을 차지한 것이다.

고중현은 그런 사람이었다.

능력이 인정되면 아무리 미천한 노예라 해도 중용했고 고귀한 신분이더라도 능력이 부족하면 무조건 한직에 앉혔다. 자신의 아들이며 적장 이적의 목을 벤 고연이라고 해도 예외는 아니었다.

고연은 태대형의 복장으로 갈아입은 모습이었다. 흰색의 비단옷에 머리에는 조우관을 쓰고 가죽신을 신었으며 왼손에는 환두대도를 움켜쥐고 있었다.

"동이 트기 전에 대공격을 감행한다."

고중현이 웅혼하면서도 나직이 입을 열었다. 그 말은 좌중의 모든 사람의 심장을 얼어붙게 만들기에 부족함이 없었다.

지난 반년 동안 삼십만 당군은 요동성을 함락시키려고 온갖 방법을 다 동원하여 공격해 왔다.

성문을 부수려고도 했고 수천 개의 사다리를 성벽에 걸쳐 놓고 기어오르려고도 했지만 고구려군의 생사를 도외시한 처절한 반격에 번번이 뜻을 이루지 못하고 오히려 수천 명의 군사만 잃었다.

하나 당군은 포기하지 않았다. 당군은 마침내 요동성의 성벽이 가장 낮은 남쪽의 근접한 거리에 인공으로 산을 쌓기 시작했다. 그러기를 석 달여, 산은 요동성 성벽 높이와 비슷해지고 있었다.

당군은 인공 산이 완성되면 인공 산과 요동성 성벽 사이에 넓은 발판을 걸치고 그곳을 통해서 당군들을 대거 투입시키려는 계획이었다.

그런 당군의 계획을 짐작한 요동성은 초비상이 걸렸다. 인공 산의 높이가 조금씩 높아갈수록 요동성에 거주하는 사람들의 근심도 높아졌고 한숨 소리도 커져만 갔다.

그리고 현재 인공 산은 거의 완성 단계에 이르렀고 당군이 인공 산과 요동성 성벽 사이에 발판을 걸치는 시기가 오늘이냐 아니면 내일이 될 것인가 하는 것만 남아 있는 절박한 상황이었다.

그 때문에 고중현은 이미 며칠째 잠도 이루지 못하고 근심에 휩싸여 있었다.

고구려는 이미 멸망했다. 고구려의 전 영토가 당나라의 수중에 떨어졌고 이제 남은 것은 요동성뿐이라는 사실도 잘 알고 있었다.

그래서 더욱더 요동성을 포기할 수 없다고 다짐하는 고중현이었다. 요동성마저 함락되면 고구려는 정말 패망한 것이 된다.

만약 요동성이 살아남을 수만 있다면 요동성을 중심으로 다시 건국의 불씨를 지필 수도 있을 것이다. 그게 아니더라도 최소한 고구려 재건의 시도는 해볼 수 있지 않겠는가.

고중현은 마침내 결단을 내렸다. 당군이 인공 산을 통해서 총공격을 해오기 전에 역습을 감행하려는 것이었다.

고연이 적의 행군대총관 이적의 수급을 가져온 것이 고중현으로 하여금 결정을 내리게 한 중요한 요인이 되었음은 두말할 나위도 없었다. 지금 고구려군의 사기는 하늘을 찌를 정도였다.

"모두에게 알려라. 갑시(甲時:새벽 다섯 시)에 성문을 모두 열고 일거에 적을 섬멸한다."

처려근지와 가라달들은 극도로 긴장하는 중에 각오를 새롭게 다졌다.

고중현이 말석에 서 있는 고연을 쳐다보았다.

"연아, 너는 어찌하겠느냐?"

고연은 힘주어 대답했다.

"소자도 당연히 출정하겠습니다!"

고중현의 입가에 착각처럼 한줄기 엷은 미소가 스쳐 갔다.

그 미소는 '과연 내 아들답다' 라고 말하는 것 같았다.

처려근지와 가라달들도 고연의 의기로운 대답에 한층 고무되었다. 그들은 용기백배했다.

"갑시 일각 전까지 서문 앞으로 오너라."

고중현의 말에 고연은 공손히 허리를 굽히고 대전을 물러 나왔다.

갑시까지는 한 시진이 남아 있었다.

어머니와 고예에게 어떻게 말해야 하는가? 다시금 고연의 마음이 납덩이처럼 무거워졌다.

고구려군의 사기가 아무리 충천해 있다고 해도 상대는 삼십만 대군이다. 일단 격전이 벌어지면 고구려군은 아무도 살아남지 못한다고 봐야 할 것이다.

가족과 만난 지 불과 한 시진 반 만에 이제 죽음으로 이별해야만 한다. 그 잔인한 소식을 어떻게 어머니와 고예에게 말해야 하는지 고연은 착잡하기만 했다.

그리고 그녀 유화…….

그녀가 이곳 요동성에 와 있을 줄은 꿈에도 생각하지 못했다. 고연은 아마도 그녀의 가문 절노부가 이곳으로 피신해 온 것이라고 나름대로 생각했다.

고연은 어머니 앞에 단정하게 무릎을 꿇었다.

어머니도 보료 위에 단정히 무릎을 꿇고 고연과 마주 보고 있었다. 고연과 어머니 사이의 옆쪽에는 고예가 역시 무릎을 꿇고 앉아 있었다.

분위기는 숙연했고 조용했다.

어머니와 고예는 가라달의 전갈을 받고 갑시의 출정을 이미 알고 있었다. 고연이 오기 전에 모녀는 이미 충분히 울었다.

어머니는 고예에게 고연 앞에서는 절대 눈물을 보이지 말라고 당부해 두었다. 자신들이 눈물을 보이면 고연의 마음이 더 아플 것이기 때문이었다.

방 안에 무거운 침묵이 자욱이 깔려 있었다.

먼저 침묵을 깬 사람은 어머니였다. 어머니는 고연의 앞으로 다가와 한 손으론 고연의 손을 잡고 다른 손으로는 고예의 손을 잡은 채 온화한 미소로 입을 열었다.

"아버님을 만나 너희 남매를 낳고 살아온 지난 세월이 내겐 가장 행복했단다."

고연의 가슴 밑바닥에서부터 묵직한 그 무엇이 울컥하고 치밀어 올랐다. 태어나서 이날까지의 어머니에 대해서 기억할 수 있는 모든 것이 한꺼번에 와르르 되살아나 고연을 휩싸고 돌았다.

고예는 소리없이 눈물을 흘렸다. 그녀는 눈물을 보이지 말라는 어머니의 당부를 지키지 못했다.

"이 못난 어미의 아들과 딸로 태어나 준 너희가 더없이 고맙구나."

그러나 어머니는 울지 않았다.

"연아, 예야, 너희는 내세에서 다시 이 어미의 아들과 딸로 태어나 주려므나."

고연이 고개를 들자 어머니는 더없이 부드러운 미소를 머금고 있었다. 고연은 어머니에게 큰절을 올리며 충심으로 말했다.

"만약 소자가 죽는다면 당연히 그리하겠습니다."

어머니의 눈가에 이슬이 맺히는 것을 고연은 보았다.

애써 눈물을 참고 계시리라. 어머니, 착하고 아름다우신 나의 어머니. 그러나 어머니이시기에 강해야만 하는 분.

사륵.

문득 고연은 등 뒤에서 옷자락 스치는 소리가 들려오자 의아한 생각이 들어 고개를 돌려보았다.

순간 고연은 깜짝 놀라 퉁기듯이 자리에서 일어섰다.

방문이 열리고 유화가 긴 치맛자락을 끌며 살며시 들어서고 있는 것을 발견한 때문이었다.

고연은 유화가 어머니에게 공손히 인사하는 것을 놀란 얼굴로 쳐다보았다.

어머니가 잔잔하게 미소 지으며 말문을 열었다.

"유화는 연아 널 안다고 하던데 넌 이 아이를 아느냐?"

"네? 네."

고연은 크게 당황해서 더듬거렸다.

"아, 알고 있는 것 같… 습니다."

"알고 있으면 알고 있는 것이지 같다는 것은 무어냐?"

"알고 있습니다!"

고연은 자신도 모르게 고함치듯 대답했다.

그 바람에 유화는 부끄러워서 고개조차 들지 못했다.

"앉거라."

어머니의 말에 고연이 엉거주춤 앉자 유화가 고연 옆에 나란히 앉았다. 그 바람에 고연은 또다시 깜짝 놀랐다.

그리고 유화에게서 예의 은은한 난향이 풍겨와 고연의 코끝을 싸아하게 자극했다. 죽어서도 잊지 못할 그 난향이었다.

어머니가 조용히 입을 열었다.

"연아, 너도 잘 알겠지만 유화는 절노부 북부대인이신 유성룡(柳星龍) 대대로의 무남독녀란다. 일찍부터 태자비로 지목되어 모든 분으로부터 각별한 총애를 받아왔고 유화 또한 여자로서의 미모와 영특함으로는 고구려 안에서 따를 사람이 없지."

그 사실은 고연도 익히 알고 있었다. 아니, 태학의 학도들 치고 유화에 대해서 모르는 사람은 아무도 없었다. 유화에 대한 것은 태학에서 수학해야 할 또 다른 과목이라고 해도 과언이 아니었다.

태학의 학도들은 모두 고구려의 지배 계층 자제들이었다. 그러므로 그들은 누구보다 견문이 넓었고 학식도 높았기에 자부심 또한 남달랐다.

그런 그들 모두에게 우상으로 자리매김한 유화라면 더 이상 무슨 설명이 필요하겠는가? 유화는 그야말로 고구려 최고의 여자였다.

어머니가 조용히 말을 이었다.

"이 전쟁이 시작되기 전부터 유화와 덕무 태자(德武太子)의 혼담이 오갔단다. 왕실에서나 절노부에서나 당연히 유화와 덕무 태자의 혼사가 머지않아 이루어질 거라고 여기고 있었지."

고구려의 역대 왕비들은 모두 절노부에서 배출되었고 당금 절노부 대대로에겐 딸이 유화 한 명뿐이었으므로 그녀가 태자비로 간택되는 것은 너무도 당연한 일이었다.

유화가 태자비로 간택됐다는 소문을 접한 태학의 모든 학도는 식음을 전폐하고 학문과 무술 수련을 거부한 채 한동안 슬픔에 잠겨야만 했었다.

그것은 고연도 마찬가지였다. 그때의 하늘이 무너지는 듯한 절망감과 슬픔이란…….

오죽했으면 태학의 지도부에서조차 학도들의 심경을 반영하여 보름간 휴학을 선포했을 정도였다.

"그런데 유화가 간택을 거부했단다."

어머니의 말에 고연은 대경실색했다. 그런 사실은 금시초문이었다. 절노부의 가법에는 분명히 간택을 거부할 수 있다는 조항이 있긴 했다.

하나 여태 간택을 거부한 여자는 단 한 명도 없었다. 대고구려의 국모가 될 수 있는 기회를 뉘라서 거부할 것이며 추상같은 가문의 엄명을 뉘라서 거역하겠는가?

절노부의 가법에는 또 기록되어 있다. 만약 절노부의 여자가 간택을 거부할 시엔 사흘 이내에 다른 남자를 지목해야만 하고 가문에서 파문되어 그 남자에게 가야 한다고 말이다.

그래서 유화는 마음에 품고 있던 다른 남자의 이름을 부친에게 밝혔다고 한다.

"유화는 바로 너를 지목했단다."

고연은 망연자실하고 말았다. 그는 잠시 동안 정신을 차릴 수가 없었다. 유화가 태자비가 되어 장차 고구려의 국모가 될 수 있는 길을 거부하고 자신을 선택했다니…….

고연은 놀란 얼굴로 유화를 쳐다봤다.

유화는 얼굴이 발갛게 물들어서 가만히 고개를 숙이고 있었다.

유화는 결코 당차다거나 활달하거나 천방지축의 성품이 아니었다. 오히려 다소곳하며 순종적이고 고결한 성정의 소유자였다.

하나 중요한 순간에는 자신의 의사를 분명하게 밝힐 줄 알았다. 그저 대세에 휩쓸리거나 타의에 의해서 자신의 인생을 허비하는 여자는 결코 아닌 것이다.

고연은 갑자기 머리 속이 환하게 밝아졌다. 그리고 비로소 깨달아지는 한 가지가 있었다.

유화가 왜 고연 자신을 남편감으로 지목했는지를.

그날 태학에서의 첫 만남은 비단 고연의 운명만을 바꾸어놓은 게 아니었던 것이다. 그렇다. 유화는 고연을 처음 본 순간 그에게서 자신의 운명을 발견한 것이다.

고연은 유화가 자신과 똑같은 감정을 품고 있었다는 사실을 알게 되자 주체할 길 없는 감명을 받았다.

"유화는 그 즉시 무리를 이끌고 집을 떠나 이곳으로 왔단다. 너와 혼인하기 위해서였지. 그게 벌써 반년 전이로구나. 우린 네가 태학을 마치고 돌아오는 십구 세에 너희 둘을 혼인시킬 작정이었단다. 이 전쟁만 아니었다면……."

어머니는 말끝을 흐렸다. 유화는 자신에게 할당된 수만금에 해당하는 황금과 패물을 갖고 유모와 하인, 노예들을 거느리고 남경에서 만여 리나 멀리 떨어진 요동성으로 왔다.

그리고 반년 동안 이곳에 기거하고 있었다. 고연을 자신의 운명이라 여기고 기다리면서…….

"연아, 너는 유화를 아내로 맞이하겠느냐?"

어머니의 물음에 고연은 서슴없이 대답했다.

"그러겠습니다, 어머님."

어머니의 입가에 애잔한 미소가 떠올랐다가 떠오를 때보다 더 빨리 사라졌다.

그때 문이 열리고 두 명의 하녀가 커다란 상을 들고 들어왔다.

상에는 굵은 황촛대 두 개가 양쪽에 세워져 있고 간단한 요리와 술이 담긴 옥 주전자, 그리고 두 개의 옥 잔이 놓여 있었다.

상은 나란히 앉아 있는 고연과 유화의 앞에 놓여졌고 하녀들은 소리없이 물러갔다.

쪼르륵.

어머니가 두 사람 앞에 놓인 옥 잔에 각각 술을 따랐다.

고연은 지금 무슨 일이 행해지고 있는 것인지 짐작할 수 있었다.

어머니의 지시에 따라 고연과 유화는 두 손으로 공손히 옥 잔을 들어 마셨다. 합주(合酒)였다. 고연은 단숨에 마셨는데 유화는 조용히, 천천히 마셨다.

고연과 유화는 마주 보고 절을 했다. 이어서 다시 상 앞에 어머니를 향해 나란히 앉았다.

어머니가 조용히 말했다.

"이제 너희는 부부가 되었다."

고연과 유화는 공손히 고개를 숙였다. 두 사람의 머리 위로 어머니의 가늘게 떨리는 음성이 흘러왔다.

"비록 성대한 잔치도, 가무도 하객도 없지만 너흰 부부가 되었어. 초야(初夜)조차 치르지 못하겠지만……."

끝내 어머니는 참았던 눈물을 떨구고 말았다.

잠시 후면 전장에 나가야 하고 그래서 필경 죽을 수밖에 없는 아들과 혼인하자마자 미망인이 되어야만 하는, 그리하여 그녀 역시 자결함으로써 남편의 뒤를 따라야만 하는 애절한 운명을 지닌 며느리를 앞에 두고 어머니가 할 수 있는 일이라는 것은 그저 말없이 눈물을 흘리며 가슴을 저미는 것뿐이었다.

그런 어머니의 마음을 잘 아는 이들 소년, 소녀 신혼부부는 나란히 어머니에게 절을 올렸다.

어머니도 고예도 입술을 깨물며 눈물을 흘렸다.

하나 정작 당사자인 고연과 유화는 울지 않았다.

아니, 오히려 두 사람은 더없이 행복했다. 비록 반 시진 후에 헤어질 남편이며 아내라 할지라도 두 사람은 이제 엄연한 부부이다. 하늘조차도 갈라놓을 수 없는.

고연과 유화는 정원으로 나서서 나란히 거닐었다.

정원에는 구월초와 물봉선화, 영산홍, 목단, 며느리밥풀꽃 등의 가을 꽃들이 한창 흐드러지게 피어 있었고 화향이 난분분한 광경이 어둠 속에서도 잘 보였다. 꽃들에게서는 은은한 화광이 뿌려지는 것 같았다.

그러나 고연은 그 어느 꽃 향기도 느끼지 못했다. 그는 오직 자신의 옆에서 나란히 걷고 있는 유화의 난향만을 맡을 수 있었고 그것에 깊이 취해 있었다.

뚝!

문득 고연은 이름을 알 수 없는 꽃 한 송이를 꺾어 들었다. 분홍의 수줍은 듯 고개 숙이고 있는 예쁜 꽃이었다.

이어서 꽃을 유화의 귓등 위 머리카락에 살포시 꽂아주었다. 유화는 눈을 내리깔고 수줍게 행복한 미소를 지어 보였다.

고연은 어색한 미소를 지었다.

"그리하여도 꽃보다는 그대가 훨씬 더 아름답습니다."

유화는 부끄러워 목덜미까지 붉게 물들었다.

"며느리밥풀꽃이에요."

유화가 조그맣게 말했다.

"이상한 이름이군요."

"옛날에 마음씨 고약한 시어머니가 부엌에서 몰래 밥을 훔쳐 먹는 며느리가 미워서 때려 죽였대요. 이듬해에 며느리가 묻힌 무덤가에 예쁜 꽃이 피어났는데 빨간 꽃잎 끝에 흰 점 두 개가 찍혀 있는 모습이 영락없이 입술에 묻은 밥풀 같다고 해요."

고연은 유화의 귓등에 꽂힌 꽃을 보고 작게 감탄했다.

"정말 그렇게 보입니다."

"나중에 그 시어머니는 무덤가의 꽃이 하는 말을 들었대요."

"뭐라고 했답니까?"

"어머니, 제가 먹은 것은 밥풀 두 개였어요라고요."

"저런……."

고연은 어이없는 표정을 짓다가 곧 자기가 실수했다는 것을 깨달았다. 그런 슬픈 사연이 깃든 꽃을 아무 생각도 없이 유화에게 꽂아주다니……. 고연은 즉시 유화의 귓등에서 꽃을 빼 바닥에 버렸다.

심사가 개운치 않은 고연이 조심스럽게 물었다.

"혹여 나쁜 꽃말 같은 것은 없겠지요?"

"그런 것은 없어요."

유화는 예쁘게 미소 지으며 대답했다.

덕분에 고연은 마음이 조금 놓였다. 하지만 그녀는 거짓말을 했다. 며느리밥풀꽃에는 분명 꽃말이 있었다. '여인의 한(恨)' 이라는.

문득 고연은 걸음을 멈추었다. 유화가 자신의 목에서 목걸이를 벗겨내고 있는 것을 발견했기 때문이다.

목걸이의 줄은 금사(金絲)와 은사(銀絲)를 섞어서 가늘게 꼬아 만들었고, 목걸이의 말은 엄지손톱 두 개를 합쳐 놓은 정도의 크기였는데 납작하고 둥글었으며 은은히 비취의 연푸른 빛이 뿌려지고 있었다.

그곳에는 원앙 한 쌍이 정겹게 마주 보고 있는 문양이 정교하게 양각되어 있었는데 마치 원앙이 금방이라도 푸드득 날아오를 것처럼 생동감이 넘쳤다.

"태학에서 당신을 만나고 얼마 후에 남만(南蠻)에서 온 장사치에게서 비취 한 조각을 사두었다가 소녀가 직접 새겨보았어요. 원앙패(鴛鴦牌)라고 이름 지었는데 나중에 당신을 만나면 드리려고……."

유화는 원앙 목걸이를 고연의 목에 직접 걸어주며 가녀린 숨소리가 섞인 고즈넉한 음성으로 속삭였는데 부끄러움 때문이었는지 끝 말은 거의 들리지 않았다.

고연의 코앞에 유화의 희고 고우며 가는 목덜미가 있었다. 어찌도 고운 목 선인지 백옥을 깎아 다듬은 듯했다.

그리고 그 아래 제법 봉곳한 젖가슴이 있었다.

유화가 고연에게 목걸이를 걸어주려고 바짝 다가설 때 그는 그녀를 돕느라 약간 무릎을 굽혔고 그녀는 까치발을 딛고 섰기 때문에 그녀의 젖가슴이 고연의 입술에 살짝 닿았다가는 떨어지고 또 닿았다가는 떨어졌다.

고연은 숨을 멈추었다. 아니, 숨을 쉴 수가 없었다. 그리고 그는 이 순간이 영원하길 빌었다. 그리고 어디에서 그런 용기가 솟았을까? 아니, 그것은 용기가 아니었다.

운명의 거역할 수 없는 힘이 고연의 정수리에 사랑의 느낌을 쏟아 부었기에 그는 그 힘에 이끌려 두 팔로 유화의 가느다란 허리를 덥석 안고 말았다.

유화의 가녀린 몸이 뼈가 없는 듯 고연의 품에 안겨져 왔다.

고연에 비해서 한 뼘쯤 키가 작고 체구도 훨씬 작은 유화는 얼굴이 빨개져서 눈을 내리깔고 가만히 있었다.

유화의 가슴이 콩콩 뛰는 것이 그녀의 가슴과 맞닿은 고연의 가슴으로 전해져 왔다.

고연의 심장이 쿵쾅쿵쾅 힘차게 뛰는 것이 유화의 가슴에 부딪쳤다가 그녀의 가슴속으로 흔적도 없이 스며들었다.

고연이 고개를 숙여 자신의 입술을 유화의 입술로 조심스럽게 가져갔다. 유화의 긴 속눈썹이 파르르 떨리는 것이 보였다.

고연의 두툼한 입술이 유화의 작고 도톰한, 그리고 따스한 입술을 부드럽게 덮었다. 그 순간 마치 물속에서 방금 꺼낸 물고기처럼 유화의 몸이 작게 파득거렸다.

유화의 입술이 약간 벌어지자 고연은 그녀의 혀를 힘차게 빨았다. 마치 그녀의 영혼을 삼키려는 듯 거칠고도 격렬하게 빨아댔다.

두 손을 모아 고연의 가슴에 붙인 유화의 몸이 파들파들 떠는 것이 고연에게 고스란히 전해졌다.

고연은 유화의 혀를 놓아주지 않았다.

마치 젖먹이가 엄마의 젖을 물고 놓지 않으려는 듯, 그것을 놓으면 그

순간 그녀와는 영원한 별리를 맞이해야 하기에 그것을 거부하듯 고연은
그녀의 혀를 힘차게 빨며 영원 속으로 함몰했다.

억겁 같기도 일수유 같기도 한 시간이 흐른 다음에야 고연은 그래도
아쉬운 마음으로 유화의 혀를 놓아주었다.

유화는 고개를 푹 숙이고 고연의 품에 안겨 있었다. 고연은 그녀를 보
며 갈 곳 없는 가녀린 한 마리 새와도 같다는 생각이 들었다.

문득 고연은 혀가 몹시 얼얼하고 아픈 것을 느꼈다.

'이런……'

빨아댄 자신의 혀가 이렇게 아픈데 유화의 혀는 얼마나 아팠겠는가?

"혀가 아… 프지 않습니까?"

고연은 전전긍긍하며 물었다.

유화는 대답 대신 더욱 고개를 떨구었는데 얼굴과 목덜미가 장미꽃처
럼 새빨갰다.

순간 고연은 퍼뜩 정신을 차렸다.

갑시가 다 되어가고 있었다. 늦기 전에 서문 앞에 집결해야 한다.

고연은 조심스럽게 유화를 떼어내고 진지하게 입을 열었다.

"나는 사실 우연한 기연으로 장백파의 백이십칠대 종주가 되었습니
다."

유화가 해연이 놀란 얼굴로 고연을 바라보았다.

"그러셨군요."

이윽고 대답하는 유화의 얼굴에 왠지 모를 한 가닥 희망의 기색이 떠
올라 있었다.

"나는 고구려의 아들로서 죽게 될 것입니다. 그러나 그대는 부디 살아
계십시오."

고연이 엄숙한 표정으로 말했다.

"아니에요. 당신은 돌아가시면 안 됩니다."

고연의 의아한 표정을 보며 유화가 조용히 입을 열었다.

"장백파는 고구려의 영원불멸의 혼이며 전설이에요. 고구려는 패망했어도 장백파는 건재해야 하지요."

유화의 한마디 한마디는 나직했지만 거센 북소리처럼 고연의 가슴을 울렸다.

"장백파가 건재하다면 언젠가는 고구려도 반드시 부흥할 거예요. 그 옛날 장백파의 종주이신 신옥께서 고주몽 동명성제를 고구려의 왕으로 만드셨듯이 장백파의 종주는 그 맥을 이어 고구려 부흥의 밑거름이 되어야만 해요."

유화는 신옥이 장백파의 종주였다는 사실을 알고 있었다.

그렇다. 고연은 너무도 중요한 사실을 잊고 있었다.

"당신은 반드시 생존하시어 장백파를 다시 일으켜 세워야 해요. 약속해 주세요. 그것은 곧 우리의 조국을 위한 길이에요."

고연은 유화의 말을 비로소 크게 깨닫고 묵직하게 고개를 끄덕였다.

"약속하겠습니다."

고연은 유화의 조그만 손을 잡았다.

"그대도 약속하십시오. 날 위해 살아 있겠노라고."

유화는 눈을 빛내며 뜨거운 어조로 대답했다.

"약속할게요."

고연은 품속에서 백옥으로 만든 조그만 약병을 꺼냈다. 그리고 그 속에서 천보단 한 개를 꺼내 유화의 입 앞에 내밀었다.

그것은 포도알만한 크기였는데 은은한 금빛을 띠고 있어서 매우 영험스러워 보였다.

"이것은 장백파의 전대 종주께서 손수 제조하신 천보단이라는 영약입니다. 그대가 이것을 드시면 얼마간 도움이 될 것입니다."

"이렇게 귀한 것을……."

유화는 선뜻 입을 벌리지 않고 망설였다.

"이 자리에서 그대와 내가 한 개씩 복용하는 것입니다. 우리가 반드시 살아서 만난다는 것을 맹세하는 것이기도 합니다."

그제야 유화는 조그맣게 입을 벌렸다. 고연이 천보단을 그녀의 입 안에 넣어주었다. 그의 손가락 끝에 유화의 입술이 스치며 촉촉하고 부드러운 느낌이 전해졌다.

고연은 유화가 천보단을 오물오물 예쁘게 씹는 걸 보면서 즉시 자신도 천보단 한 개를 꺼내 삼켰다.

슥.

두 사람은 꽃밭 가의 돌 위에 나란히 앉았다. 고연은 장백천급을 유화에게 내밀었다.

"이것을 읽어보고 틈나는 대로 실행하십시오."

팔랑팔랑.

유화는 빠르게 책장을 넘기면서 조용히 장백천급을 읽어 나갔다. 그것은 읽는다기보다는 단지 책장의 수를 세는 것처럼 빨랐다.

고연은 엷게 미소를 지으며 유화를 바라보았다.

그는 우태에게서 장백천급을 받은 후 요동성까지 오는 동안 틈틈이 그것을 읽었는데 그 난해한 내용을 초반부는 어느 정도 이해했고 장백천급의 구결은 모조리 외워 버린 상태였다.

일각쯤 흘렀을 때 유화는 장백천급을 두 손으로 공손히 고연에게 돌려주었다.

고연은 책자를 유화에게 다시 건넸다.

"한 번 더 읽으십시오."

"다 외웠어요."

고연이 노파심에 한 번 더 읽을 것을 권하자 유화는 수줍게 얼굴을 붉히며 대답했다.

고연은 부드럽게 미소 지었다. 고연은 어릴 때부터 신동이라는 소리를 귀가 따갑게 들어왔지만 유화 역시 그에 못지않은 천재였다. 단 일각 만에 장백천급의 모든 내용을 암기해 버린 것이다. 물론 심오하고 난해한 내용은 해석하지 못했다.

두 사람은 손을 잡고 나란히 일어섰다.

그때 유화가 갑자기 까치발을 딛고 키를 세워 두 손으로 고연의 뺨을 감싸면서 그에게 부드럽게 입맞춤을 하였다.

유화의 촉촉한 입술이 고연의 입술로 전해졌다.

"뒤돌아보지 마시고 곧장 가세요."

입맞춤을 끝낸 유화가 조용히 말했다.

고연이 그윽하게 유화를 응시했다.

"그대는 내 여자입니다. 맞습니까?"

유화는 순종적으로 대답했다.

"소녀 유화는 당신의 말씀이 비록 천륜을 어기는 것이라 해도 그대로 따르는 온전한 당신의 여자입니다."

고연의 입가에 훈훈한 미소가 피어올랐다.

"나 고연은 살아서도 죽어서도 그대 유화의 남자입니다."

유화는 해맑게 눈을 빛내며 입을 열었다.

"우린 반드시 만나게 될 거예요."

두 사람은 잠시 서로를 응시했다. 아무 말은 없었지만 침묵 가운데 수많은 말과 약속과 사랑의 언어가 오갔다.

고연은 눈도 깜빡이지 않고 유화를 응시했다. 죽어서라도 그녀의 모습을 잊지 않으려는 듯 그녀의 아름다운 모습을 보고 또 보았다.

휙!

그리고 고연은 몸을 돌려 서문 쪽으로 똑바로 걸어갔다.

유화는 고연의 모습이 어둠 속으로 스며들며 보이지 않을 때까지 그의 뒷모습을 지켜보면서 서 있었고 고연은 돌아보지 말라는 유화의 말을 지켰다.

유화는 눈물을 흘리지 않았다.

'당신께서 살아 계시면 소녀도 살겠어요.'

두 사람은 그렇게 잠시 후에 다시 만날 것처럼 헤어졌다. 그러나 그 헤어짐이 그토록 길고 처절할 줄은 고연도 유화도 알지 못했다.

第七章 전투(戰鬪) ∎

전투(戰鬪)

갑시. 요동성 동서남북 네 개의 성문 안쪽에는 오만여 명의 고구려군이 집결해 있었다.

동, 남, 북 세 개의 성문 안쪽 광장에는 각각 구천의 보졸과 오백 명씩의 경기병(輕騎兵:창과 칼로 무장한 기병)이 집결하여 대모달 고중현의 명령을 고대하고 있었다.

주 성문(主城門)인 서문 안쪽 광장에는 이십 대의 전차(戰車)가 대기하고 있었는데 각각의 전차 앞에는 두 필의 건마가 묶여 있었다.

전차는 거기병(車騎兵)이라고도 하는데 사방과 지붕이 쇠 벽으로 막힌 커다랗고 검은 직사각형의 쇠 상자가 두 개의 바퀴가 달린 수레에 얹혀져 있었으며 그 안에는 각 열 명의 군사가 활과 창, 칼로 무장한 채 타고 있었다.

전차 뒤에는 삼천 명의 철기군(鐵騎軍)이 질서있게 마상에 올라앉아

대기하고 있었다.

철기군은 달리 철갑기병(鐵甲騎兵)이라고도 하는데 이들이야말로 고구려군의 주력이며 자랑이라고 할 수 있었다.

철기군은 가죽 위에 얇게 두드려서 편 철편들을 무수히 붙여서 만든 철갑옷을 입고 투구를 썼기 때문에 온몸이 철갑으로 감싸져 있어서 적의 칼이나 창, 화살에도 끄떡없었다.

또한 철기군이 탄 말도 얼굴에 철판으로 만든 마주(馬胄)를 씌우고 전신에는 철갑을 입혔는데 이런 철기군의 말을 개마(鎧馬)라고 불렀다.

고구려가 가장 강성했던 호태왕(好太王:광개토대왕 391~413) 시기에는 철기군만 십만을 보유했기에 가히 천하 무적이었다.

삼천 명의 철기군 뒤에는 오천 명의 경기병이 무장을 한 채 늠름하게 마상에 올라앉아 있었고 그 뒤로는 일만이천의 철갑 보졸이 대오를 갖추고 있었다.

도합 오만의 고구려군이 요동성의 동서남북 성문 안쪽에서 명령을 대기하고 있었는데 그들의 사기는 당장 태산이라도 무너뜨릴 기세였다.

고중현은 잡털 하나 없는 백마 위에 금빛 갑옷을 입고 삼족오검을 손에 쥔 채 전열의 측면에서 냉엄한 표정으로 군사들을 쓸어보았다. 번갯불처럼 날카로운 눈빛이었다.

고중현 뒤에는 말갈족의 전사 아란타가 늠름한 모습으로 마상에 버티고 있었다. 이제부터 아란타는 그림자처럼 고중현을 호위할 것이다.

동이 트려면 아직 반 시진가량의 시각이 남아 있었다.

그때 성문 위에서 한 명의 장수가 고중현에게 보고했다.

"모든 당군은 군막 안에 있으며 아직 잠들어 있습니다."

고중현은 번뜩이는 눈빛으로 군사들을 천천히 쓸어보다가 묵직하게 입을 열었다.

"승리하지 못하면 함께 죽는다!"

그 말뿐 고중현은 입을 다물었다. 그것으로 족했다. 그 말을 들은 모든 고구려 군사는 심장에서 뜨거운 피가 용솟음치는 것을 느꼈다. 그들에게 더 이상 죽음 따위는 두렵지 않았다.

'반 시진 안에 적에게 치명타를 안긴다면 승리가 전혀 불가능한 것만은 아닐 터.'

고중현은 치밀하게 계산해 보았다. 그 결과 승산이 있다는 결론을 내렸다. 그의 계산이 빗나가지만 않는다면.

고중현의 시선이 군사들을 향했다. 하나 아직 어두웠으므로 아들 고연의 모습을 찾는 일은 쉽지 않았다.

고중현은 찾기를 포기했다. 전장에서 아들과 함께 죽는 것도 복이라고 할 수 있지 않겠는가?

"출전하라!"

이윽고 고중현이 조용하고도 묵직하게 입을 열었다.

둥둥둥둥!

묵직하고도 은은한 북소리가 성루로부터 울려 퍼졌다.

그것을 신호로 서문과 함께 동, 남, 북의 성문도 동시에 열리기 시작했다.

쿵!

서문의 성문이 바깥쪽 아래로 내려져 폭 삼 장여의 해자(垓字:성 앞쪽에 파놓은 인공 개울) 위에 육중하게 놓여졌다.

둥둥둥둥!

당군 중에 요동성에서 은은히 들려오는 북소리를 들은 사람은 당군 진영에서도 요동성과 가까운 쪽의 초병들과 유난히 잠귀가 밝은 몇 명뿐이었다.

그들은 졸린 눈을 부비면서 요동성 쪽을 보다가 크게 놀라고 말았다. 요동성의 성문이 내려져 있는 것을 발견한 것이다.

"전차군 출전하라!"

두두두두두!

고중현이 벼락같이 외치자 이십 대의 전차가 일렬로 쏘아낸 화살처럼 성문을 빠져나가기 시작했다.

성문 밖은 탁 트인 평원이다. 일단 성문 밖으로 나온 이십 대의 전차는 질주하는 중에 전열을 일렬 횡대로 쫙 펼쳐서 당의 군막을 향해 지축을 뒤흔들며 돌진했다.

당군이 진영을 형성하고 있는 전체 군막의 폭은 백오십여 장에 달했고 고구려군 이십 대 전차의 일렬 횡대의 폭은 오십여 장이다. 전차군은 당군 진영의 정 복판을 관통할 기세였다.

당군 초병과 잠에서 막 깨어난 당군들은 뿌연 먼지를 일으키면서 평원을 가로질러 질주해 오는 전차군을 보며 혼비백산했다.

두두두두두!

전차군은 거침없이 군막 한복판을 치고 들어갔다. 전차의 말발굽과 바퀴가 군막을 짓밟으며 휩쓸었다.

아비규환.

말발굽에 채이고 바퀴에 밟힌 당군들의 몸이 찢어지고, 잘라지고, 터지며 처절한 비명이 채 여명이 밝지도 않은 요동벌의 하늘로 어지럽게 흩어져 올랐다.

순간 전차의 양쪽 철벽 아랫부분에서 각각 두 자루씩 네 자루의 삼 장 길이의 긴 양면 칼날이 달린 창이 튀어나왔다.

이십 대의 전차가 일제히 양쪽으로 네 개의 창날을 내뻗고 군막 한복판을 질주하며 닥치는 대로 베고 잘랐다.

이윽고 전차들은 일렬 횡대에서 벗어나 사방으로 흩어지며 마구잡이로 당군 진영을 유린하기 시작했다.

수만 개의 당군 군막은 전혀 무방비 상태에서 전차에 짓밟히고 창날에 베이면서 무너져 갔다.

"철기군 출전하라!"

우두두두두!

고중현의 쩌렁한 명령이 떨어지자마자 삼천 명의 철갑 기병이 두 줄로 성을 빠져나가기 시작했다. 삼천 필의 말이 한꺼번에 달려나가자 그 진동에 요동성 전체가 들썩일 정도였다.

문득 고중현은 막 앞을 스쳐 지나가는 철갑 기병 중 한 명이 자신을 쳐다보는 것을 언뜻 발견했다.

고연이었다. 철갑으로 온몸을 감싸고 투구를 깊숙이 눌러쓴 틀림없는 자신의 아들 고연이었다.

'연아!'

고중현은 하마터면 입 밖으로 소리 내어 아들을 부를 뻔했다.

고중현은 자신을 쳐나보는 아들의 눈빛이 맑고 영롱하게 빛나는 것을 보았다.

고중현은 고연이 보졸이 되어 싸울 것이라고 생각했었다. 그런데 철갑 기병이라니… 철갑 옷과 창, 도끼, 칼의 무게를 합치면 백 근에 가깝다.

열다섯의 나이에 그냥 들고 있기에도 버거울 텐데 질주하는 말에 올라앉아서 무기를 휘두르며 적군을 찌르고 베어야 하는 것이다.

고중현의 입가에 훈훈한 미소가 피어올랐다. 태어나서 이날까지 한 번도 속을 썩이지 않은 아들이다.

아니, 언제나 기대에 넘치는 행동과 결과로 부모를 기쁘게만 해주었던 천금 같은 아들이다.

그 아들이 지금 마지막 순간에서조차 아비의 기대를 저버리지 않고 가장 먼저 장렬하게 죽으러 나가고 있는 것이다.

'아비도 곧 따라가마.'

고중현은 아들의 모습이 막 성문 밖으로 사라지는 것을 눈으로 좇으며 내심 중얼거렸다.

성문 밖으로 달려나온 삼천의 철기군은 달리는 중에 길게 횡대로 전열을 가다듬고 있었다.

당군 군막의 폭 백오십여 장에 맞추어 백오십 명의 철갑 기병이 선두에서 내달리고 그 뒤를 또 백오십 명의 철갑 기병이, 또 그 뒤를 연이어 백오십 명의 철갑 기병이 줄지어 돌진했다.

우두두두두두!

경천동지.

그야말로 하늘도 놀라고 땅도 진저리칠 대돌격이었다.

선두의 전차군은 이미 전멸한 상태였다. 당군은 고구려군의 전차들로 인해서 막대한 피해를 입었지만 뒤늦게나마 대응하여 전차군을 전멸시켰다.

그러나 고구려군의 전차군은 이미 당군 진영을 쑥밭으로 만들어놓은 후였다. 첫 공격으로는 대성공이었다.

고구려의 삼천 철기군이 당군 진영을 향해 밀물처럼 쇄도해 가고 있을 때 요동성 성벽 위에 천여 명의 궁수가 그 위풍당당한 위용을 드러냈다.

그들의 손에는 그 어떤 나라도 흉내 내지 못하는 고구려만의 자랑인 철강궁이 쥐어져 있었다.

당군의 활은 제아무리 힘 좋은 장사가 쏘더라도 오십 장을 넘지 못하는 반면에 고구려군의 철강궁은 한 번 쏘면 백 장에서 백오십 장까지 날아가며 또한 바위에도 꽂히는 막강한 위력을 발휘했다.

성벽의 일천 궁수가 당군 진영을 향해 일제히 철강궁의 시위를 놓았
다.

쐬아아!

허공을 새카맣게 뒤덮은 일천 대의 화살이 질주하는 철기군 머리 위를
날아 넘어서 당군 진영으로 파도처럼 쏘아갔다. 화살을 발견한 당군은
그야말로 혼비백산했다. 어디로 피해야 할지 우왕좌왕 허둥대다가 그대
로 화살에 맞아 무더기로 거꾸러졌다.

방패로 막아도 소용없었다. 철궁으로 쏘아낸 화살은 바위도 뚫을진대
그깟 방패쯤이야 수수깡 정도에 불과했다. 화살은 방패와 당군을 한꺼번
에 뚫어버렸다.

고구려 철궁수들은 연속적으로 활을 쏘아댔다. 그것은 마치 하늘에서
내리꽂는 벼락과도 같았다. 숨을 곳도, 막을 방법도 없었다. 당군은 아직
도 전열을 정비하지 못한 상태였다.

우왕좌왕하며 이리 뛰고 저리 뛰다가 시체에 걸려 넘어지는가 하면 화
살에 꽂혀서 죽고 또한 고래고래 고함을 질러댔는데 장수도 없고 군졸도
없는 그야말로 아비규환이었다.

그러던 당군은 또다시 기겁하고 말았다.

우두두두두!

천지를 뒤흔들며 돌진해 오는 고구려군의 무적 철기군을 발견한 것이
다. 당군은 또 선두의 철기군이 긴 창을 자신들을 향해 아래로 비스듬히
숙이는 것을 보았다.

그리고는 폭풍이었다.

우두두두두!

그야말로 파죽지세. 철기군은 닥치는 대로 짓밟으면서 긴 창으로 당군
을 꿰뚫었다. 당군은 변변히 반격조차 못하고 추풍낙엽처럼 죽어갔다.

폭풍처럼 질주하는 철기군 선두의 복판에 고연이 내달리고 있었다. 그는 벌써 창으로 세 명째 당군의 몸통을 쑤셔 박고 있었다.

고연은 자신의 안위 따윈 전혀 돌보지 않고 신들린 듯이 창을 찌르고 베며 휘둘렀다.

창날이 적을 찌르고 벨 때마다 창을 통해서 팔에 전해지는 묵직한 느낌을 즐기면서 죽이고 또 죽였다.

파악!

고연이 말을 달리면서 창을 휘두르자 놀란 얼굴로 서 있던 당군의 목이 베어져서 허공으로 솟구쳐 올랐다.

푹!

질주하던 고연은 전면에 엉거주춤 서 있는 당군의 가슴을 창으로 힘껏 찔렀다. 창끝이 당군의 등 뒤로 튀어나왔고 당군은 창에 찔린 상태에서 허공으로 둥실 떠올랐다.

고연이 창에 매달렸던 당군을 힘껏 내던지자 오 장이나 날아가서 도망치는 당군들과 부딪쳐 한꺼번에 서너 명이 나뒹굴었다.

고연의 무용은 철기군 중에서도 단연 돋보였다. 전투가 시작된 지 불과 반 각가량이 지났을 뿐인데 그는 창으로만 벌써 열 명의 당군을 찌르고 베어 죽였다.

그때 고연이 무리 지어 모여 있는 당군 한복판으로 말을 몰아 뛰어들었는데 당군의 수효는 오십여 명쯤은 되어 보였다. 그러자 주위에서 내달리며 싸우던 몇 명의 철기군이 그런 고연을 보며 크게 놀랐다.

제아무리 뛰어난 무술 실력의 철기군이라 해도 단독으로 오십여 명의 적과 싸운다는 것은 무리였다.

고연을 발견한 철기군들은 당군들과 치열하게 싸우는 중이라서 몸을 빼내어 고연을 도울 수 없는 상황이었기에 초조함이 극에 달했다. 오십여 명의 당군은 고연이 혼자 자신들을 상대하려고 뛰어들자 그를 겹겹이 포위하고는 일제히 창과 칼을 휘두르며 무서운 합공을 퍼부었다.

"차앙!"

고연은 왼손에 창을 쥐고 오른손으로는 허리의 환두대도를 뽑았다.

고연은 태학에서 매년 주최하는 무술 시합에서 장원을 했을 만큼 뛰어난 무술 실력을 지니고 있었다.

그는 자신을 향해 벌 떼처럼 합공하는 당군을 상대하면서도 조금도 위축되지 않았다. 오히려 양손의 창과 칼을 신들린 듯이 휘두르며 당군의 목을 베고 몸통을 찔렀다.

"크악!"

"으악!"

고연이 좌충우돌하면서 마치 칼춤을 추듯 창과 칼을 휘두를 때마다 바닥에는 당군의 시체가 늘어만 갔고 그들이 흘린 피가 작은 내를 이루었다.

약 이 각의 시간이 흘렀을 때에야 고연은 비로소 말을 멈추고 동작을 그쳤다.

고연의 주위에는 그가 상대하던 오십여 명의 당군이 목불인견의 처참한 시체가 되어 어지럽게 나뒹굴고 있었다.

싸움을 하고 있던 고구려군들은 고연의 그런 위용을 보고 크게 놀랐다. 그리고는 사기충천하여 더욱 힘을 내서 당군을 주살했다.

고연은 이미 한 시진여 동안 전력으로 싸워서 육칠십 명의 당군을 죽였지만 숨소리조차 거칠어지지 않았고 조금도 힘들다는 느낌이 들지 않았다.

평소의 고연이었다면 이미 오래전에 지쳐서 곤경에 처했겠지만 지금의 그는 달랐다.

약간 지친 상태이긴 했지만 아직도 그의 몸속에서 주체할 수 없는 힘이 용솟음치고 있는 것이다. 물론 죽기를 각오하고 싸움에 임했기 때문이기도 했지만 그 용솟음치는 힘의 원천은 순전히 천보단 덕분이었다.

고연은 우태에게서 장백천급을 받은 날부터 장백천급의 심법을 꾸준히 연마했었다.

길을 가다가도 잠시 쉴 때면 어김없이 가부좌를 틀고 앉아서 심법을 연마했고 잘 때도 심법 구결을 외우면서 잠이 들었을 정도로 열심이었다.

천원심법(天元心法). 장백천급에 수록된 심법이다.

고연은 아직 천원심법의 심오함과 위력을 거의 모르고 있었다. 그걸 깨우칠 만한 시간적 여유도 없었다.

고연은 출전(出戰) 전에 유화에게 천보단 한 개를 복용시키고 자신도 한 개를 먹은 후에 서문 앞 광장에서 대기하고 있는 동안 마상에 앉아 천원심법을 운기했었다.

그 결과 천보단이 그의 체내에서 순식간에 용해되며 전신으로 퍼졌다가 결국 단전에 모이게 되어 그는 순식간에 십 년의 내공을 이루게 된 것이었다.

천보단 한 알에는 십 년 내공의 효능이 담겨 있었다. 또한 오성을 맑게 해주었으며 웬만한 독에는 중독되지 않는 놀라운 효능도 함께 지니고 있었다.

십 년 동안 정진해야만 얻을 수 있는 결과를 천보단 한 알이 가져다 주었으니 어찌 놀라운 일이 아니겠는가?

원래 천보단은 장백파의 비전(秘傳)이었다. 천보단을 만드는 것은 오직 종주 한 사람에게만 국한됐으며 그 비전도 종주에게만 전해지는 것이었다.

고연은 주위를 두리번거리며 마치 먹이를 찾는 맹수처럼 눈을 빛냈다.

그러자 백여 명의 당군과 치열하게 싸우면서 열세에 처해 있는 다섯 명의 철기군 모습이 고연의 시야에 들어왔다.

우두두두!

고연은 즉시 그곳으로 질풍처럼 말을 몰아 달려갔다.

고연이 싸움판에 끼어들며 순식간에 대여섯 명의 당군을 죽이자 다섯 명의 철기군은 용기백배했고 일순간 당군들은 겁먹은 얼굴로 주춤거렸다. 고연이 단숨에 당군의 기세를 꺾어버린 것이다.

고연과 다섯 명의 철기군은 기회를 놓치지 않고 당군을 무차별 도륙하기 시작했고 오래지 않아서 그들이 상대하던 당군은 한 명도 서 있는 자가 없게 되었다.

고연이 노도처럼 말을 몰아가는 곳이면 어김없이 당군들이 떼 지어 피를 뿌리며 쓰러졌다.

"와아아아!"

삼천의 고구려 철기군이 당군 진영을 마음껏 휘저으며 유린하고 있을 때 요동성 네 개의 성문에서 사민여 명의 경기병과 보졸들이 쏟아져 나와 곧장 당군 진영을 향해 해일처럼 돌격했다.

당군은 완전히 전의를 상실하고 말았다. 제대로 무기를 휘두르며 반격하는 자들은 별로 보이지 않았고 이리저리 허둥대면서 도망치다가 고구려군에게 무참하게 죽임을 당하는 자들이 대부분이었다.

시산혈해.

당군의 시체가 대초원을 뒤덮었고 그들이 흘린 피가 냇물이 되어 흘렀다. 그 수효는 수천, 수만에 달했는데 고구려군은 당군의 시체를 짓밟으면서 일방적인 살육전을 벌이고 있었다.

그 즈음에 고연은 이미 백오십여 명의 당군을 죽이고 있었다.

고연은 재빨리 전장을 휘둘러보았다. 그의 시야에 들어오는 것은 고구려군이 당군을 무차별 도륙하는 광경뿐이었다. 고연은 비로소 조심스럽게 승리를 예감해 보았다.

'이길 수도 있다! 아니, 반드시 승리하고야 말 것이다!'

바로 그때였다.

둥둥둥둥둥!

둥둥둥둥둥!

대초원의 양쪽에서 은은한 북소리가 들려왔다. 마치 땅속 깊은 곳에서 들려오는 듯했다. 그것이 신호라도 되는 듯 싸움이 일시에 멈췄다.

둥둥둥둥둥!

둥둥둥둥둥!

양쪽에서 들려오는 북소리는 점점 더욱 가깝고도 크게 들렸다.

'뭔가 잘못됐다.'

고연의 뇌리를 불길한 느낌이 스치고 지나갔다. 그리고 그 다음 순간 고연은 보았다. 대초원의 한쪽 아스라이 먼 곳에서 뭔가 조그맣게 꿈틀대는 광경을. 그것은 흡사 수많은 쥐 떼가 꾸물거리면서 몰려오는 것처럼 보였다.

그러던 것이 점차 커지더니 마침내 어느 순간에 대초원을 완전히 새카맣게 뒤덮어 버렸다.

그것은 당의 대군이었다. 대초원의 끝에서 끝까지를 뒤덮은 어마어마한 대군이었다.

고연은 호흡이 가빠지며 다급히 반대편 초원을 보았다. 그쪽도 마찬가지였다. 초원은 보이지 않았고 끝도 보이지 않는 엄청난 대군이 서서히 다가오고 있었다.

둥둥둥둥둥!

둥둥둥둥둥!

'함정!'

고연은 머리 속이 하얗게 탈색되었다.

두두두두두!

두두두두두!

당군의 선두는 기마병이었다.

거의 오만을 헤아리는 기마병이 요동벌을 뒤흔들며 고구려군의 양쪽에서 죄어오고 있었다. 그리고 그 뒤를 십오만의 보졸이 북소리에 맞추어 질서있게 행군해 오고 있었다.

고연은 그제야 한 가지 사실을 깨달았다. 지난밤, 요동성을 포위하고 있던 당군이 갑자기 포위망을 풀고 철수했던 이유는 바로 이것 때문이었다.

당군은 고연이 개수구를 통해서 요동성에 잠입할 즈음에 칠흑 같은 그믐밤을 이용하여 군사의 대부분을 빼내어 평원의 양쪽 산에 매복시켰던 것이다.

당의 기마병은 돌진해 오면서 좌익 펼처지며 놀라고 있는 고구려군을 완전히 포위해 버렸다.

고중현은 돌처럼 굳은 표정이었다. 그는 거칠게 숨을 몰아쉬면서 빠르게 격전장을 쓸어보았다. 그의 머리 속에서 현재 고구려군과 싸우고 있는 당군의 수효가 대략적으로 빠르게 계산되었다.

'십만이다. 군막 안에 있었기에 제대로 파악하지 못했던 게 실수다.'

군막의 삼분의 이 이상이 빈 군막이었다. 고중현은 포위망을 좁혀오는 당의 기마병을 초조하게 쳐다보았다.

군막에 있던 당군은 십만 정도였고 그중 절반인 오만이 이미 고구려군에게 죽임을 당했다. 그리고 지금 당의 이십만 대군이 몰려오고 있는 것이다.

'놈들은 적장 이적이 암살당한 것을 이미 알고 있었다. 그래서 우리가 총공격하리라는 것을 예측하고 함정을 팠다. 역에 역으로 당하고 말았다. 놈들은 십만을 미끼로 던져 준 것이다. 미련하게도 그것을 덥석 물었어.'

당군은 뼈와 살을 내주고 더 큰 것을 얻어낸다는 고육지계(苦肉之計)의 계략을 사용한 것이다.

그것은 십만의 군사를 떼죽음시키더라도 반드시 요동성을 함락시키고야 말겠다는 단호한 결의였다. 하나 후회하기엔 너무 늦고 말았다.

고구려군이 싸움을 멈추고 망연자실해서 지켜보고 있는 동안에 살아남은 오만의 당군이 뿔뿔이 흩어지면서 포위한 채 몰려오고 있는 당군의 주력군 편으로 속속 복귀하고 있었다.

두두두두두!

당의 기마병은 고구려군의 백여 장까지 밀물처럼 쇄도하고 있었다.

고중현은 어금니를 악물었다. 결코 이대로 포기할 순 없었다. 그러나 방법이 없다.

'어차피 죽기로 각오했다. 생사결전을 벌이리라.'

고중현은 결단을 내렸다.

"전군을 오대(五隊)로 나누어 분전한다!"

명령이 떨어지기가 무섭게 고구려군은 일사불란하게 움직였다.

고구려군은 신속하게 철기군을 선두로 하고 그 뒤를 경기병과 보졸들이 이어서 붙으며 다섯 개의 열 오대를 만들었다.

우두두두두!

그리고는 오대가 다섯 방향으로 무섭게 치고 나가기 시작했다.

이것은 병법의 한 방법으로 주로 포위됐을 때 사용하는데 단지 포위망을 뚫으려는 것이 아니라 다섯 방향에서 분전하며 적을 교란시키면서 와 해시키는 전술이었다.

고중현은 도주가 아닌 정면 승부를 결정했다. 이미 화살은 시위를 떠 난 것이다.

일단 고중현의 명령이 떨어지고 오만의 고구려군이 오대로 분열하여 당군을 향해 진격해 가는 데까지는 불과 숨을 십여 차례 들이쉬는 정도 의 짧은 시각에 이루어졌다. 그만큼 고구려군은 고도로 훈련되어 있었 다.

"와아아아!"

"와아아아!"

마침내 요동벌 최후의 전투가 벌어졌다. 고구려의 오만 강군과 당의 이십오만 대군이 정면으로 맞붙었다.

당의 오만 기마병과 이십만 보졸이 포위망을 좁히며 고구려군을 압박 해 오자 처음에는 고구려군이 당장이라도 괴멸할 것처럼 보였다.

그러나 그 즉시 고중현의 명령에 의해서 만들어진 고구려군 오대가 다 섯 방향으로 소용돌이처럼 당군을 관통하면서 치고 나가자 당군의 전열 은 여기저기 뻥뻥 뚫리면서 여지없이 무너지기 시작했다.

과연 고구려의 철기군은 무적이었다. 철기군은 거침없이 당군을 도륙 하며 철저히 유린했다.

고구려의 보졸은 당의 보졸과 한데 어울려 피아(彼我)를 구별하기 어 려울 정도로 치열한 백병전을 벌였다.

새로운 전투가 시작되고 반 시진이 지났을 때 당군은 이미 오만의 군 사를 잃었다. 전력의 오분지 일을 잃은 것이다. 반면에 고구려군은 오천 정도의 군사를 잃었다. 고구려군 한 명이 당군 열 명을 죽인 것이다.

그러나 초전에 지나친 전력을 쏟아 부은 고구려군은 급속도로 지쳐

갔다.

철기군과 경기병이 탄 말들도 지쳐서 가쁜 숨을 몰아쉬며 여기저기에서 멈춰 서거나 무너지는 광경이 보였다.

곧 이어 고구려군 오대의 허리가 끊어지기 시작했다. 그리고는 고구려군과 당군이 한데 뒤섞여 아비규환의 전투로 이어졌다.

고연도 어느덧 지쳐 가고 있었다. 싸움이 시작된 이래 그는 벌써 수백 명의 당군을 죽였다.

고연은 잠시 호흡을 가다듬으며 재빨리 전장을 둘러보았다. 극도로 지친 고구려군이 도처에서 지리멸렬하고 있는 광경이 그의 시야에 들어왔다.

철기군이 지친 말과 몸을 이끌고 이리저리 치달으며 분투하고 있었지만 기울어가는 전세를 뒤집을 수는 없을 것 같았다.

고구려군은 이를 악문 채 당군을 한 명이라도 더 죽이려고 기를 쓰고 싸웠다.

죽어가는 순간에도 그냥 죽지 않고 발작적으로 무기를 휘둘러 한 명의 당군이라도 저승길의 길동무로 삼았다.

그 순간 한곳을 보던 고연의 눈이 커졌다. 그는 부친 고중현과 아란타, 그리고 십여 명의 철기군이 수백 명의 당의 기마병에 의해서 엄밀히 포위되어 맹공격을 당하고 있는 광경을 발견했다.

고중현이 삼족오검을 휘두를 때마다 서너 명의 당군이 피를 뿌리며 쓰러졌지만 위태로워 보였다. 고연은 부친 일행이 채 반 각도 지나기 전에 전멸할 것을 직감했다.

고연과 고중현의 거리는 이백여 장. 너무 멀었다. 게다가 고연이 달려간다고 해도 별반 큰 도움은 못될 것이다. 고연의 머리가 빠르게 회전했다. 그는 멀리 사방을 날카롭게 둘러보았다.

격전장에서 오십여 장쯤 떨어진 동편의 야트막한 구릉 위에 십여 필의 말이 나란히 서 있고 그 위에 십여 명의 장수가 앉아 있는 광경이 눈에 띄었다.

고연은 안력을 돋우었다. 그러자 그에게서 이백여 장이나 떨어진 거리에 있는 장수들의 모습이 또렷하게 시야에 들어왔다.

예전 같았으면 겨우 흐릿하게만 윤곽만 보일 거리였지만 지금의 고연에겐 눈앞에 있는 것처럼 또렷이 보였다. 그것 역시 천보단 덕분인 것은 두말할 것도 없다.

나란히 서 있는 십여 명 장수의 한복판에 있는 인물의 모습이 고연의 시야 속으로 끌어당기듯 잡혔다.

금빛 갑옷에 금빛 투구를 썼으며 반 뼘가량의 검고 짧은 수염을 기른 청수해 보이는 초로인이었다. 고연은 그가 누군지 알 수 없었지만 그가 이적의 후임을 맡은 적장이라고 간파했다.

고연은 지그시 어금니를 악물고 적장을 쏘아보면서 한 가지 결단을 내렸다.

그는 즉시 말안장에 묶어둔 보자기를 풀어 당의 행군내총관 이적의 수급을 꺼내 창끝에 꽂았다. 반드시 쓰일 곳이 있으리라고 짐작하고 수급을 챙겨온 것이 다행이었다.

우두두두!

고연은 이적의 수급을 꽂은 창을 빠지지 않도록 단단히 말안장에 묶고는 환두대도를 움켜쥐고 일로 고중현을 향해 질풍노도처럼 말을 휘몰았다.

고연은 고중현 근처에 이르자 쩌렁쩌렁하게 외쳤다.

"이놈들! 내가 당의 이적을 죽인 고구려의 고연이다!"

고중현 일행을 맹공격하던 당군들의 동작이 한순간 뚝 멈추며 그들의 시선이 일제히 고연에게 집중됐다.

고연은 고중현 일행을 포위한 당군 주위를 빙빙 돌며 외쳐 댔다.

"눈을 크게 뜨고 똑똑히 봐라! 이적의 수급이 보이지 않느냐? 내가 이적을 죽인 고구려의 고연이란 말이다!"

순간 당군의 시선이 일제히 창대 끝에 꽂혀 있는 이적의 수급으로 집중됐다. 이적의 수급은 눈을 부릅뜬 채 자신의 수하들에게 억울한 죽음을 호소하는 듯했다.

고연을 쳐다보는 고중현의 눈가에 가벼운 잔떨림이 일었다.

'연아⋯⋯.'

고연의 심중을 모를 리 없는 고중현과 일행이었다.

다음 순간 고연은 지쳐 있는 말의 옆구리에 박차를 가하며 구릉 위에 있는 적장이라고 판단한 자를 향해 질풍처럼 내달리며 고래고래 외쳤다. 그것은 피를 토하는 듯한 절규에 가까웠다.

"철기군은 나를 따르라!"

고연의 외침은 쩌렁쩌렁해서 모든 철기군이 들을 수 있을 정도였다.

격전장 곳곳에 흩어져 있던 철기군은 순식간에 고연을 향해 모여들기 시작했는데 그 수효는 순식간에 오백 명이나 됐다.

두두두두두!

고연은 오백 철기군의 선두에서 환두대도를 치켜들고 적장을 목표로 하여 일직선으로 질주해 나갔다.

당군들은 고연과 오백 철기군을 막지 못하고 창칼에 찔리거나 베어져서 쓰러지고 대다수는 겁을 집어먹고 소 건너는 웅덩이에 파리 떼 흩어지듯 분분히 도망쳤다.

고중현과 일행은 위험한 상황에서 벗어났다. 고중현은 고연이 질주해 가고 있는 방향을 보다가 그의 의도를 간파했다.

‘저 아이가 적장을 치려고……’

언뜻 보기엔 무모한 것 같았지만 기발하기 짝이 없는 발상이었다.

싸움터에서 오십여 장쯤 떨어진 곳에서 느긋하게 싸움을 관전하고 있는 적장은 불과 십여 명 장수의 호위를 받고 있을 뿐이었다.

철기군의 최대 강점 중에 하나는 빠름이었다.

고연과 오백 철기군은 수백 장의 거리를 죽기를 각오하고 노도처럼 치달렸다.

당의 기마병은 크게 놀라서 여기저기에서 분분히 철기군의 뒤를 추격했지만 그 거리는 순식간에 오십여 장으로 벌어졌다.

구릉 위에 있던 적장과 장수들은 자신들을 향해 돌진해 오는 고연과 오백 철기군을 발견하고는 크게 놀랐다.

그들은 고구려군이 포위망을 뚫고 자신들을 공격해 올 줄은 꿈에도 예상하지 못했던 것이다.

십여 명의 장수가 적장을 빙 둘러서 호위하고 황망히 무기를 뽑아 들었다.

선두의 고연이 목이 터져라 외쳤다.

“모조리 쓸어버려라!”

두두두둑!

고연은 오직 적장만을 목표로 삼았다.

퍽!

고연의 앞을 가로막은 장수 한 명이 말발굽에 가슴이 채여서 입에서 피를 쏟으며 나뒹굴었다.

그 즉시 두 명의 장수가 양쪽에서 고연의 앞을 가로막으며 철퇴와 도를 휘둘러 왔다.

도는 짧아서 고연에게 미치지 못했지만 뾰족한 철침이 무수히 박힌 철

퇴는 긴 쇠사슬에 연결되어 있어서 그 길이가 일 장에 달했는데 고연의
상체를 노리고 맹렬히 후려쳐 왔다.

칼만 휘두르면 적장의 목을 벨 수 있는 거리였다. 고연은 자신에게 무
시무시하게 쏘아져 오는 철퇴를 무시한 채 적장을 향해 환두대도를 휘둘
렀다.

팍!

적장이 황급하게 상체를 옆으로 기울여 피하자 고연의 칼끝이 적장의
왼쪽 얼굴을 세로로 비스듬히 그었다.

"흐악!"

적장은 두 손으로 얼굴을 감싸 쥐며 처절한 비명을 터뜨렸다.

픽!

그 순간 고연은 등이 뽀개지는 극심한 고통을 느꼈다. 철퇴가 그의 등
한복판을 무지막지하게 후려 갈긴 것이다. 철퇴는 족히 수백 근의 충격
을 주었고 철퇴의 철침들이 고연의 등 속에 깊숙이 박혀들었다.

쿵!

고연의 몸이 허공으로 둥실 떠올랐다가 그대로 풀밭에 내동댕이쳐지
고 말았다.

그가 환우대도를 지팡이 삼아 안간힘을 쓰면서 일어서며 쳐다보자 적
장은 얼굴에서 피를 줄줄 흘리고 있었고 고연을 가리키며 고래고래 악을
써대고 있었다.

"저놈! 저놈을 갈가리 찢어 죽여라!"

적장을 호위하던 장수들은 모두 철기군에게 죽었고 철기군들은 뒤따
라온 수천 명의 당의 기마병과 치열하게 싸우고 있었다.

적장은 이미 수백 명의 당군에 의해서 엄중하게 둘러싸여진 채 호위되
어 있었는데 그는 이성을 잃은 채 고연을 가리키며 연신 소리쳤다.

“저놈이 내 눈을 베었다! 당장 저놈을 죽이지 못할까!”

고연은 있는 힘껏 어금니를 악물었다. 그 순간 그의 눈앞에 유화의 아름다운 모습이 찰나간에 떠올랐다가 스러졌다.

“당신은 반드시 생존하시어 장백파를 다시 일으켜 세워야 해요. 약속해 주세요. 그것은 곧 우리의 조국을 위한 길이에요.”

고연은 묵직하게 고개를 끄덕였다.

“약속하겠습니다.”

고연은 유화의 조그만 손을 잡았다.

“그대도 약속하십시오. 날 위해 살아 있겠다고.”

유화는 눈을 빛내며 뜨거운 어조로 대답했다.

“약속할게요.”

고연은 입속으로 되뇌었다.

‘미안합니다. 그대와의 약속을 지키지 못할 것 같습니다.’

팍!

고연은 힘차게 두 발로 땅을 박차며 적장을 향해 달려나갔다.

푹!

하나의 날카로운 창이 고연의 견갑(肩甲:어깨 보호대)을 뚫고 들어왔는데 어깨가 불로 지지는 듯 화끈했다.

우둑!

하나 고연은 멈추지 않았다. 그는 자신의 어깨를 찌른 창대를 왼손으로 잡아 부러뜨리고는 오히려 더욱 빠르고 힘차게 적장에게 덮쳐 갔다.

그의 눈에는 오직 피 범벅이 되어 놀라는 표정을 짓는 적장의 얼굴만

보일 뿐 사방에서 자신을 향해 쇄도하는 창과 칼과 도끼는 전혀 보이지
않았다.

촤악!

픽!

한 자루의 칼이 고연의 옆구리를 깊숙이 길게 베었고 또다시 도끼가
그의 등을 강렬하게 찍었다. 고연은 마침내 적장 앞에 이르러 온 힘을 다
해 적장을 향해 환우대도를 휘둘러 갔다.

그러나 그의 손에 있어야 할 환우대도는 어느새 사라지고 없었다. 그
는 빈손으로 허공을 허우적거렸다.

푹!

그때 고연의 전면 오른쪽에서 한 자루의 창이 쏘아와서 그의 가슴을
깊숙이 찔렀다.

"헉!"

고연은 헛바람을 들이켰다. 그리고 끝이었다.

털썩!

고연은 땅에 쓰러져서 하늘을 보고 누운 채 눈을 깜빡거렸다. 아무 소
리도 들리지 않았고 고통도 전혀 느껴지지 않았다.

그저 편안했다. 눈앞이 환하게 밝아졌고 구름 위에 누워 있는 안락한
기분마저 들었다.

"살아 있다면 우린 반드시 만나게 될 거예요."

유화의 음성이 또렷하게 고연의 고막을 울려왔다.

"으악!"

"크악!"

"와악!"

그때 고연은 흐려져 가는 의식 속에서 처절한 비명성이 자신의 주위에서 마구 터져 나오는 것을 아련하게 들었다.

그리고 그 직후에 그는 자신의 몸이 허공으로 둥실 떠오르는 것을 어렴풋이 느꼈다.

그는 안간힘을 다해서 힘겹게 눈을 떴다. 그리고 그가 가장 처음 발견한 것은 누군가의 널찍한 등이었다. 그는 누군가에게 업혀 있었다.

그리고 그 사람의 등에는 한 자루 검이 묶여 있었고 검의 손잡이가 오른쪽 어깨 위로 삐죽 솟아 있는 게 고연의 흐릿한 시야에 잡혔다.

그런데 검의 손잡이가 고연의 눈에는 몹시 낯익었다.

그것은 삼족오였다. 삼족오의 부리가 햇살에 반짝였다.

'삼족오……'

부친의 삼족오검의 손잡이에도 삼족오가 새겨져 있다. 그러나 눈앞의 이 검은 부친의 삼족오검이 아니었다.

'누군가……?'

고연은 자신을 업은 사람이 훨훨 날아간다고 느꼈다. 그의 귓전으로 바람을 가르는 날카로운 파공음이 휙휙 하고 울렸다.

후우우.

그리고 고연을 업은 사람이 쏘아 나가자 그의 검 손잡이의 삼족오가 낮게 울었다.

후우우.

탁한 휘파람 소리 같기도 한 기이한 음향이었다.

고연은 자꾸만 감기려는 눈을 어금니를 악물고 부릅떴다.

쐐액! 쐐액! 쐐액!

그는 자신을 업은 사람이 어디론가 쏘아가면서 양손을 어지럽게 휘두르는데 그때마다 그 사람에게서 주위로 여러 줄기의 빛살이 뿜어져 나가는 것이 어렴풋이 보였다. 그리고 그 직후에 사방에서 터져 나오는 당군들의 어지러운 비명성…….

“끄악!”

“흐악!”

“으악!”

그리고 고연은 끝없는 혼절의 나락으로 떨어졌다.

“강해질 자신이 있느냐?”

고연은 살아 있는 것인지, 이미 죽었는지도 모르는 상태로 어딘가에 누워 있었는데 누군가의 나직한 음성이 바로 옆에서 들려왔다. 처음 듣는 음성이었고 쇠를 쇠에 문질렀을 때 나는 듯한 듣기 거북한 음성이었다.

고연은 눈을 뜰 힘도 없었고 기식이 엄엄하여 비몽사몽간이었다. 어쩌면 이곳이 저승일지도 모른다는 생각마저 들었다.

“네…….”

고연은 그 이상한 질문에 그렇게 대답했던 것 같다.

“최강이 될 자신이 없다면 차라리 이 자리에서 죽어라. 자신있다고 대답하면 널 살려주마.”

나직한 음성이 다시 들려왔다. 조금도 서두르지 않는 어조였다.

고연은 대답하려고 애썼지만 목소리가 되어 입 밖으로 흘러나오지는 못했다.

“대답을 못한다는 것은 의지가 약하다는 뜻이다. 너는 그냥 죽는 게 낫겠다.”

괴이한 음성은 그렇게 말했는데 말의 끝은 좀 더 먼 곳에서 들려왔다.

희미한 의식 중에서도 목소리의 주인이 자신을 떠나고 있다는 것을 고연은 느낄 수 있었다.

후우우…….

그리고 예의 탁한 휘파람 소리 같은 소리가 들려왔다. 누군가 고연을 살렸을 때 들었던 그 음향이었다.

그 순간 고연은 어디에서 힘이 생겼는지 자신도 놀랄 만큼 큰 소리로 한마디를 외치고는 다시 혼절해 버렸다.

"으아아! 최강이 되고 말 테다!"

第八章　혈루(血淚) ■

요동벌 최후의 전투가 끝난 지도 사흘이 지났다.

나무 벽의 틈새로 스며드는 햇살 덕분에 낡은 창고 안은 그나마 어슴 푸레하게 사물을 분간할 수 있었다.

이곳은 원래 요동성 장군가의 곡식을 보관하는 창고 중의 하나였는데 지금은 당나라로 끌려갈 고구려 여자들을 임시로 가둬두는 장소로 사용 되고 있었다.

고예는 어머니와 함께 벽 아래에 앉아 있었고 그 옆에 유화가 가부좌 의 자세로 앉아서 눈을 감고 있었다.

창고에는 그녀들 외에도 수십 명의 고구려 여자가 갇혀 있었다. 그녀 들은 모두 장군부의 가솔(家率)들이었다. 고연의 가족들은 물론 처려근 지와 누초의 부인, 그리고 그의 가족들이었는데 젊은 여자들뿐이었다.

당군은 그녀들에게 하루에 한 끼씩 보리나 감자 삶은 것을 주었지만 먹는 여자는 한 명도 없었다.

그녀들은 요동성의 고구려군이 전멸했다는 사실을 알고 있었다. 고구려군은 단 한 명의 포로도 없이 모두 죽었다고 알려졌다.

어느 전쟁이나 전투든 포로는 항상 있기 마련이다. 그런데 이번 전투에서는 단 한 명의 포로도 생기지 않았다는 것이다.

고구려군은 최후의 한 명까지 싸우다가 죽었고 부상자들은 움직일 수 있는 군사가 다른 중상자들을 죽인 후에 모두 자결했기 때문이라고 한다.

그런데 어찌 그녀들이 목으로 음식을 넘길 수 있겠는가? 사랑하는 남편과 오빠와 동생을 잃고서 자기만 살겠다고 꾸역꾸역 먹어델 수 있겠느냐는 말이다.

창고 안은 무덤처럼 조용했다. 가끔 여기저기에서 나직이 흐느끼는 소리가 이어졌다가는 끊어지고 다시 이어졌다가 끊어지기를 반복할 뿐이었다.

고예와 어머니는 넋이 나간 표정에 초점없는 눈으로 멍하니 허공만 응시하고 있었다.

유화는 고연이 가르쳐 준 천원심법을 운기하고 있었다. 그녀는 이곳에 갇힌 지난 사흘 내내 지금의 자세를 한 번도 흐트러뜨리지 않고 운기에만 몰두해 있었다.

문득 지금껏 깊은 생각에 잠겨 있던 어머니의 눈빛이 가볍게 일렁거렸다.

그녀는 뭔가 결심한 듯한 표정으로 지그시 입술을 깨물었다가 이윽고 품속에서 하나의 물건을 꺼냈다.

그것은 곱게 접은 흰 비단 헝겊이었다. 비단 헝겊을 풀자 안에 있던 엄지손톱만한 크기에 먹처럼 검은 세 알의 환약이 모습을 드러냈다.

고예는 환약을 보는 순간 뭔가를 직감하고 움찔 가볍게 몸을 떨었다.

그녀는 그 환약이 무엇인지 정확히 알지는 못했지만 그것의 용도를 어렵지 않게 짐작할 수 있었다.

어머니는 말없이 딸을 바라보았다. 말은 없었지만 무언의 뜻이 눈빛으로 딸에게 전해졌다.

고예는 어머니를 마주 보며 미미하게 고개를 끄덕였다.

그녀는 어머니의 뜻을 알아차렸고 충분히 이해했다. 하지만 그녀는 두려움보다는 막연한 슬픔이 엄습하는 것을 어쩌지 못했다.

환약을 먹으면 일각 안에 아무런 고통도 느끼지 못하고 잠자듯이 숨이 끊어지고 말 것이다.

고예는 어린 소녀답지 않게 죽는 것에 대해서는 조금도 두려운 마음이 들지 않았다.

고구려가 패망했다는 소식을 들었을 때부터 늘 죽음을 각오해 왔고 준비해 온 그녀이다. 다만 죽어야 할 시기가 몇 달 늦춰졌을 뿐이었다. 그녀가 슬퍼하는 것은 순전히 고연과 유화 때문이었다.

그토록 믿음직스럽고 잘생긴 오라버니와 고구려에서 가장 아름답고 똑똑한 새언니는 혼인한 지 반 시진 만에 생이별을 해야만 했다. 초야도 치르지 못했고 따뜻한 밥 한 끼조차 나누지 못했다.

그 가여운 새언니는 열다섯 살 소년 남편을 전장에서 잃고 이제 그 남편의 뒤를 따라야만 하는 운명이 되었으니 고예의 가슴이 어찌 찢어지지 않겠는가?

이제 열두 살이 된 어린 고예가 새언니인 유화를 생각하는 마음은 참으로 고결했다.

어머니는 환약 한 알을 고예에게 내밀었는데 어머니의 희고 고운 손이 가늘게 떨리는 것을 고예는 보았다.

고예는 환약을 받아서 쥐고 측은히 유화를 바라보았다.

유화는 깊은 잠에 빠진 듯, 무아지경에 빠진 듯, 아니면 저대로 혼절했는지 이미 사흘째 꼼짝도 하지 않고 있었다.

고예가 다시 어머니를 보며 뭐라고 입을 열려고 하자 어머니는 가볍게 고개를 끄덕였다.

'저 가련한 아이에게 어찌 함께 죽자고 말할 수 있겠니?'

어머니의 표정은 그렇게 말하고 있었다.

고예는 비로소 희미한 안도의 미소를 배시시 떠올렸다.

모녀는 환약을 한 알씩 손에 쥐고 서로를 물끄러미 바라보았다.

약속이나 한 것처럼 모녀의 얼굴에 훈훈한 미소가 피어났다. 죽음을 초월이라도 한 것 같은 평화로운 미소였고 표정이었다. 그리고 그 미소는 그녀들이 죽은 후에 내세에서 다시 모녀로 만나질 것에 대한 무언의 언약이었다.

모녀는 미소를 지으면서 똑같이 환약을 입으로 가져갔다.

"기다리세요, 두 분."

그때 영원히 깨어날 것 같지 않았던 유화의 나지막한 음성이 모녀의 행동을 멈추게 했다.

고예와 어머니는 놀라듯 의아한 표정으로 유화를 바라보았다.

유화는 마치 탈속한 고승과 같은 얼굴로 입을 열었다.

"연 대가(淵大加)께선 살아 계실 거예요."

유화는 귀족 가문에서 지아비를 부르는 '대가'라는 호칭을 고연에게 사용했다.

고예와 어머니의 놀라는 표정이 유화에게 어떻게 그것을 아느냐고 묻고 있었다.

"연 대가께선 소녀와 약속했어요. 반드시 살아서 다시 만나기로."

고예와 어머니는 안쓰럽게 유화를 바라보았다. 그 안쓰러움은 모녀를 다시금 소리없이 눈물짓게 만들었다.

"아가……."

끼이익!

어머니가 유화에게 뭐라고 위로의 말을 하려 했을 때 창고의 문이 귀에 거슬린 음향을 내며 열렸다.

세 여자의 시선이 일제히 창고의 문쪽으로 집중됐다.

"앗!"

반쯤 열린 창고 문 안으로 한 명의 고구려 여인이 누군가에게 거칠게 떠밀려 고꾸라지듯 엎어지며 날카로운 비명을 질렀다.

여인은 힘없이 창고 안 바닥에 쓰러졌는데 죽은 듯이 축 늘어진 채 꼼짝도 하지 못했다.

여인을 창고 안으로 밀어넣은 당군이 창고 밖에 우뚝 서서 험악한 얼굴에 유창한 고구려 말로 내뱉듯 외쳤다.

"다시 한 번 도망치다가 걸리면 그땐 네년의 목을 베겠다!"

아마도 여인은 도망치다가 발각되어 흠씬 두들겨 맞은 듯했다.

쿵!

창고 문이 닫히자 고예와 유화는 재빨리 여인에게 다가가 조심스럽게 상태를 살폈다.

여인은 봉두난발의 수세미 같은 머리카락에 입고 있는 옷이 마구 찢어져 있었는데 찢어진 옷 사이로 보이는 속살이 온통 멍과 피투성이인 것으로 미루어 호되게 몽둥이질을 당한 듯했다.

게다가 치마가 찢어졌고 걷어 올려졌는데 피 범벅인 허벅지와 샅타구니가 드러나 있었다.

그걸 발견한 두 소녀는 크게 놀랐다. 여인은 아직도 샅타구니 깊숙한 음부에서 피를 줄줄 흘리고 있었다.

"아, 아주머니!"

여인을 알아본 고예가 놀란 얼굴로 낮게 외쳤다.

여인은 고중현 측근의 한 처려근지의 부인이었다. 고예도 잘 알고 있는 여인이었고 어머니와는 꽤 친분도 있었다.

"아가씨……."

고예를 겨우 알아본 여인이 반쯤 눈을 뜨고 힘없이 중얼거렸다.

고예와 유화는 여인을 조심스럽게 부축해서 어머니 옆에 뉘었는데 어머니를 발견한 여인은 한사코 일어나려고 했다.

"그냥 누워 있어요."

어머니가 여인의 몸을 지그시 누르면서 온화한 미소를 지어 보이자 여인은 그제야 가만히 있었다.

"대부인……."

여인은 겨우 중얼거리며 눈물을 줄줄 흘렸다.

"성… 주님께서……."

고예와 어머니와 유화는 똑같이 흠칫했다.

"성주님께서… 성루에… 효시(梟示)… 되셨어요……."

여인은 흐느끼면서 비통하게 중얼거렸다.

순간 그 말을 들은 세 여자의 낯빛이 해쓱해졌다. 고중현의 목이 베어져서 그 수급이 요동성 성루에 매달렸다는 것이다.

그때 어머니가 힘없이 옆으로 쓰러지며 혼절해 버렸다.

"어머니!"

"어머님!"

고예와 유화는 크게 놀라서 비명처럼 외쳤다.

어머니가 깨어난 것은 그로부터 한 시진쯤 지나서였다. 어머니는 눈을 뜨고서도 한동안 일어나지 못하고 밀랍처럼 창백한 얼굴로 소리없이 눈물만 흘렸다.

남편인 고중현이 죽었을 거라고는 생각하고 있었지만 죽어서까지 수급이 효시되는 치욕을 당해야 하다니 참을 수 없는 비통함이 어머니를 괴롭혔다.

고예와 유화는 어머니의 양쪽에 앉아서 그녀를 굽어보며 걱정스러운 표정을 짓고 있었다.

어머니는 고예와 유화의 부축을 받으며 힘겹게 일어나 앉았다.

"어머니, 오라버니가 살아 있는 것 같아요."

고예는 어머니가 정신을 수습할 때까지 기다리지 못하겠다는 듯 눈을 빛내며 낮게 속삭였다. 그녀의 목소리는 새로운 희망과 기대로 가늘게 떨려 나왔다.

어머니는 눈을 크게 뜨고 놀라는 표정을 지었다.

"누가 그러더냐?"

고예는 대답 대신 어머니 옆에 누워 있는 여인을 쳐다보았다.

여인은 눈을 감은 채 두 손을 가슴에 얹고 반듯한 자세로 누워 있었는데 깊은 잠에 빠진 듯했다.

"아주머니는… 돌아가셨어요."

고예가 눈물을 글썽이며 나직이 중얼거렸다.

사실 여인은 도망치다가 붙잡혀서 당군 십여 명에게 돌아가면서 윤간을 당했다.

그 와중에 그녀가 격렬하게 반항하자 당군들이 몽둥이로 개 패듯이 때렸고 거의 실신한 그녀의 치마를 걷어 올리고 당군들은 계속 욕심을 채웠던 것이다.

이런 것이 전쟁에 패한 나라의 여인네들이 당연히 겪어야 하는 고통이었다.

당은 이번 전쟁에서 승리하자 모든 고구려 여자를 눈에 띄는 대로 겁탈하라고 전군에 명령을 내렸다.

당 이전의 수(隋)를 건국한 양견(楊堅)의 삼대는 삼십팔 년의 단명 왕조였음에도 불구하고 그 기간 동안 내내 고구려와 전쟁을 치르는 데에만 치중했었다.

그러나 단 한 차례도 승리하지 못했으며 오히려 수나라는 그로 인해서 전국에서 극심한 내란이 끊이지 않고 일어났었다.

마침내 고구려와의 전쟁에서 크게 패한 수양제(隋煬帝)는 요동 안시성의 성주 양만춘(楊萬春)이 쏜 화살에 한쪽 눈마저 잃고 돌아가는 길에 풍토병까지 걸려 급기야 들것에 실려서 수나라로 귀국하기에 이르렀다.

그때 반란군의 우두머리 중 한 명인 우문화급(宇文化及)이 수양제를 살해하는 사건이 벌어졌다.

같은 시기에 진양(晉陽)에서 반란군을 진압하던 수나라의 태원태수(太原太守) 이연(李淵)과 그의 둘째 아들 세민(世民)은 거병(擧兵)하여 순식간에 수나라의 수도 장안(長安)을 점령하고 황위에 올라 마침내 당을 세웠다.

당 태조 이연과 다음 대 황제 이세민, 그리고 작금의 당 고종(唐高宗) 이치(李治)에 이르기까지 당은 누대의 골칫거리인 고구려를 정벌하려고 수없이 출병했으나 고구려의 명장 을지문덕과 연개소문, 고중현에게 번번이 패해서 엄청난 국력과 인명의 손실을 초래했다.

그런 상황에 처해 있던 당은 신라에서 천신만고 끝에 당나라에 도착한 김춘추(金春秋:신라 이십구대 무열왕)의 간곡한 요청을 받아들여 당과 신라의 연합으로 오랜 숙적 고구려를 정벌하게 되었으니 그 원한이 골수에 사무칠 것은 당연했다.

그래서 당 고종 이치는 친히 칙령을 내려 고구려 여자들을 닥치는 대로 겁탈하도록 하여 고구려 후예의 씨를 말리려는 것이었다.

기적이 일어나지 않는 한 이 창고에 갇힌 여자들도 당군에게 겁탈을 당하게 될 것이고 그녀들 대부분은 치욕을 이기지 못해서 자결을 하게 될 것이다.

당군이나 돌궐(突厥), 거란(契丹), 흉노(匈奴) 등은 전쟁에서 승리했을 때는 물론이고 크고 작은 전투에서 이겼을 때에나 작은 마을을 점령했을 때에도 눈에 띄는 여자들을 닥치는 대로 겁탈하고는 죽였으며 살인과 방화, 약탈을 당연하다는 듯 자행했다.

그것은 힘든 전투에서 승리한 자기네 군사들에게 내리는 포상 같은 의미마저도 띠고 있었다.

그러나 고구려군은 달랐다. 고구려군의 전투의 목적은 오직 영토의 확장이나 국토를 방비하는 것에 있었으므로 전투에서나 전쟁에서 승리했을 경우 적국의 백성에 대해서 일체의 약탈이나 보복 행위, 그리고 부녀자들을 겁탈하는 행위를 엄금했다.

특히 부녀자를 겁탈했을 경우에는 신분 고하를 막론하고 엄벌에 처했으며 심할 경우에는 처형시키기도 했다.

그런 점에서 볼 때 과연 고구려는 예와 의를 존중하는 대인의 나라 대동이(大東夷)의 자랑스러운 후손임이 분명했다.

죽은 여인을 보는 어머니의 마음은 착잡하기 이를 데 없었다.

"아주머니께서 돌아가시기 전에 말씀해 주셨어요. 당군이 눈에 불을 켜고 오라버님을 찾고 있다는군요."

고예가 어머니의 상심한 마음을 위로하려는 듯 조심스럽게 말했다.

"연아를?"

"네, 전투에서 오라버님이 적장 이설(李雪)의 한쪽 눈을 베어 애꾸로 만들었대요. 그래서 적장이 오라버님의 시체라도 찾아내서 복수를 하려는 거래요."

어머니는 눈을 크게 떴다.

"연아가 적장의 눈을? 정말 장하구나, 내 아들."

유화가 공손히 말했다.

"이설은 당 고종의 친동생이며 명신왕(明信王)으로 봉해진 자예요."

고예와 어머니는 크게 놀랐다.

"당 고종 이치의 친동생이라고?"

"네, 어머니. 연 대가는 당의 행군대총관 이적의 목을 베었을 뿐만 아니라 또다시 당 황제의 친동생 이설을 애꾸로 만들었으니 너무도 자랑스러워요."

유화는 흐뭇한 미소를 지으며 말을 이었다.

"이설의 명으로 모든 당군이 연 대가의 시신을 찾아나섰는데 전장과 요동성 일대를 이 잡듯이 뒤졌는데도 사흘 동안이나 찾지 못하고 있는 걸로 봐선 연 대가는 살아 계시는 것이 분명해요."

유화의 음성과 표정에는 신념이 넘쳐흘렀다.

세 여자의 기쁨은 말로 형언키 어려울 정도로 컸지만 단지 손을 맞잡고 소리없이 기쁨을 나누는 것으로 대신했다.

어머니는 담담한 미소를 지으며 조용히 입을 열었다.

"연아가 살아 있다면 우리도 살아 있어야 한다. 하늘 아래에 서로 살아 있다면 반드시 만날 날이 있을 게야."

절망했던 세 여자의 가슴속 깊은 곳에서부터 작은 희망의 불씨가 피어오르고 있었다.

요동성의 전투가 끝난 지도 한 달이 지났다.

오정산(五頂山)은 드넓은 대초원 한복판에 우뚝 솟아 있는데 둘레가 삼백여 리에 달하는 매우 큰 산이었다.

오정산에서 남쪽으로 백여 리 떨어진 곳에는 바다인 요동만(遼東灣)이 펼쳐져 있고 오정산에서 북쪽으로 오십여 리쯤에서부터는 거대한 대청산맥(大靑山脈)이 시작된다.

오정산은 그리 높지 않았지만 산 복판에 주봉이 우뚝 서 있고 주변의 네 방향에 네 개의 봉우리가 주봉을 호위하듯이 서 있어서 오정(五頂)이라는 이름으로 불리웠다.

오정산은 산세가 험했으며 수많은 골짜기와 숲을 지니고 있는데 숲은 대낮에도 하늘이 보이지 않을 정도로 울창해서 맹수는 물론 숱한 짐승들이 우글거리는 원시의 산이었다.

고연은 눈을 떴다.

그는 반듯하게 누워서 움직이지 않고 눈도 깜빡이지 않으면서 천장을 빤히 쳐다보았다.

천장은 습기를 가득 머금은 흙이었는데 드문드문 돌이 튀어나와 있었고 축축한 습기에 차 있었으며 가끔씩 뚝뚝 물방울이 떨어져 내렸다.

'전투는?

그는 눈을 깜빡였다. 처절한 비명성과 아우성, 병장기 부딪치는 소리가 생생하게 그의 귓전을 울렸다.

'나는 적장을 죽이려다 쓰러졌고… 누군가 나를 구해준 것 같았는데……. 그리고 그는 내게 말도 걸었었어…….'

거기까지 생각이 미친 고연은 나직한 외침을 터뜨리며 퉁기듯이 상체를 일으켰다.

"아!"

고연은 두 다리를 뻗고 앉은 채 멍한 얼굴이 되었다. 어둠침침한 동굴 안 깊숙한 곳에 앉아 있는 자신을 발견한 것이다.

'전투는? 적장은?'

고연은 황급히 주위를 둘러보았지만 그곳에는 자신 혼자뿐 고구려군도 당군도 없었다. 있다면 뿌연 어둠뿐이었다.

죽음 같은 침묵이 흐르며 고연은 생각하는 것을 멈춘 사람처럼 망연히 앉아 있었다.

그때 동굴 입구라고 생각되는 곳의 덩굴을 비집고 하나의 시커먼 거구가 들어서고 있었다. 덩굴 사이로 동굴 밖의 눈부신 햇살이 잠시 스며들었다가 곧 사라졌다.

고연은 본능적으로 두 손으로 바닥을 휘저으며 주위에서 무기가 될 만한 것을 찾으려고 했으나 뜻을 이루지 못했다.

그리고 그는 느꼈다. 가슴과 옆구리, 어깨, 그리고 등에서 은은한 통증이 전해져 오는 것을.

거구는 허리를 굽히고 빠르게 고연 쪽으로 다가왔다. 거구임에도 불구하고 그의 행동은 매우 민첩했다. 동굴의 높이는 그리 높지 않아서 거구는 잔뜩 허리를 굽혀야만 했다.

이윽고 거구가 고연 앞에 우뚝 멈춰 섰다.

고연은 어둠 때문에 거구의 얼굴이나 옷차림을 분간하지 못했다.

"도련님!"

거구가 갑자기 울 것 같은 음성으로 종을 울리듯 낮게 외쳤다.

고연은 흠칫했다.

"아란타?"

쿵!

거구는 다름 아닌 아란타였다. 그는 무너지듯이 그 자리에 무릎을 꿇으며 기쁜 탄성을 터뜨렸다.

"깨어나셨군요, 도련님!"

어둠이 웬만큼 눈에 익자 아란타의 얼굴이 흐릿하게 보였다.

아란타는 구레나룻과 수염이 텁수룩하게 자라 있었고 왼쪽 눈가에서 뺨을 지나 입가로 길고 깊게 패인 흉터가 새겨져 있었다. 그것 때문에 원래 험상궂은 그의 모습이 더욱 험악하게 보였다. 그 아란타의 얼굴에 기쁨이 가득 떠올라 있었다.

"내가 얼마나 누워 있었지?"

"산속에 있으니까 정확한 날짜는 알 수 없지만 소인이 도련님을 이곳으로 모셔온 지는 한 달 정도 됐습니다."

고연은 해연이 놀랐다.

"한 달씩이나……?"

고연은 급히 물었다.

"전투는 어떻게 됐지? 아버님은? 요동성은?"

아란타는 입을 굳게 다물고 착잡한 표정을 지었다.

고연은 그의 표정에서 자신이 궁금하게 여기는 것을 짐작할 수 있었다. 하나 그것만으로는 답답했다.

아란타는 입을 굳게 다물고 있었는데 목젖이 오르락내리락하는 것으로 미루어 대답하기를 망설이고 있다는 것을 알 수 있었다.

"고구려군은 패했고… 성주님께선 돌아가셨습니다."

아란타는 무척이나 어렵게 입을 열었다.

고연은 망연자실해졌다. 예측했던 결과였지만 막상 현실로 드러나자 극심한 충격으로 머리 속은 텅 비었고 귓속에서는 윙윙거리는 소리가 들렸으며 앉은 자리가 한없이 아래로 꺼져 내리는 것만 같았다.

"네가 날 구했느냐?"

고연은 한참이 지나서야 겨우 입술을 뗐다.

"아닙니다. 소인이 깨어났을 때에는 어느 이름 모를 산의 동굴 속이었는데 그 옆에 도련님께서 누워 계셨습니다."

고연은 크게 놀랐다.

"누가 우릴 구했지?"

"그건 모르겠습니다."

"바람 소리 같은… 휘파람 소리를 들었느냐?"

"그런 소리는 못 들었습니다만……."

꿈이었을까? 고연은 잔뜩 이맛살을 찌푸렸다.

'아냐! 절대 꿈이 아니다!'

그는 강하게 부정했다. 그게 꿈이었다면 고연 자신은 이미 죽어 있어야 했다.

"누가 도련님과 소인을 그 동굴 속에 데려다 놓은 걸까요?"

아란타가 고연의 얼굴을 살피면서 조심스럽게 입을 열었다.

바로 그자일 것이다. 검의 손잡이에 삼족오가 새겨져 있었고 목소리가 쉿소리처럼 듣기 거북했던 그자, 최강이 될 수 있느냐고 저승의 문턱까지 따라오며 고연에게 집요하게 캐물었던 그자.

'누군가?'

아란타가 당시를 회상하는 듯 착잡하게 말했다.

"소인도 전투 중에 중상을 입었는데 깨어나 보니 상처가 거의 아물어 있었습니다. 상처를 자세히 살펴보니 누군가 소인을 치료해 준 것 같더군요. 그러지 않았다면 소인은 살아나지 못했을 겁니다."

고연은 뭔가 깊은 생각에 잠긴 듯한 표정으로 아란타의 말을 듣고 있었다.

"소인이 깨어났을 때에는 도련님께서도 누군가에게 치료를 받고 난 후의 모습이었습니다. 피도 멈춰 있었습니다. 하지만 소인은 도련님께서 돌아가실 줄만 알았습니다. 소인보다 훨씬 극심한 중상을 당하셨거든요. 도련님은 숨도 거의 쉬지 않으셨고 맥박도 잡히지 않으셨습니다."

그곳이 어디쯤인지조차 알 수 없는 동굴 속에서 아란타는 몇날 며칠이고 뜬눈으로 지새우며 고연을 돌보았다. 그리고 아란타가 깨어난 후로는 그 신비한 누군가는 다시 나타나지 않았다.

닷새째 되던 날 고연이 고비를 넘긴 것을 확인한 아란타는 비로소 동굴 밖으로 나가보고 그곳이 요동성에서 오십여 리쯤 떨어진 곳이라는 사실을 알게 되었다. 그는 그 길로 요동성으로 달려갔다가 다음날에 돌아왔다.

아란타는 한쪽 동굴 벽에 세워놓은 흰 천으로 감싼 길쭉한 물건을 가지고 왔다.

그는 몹시 정성껏 흰 천을 풀었다. 이윽고 속의 물건이 모습을 드러내자 고연은 크게 놀라고 말았다.

그것은 어둠 속에서도 은은하게 금광을 뿌리고 있는 부친의 애검 삼족오검이었다.

"요동성에는 아무도 없었습니다. 모두 폐허로 변했고… 살아 있는 것은 아무것도 없었습니다."

아란타는 착잡하게 말을 이었다.

"성주님께서 마지막으로 싸우시던 곳에서 이 검을 발견했습니다. 성주님께서 삼족오검을 순순히 뙤놈들에게 뺏기지 않으셨을 거라고 추측하고 주변의 땅을 파헤치다가 찾아냈습니다."

아란타는 무릎을 꿇고 경건한 자세를 취하고는 두 손으로 공손히 삼족오검을 받들어 고연에게 바쳤다.

고연은 삼족오검을 잡았다. 검의 차가운 기운이 그의 손을 타고 온몸으로 전해졌다. 부친의 처음이자 마지막이던 미소가 떠올랐다.

황금과 백철(白鐵)을 섞어서 만든 삼족오검의 칼날은 바위나 쇠도 무처럼 벤다고 했다.

고연은 삼족오검의 손잡이를 보았다. 손잡이에 새겨진 삼족오가 은은히 빛나고 있었다.

'그 사람의 검 손잡이에도 삼족오가 새겨져 있었다. 이것은 무얼 의미하는가?'

고연은 삼족오검을 손에 쥔 채 지그시 눈을 감았다. 또다시 그 신비한 인물이 떠올랐다.

약 일각의 시간이 흘렀을 때 고연은 벌떡 일어섰다.

"가자!"

아란타는 엉거주춤 따라 일어서며 의아한 얼굴로 물었다.

"어딜 가십니까?"

"요동성."

고연이 짧게 말하고 큰 걸음으로 동굴 입구를 향해 걸어나가자 아란타는 서둘러 그의 뒤를 따랐다.

요동성은 성벽만 남아 있을 뿐 성안의 모든 전각과 집은 완전히 잿더미로 변해 있었다. 오만 명의 고구려군과 십만 명의 백성이 거주하며 번창했던 요동성은 간 곳 없고 귀신조차 살지 못할 폐허로 변해 있었다.

주 성문인 서문을 통해서 성안으로 들어선 고연은 잿더미를 보고는 온몸의 기운이 한순간에 빠져나갔다. 예상은 했지만 이것은 너무 참혹했다.

고연의 오른쪽 어깨에는 부친의 유품인 삼족오검이 묶여 있었다.

아란타는 오른손에 커다란 도끼를 움켜쥐고 혹시 모를 위험에 대비하여 날카롭게 주위를 살피면서 고연의 뒤를 바짝 따랐다.

고연은 대략 한 시진 정도 성안을 돌아다녔지만 발길 닿는 곳은 전부 폐허에 잿더미로 변해 있었고 살아 있는 거라곤 몇 마리의 주인 잃은 개와 고양이가 전부였다.

요동성은 철저하게 유린되고 짓밟힌 모습으로 고연을 맞이했다. 과거 요하(遼河) 일대에서 최대의 번영과 전성기를 구가했던 모습은 어디에서도 찾아볼 수 없었다.

총군영 안의 장군부도 예외는 아니었다. 오히려 요동성의 어떤 곳보다 더욱 철저히 파괴되어 있었다. 보이는 것이라곤 바람에 흩날리는 뿌연 회색의 재와 먼지뿐이었다.

고연은 어디에서도 어머니와 고예, 그리고 유화에 대한 흔적을 발견하지 못했다.

그는 힘없는 발길로 다시 서문 쪽을 향했다. 그는 낙담한 표정으로 걷다가 무심코 허공을 바라보았다.

그 순간 그는 흠칫하며 걸음을 멈추었다.

서문 위 성루에 긴 장대가 세워져 있었고 장대 끝에 하나의 수급이 꽂혀 있는 것을 발견한 것이다.

고연은 안력을 돋우어 수급을 주시했다. 그러나 아무리 안력을 돋우어도 누구의 수급인지 쉽게 알아볼 수가 없었다. 수급이 많이 훼손된 때문이었다.

수급의 머리 위에는 까마귀 한 마리가 내려앉아서 머리를 쪼아대고 있었다.

요동성 성루에 수급이 매달려 있다면 그것이 누구의 수급인지 단번에 짐작할 수 있는 일이었다. 당연히 요동성을 대표하는 인물의 수급이 아니겠는가?

고연은 한달음에 성루로 달려 올라가서 떨리는 손으로 장대를 내렸다.

수급은 눈알 두 개가 뽑혀서 거므스름한 구멍만이 휑하니 뚫려 있었고 얼굴의 살도 거의 남아 있지 않았으며 입 주변과 턱에 살아생전에는 무척 탐스러웠을 검은 수염이 드문드문 매달려 있을 뿐 머리카락은 거의 빠진 백골이나 다름없는 모습이었다.

하나 고연은 굳이 눈으로 확인하지 않더라도 수급의 주인이 누군지 단박에 알 수 있었다. 그는 수급의 주인이 죽어서 한 줌의 흙이 된다고 하더라도 알아볼 수 있을 것이다.

부친 고중현이었다. 고연의 다리가 후들후들 떨렸다.

털썩!

그는 수급 앞에 허물어졌다.

"아… 버님!"

"허헛! 내 평생 이렇게 기분 좋은 선물은 처음 받아보는구나!"

당의 행군대총관 이적의 수급을 보면서 흐뭇하게 웃던 부친의 웃음소리가 미풍에 실려왔다가 고연의 귓전을 두드렸다.

처음이자 마지막으로 본 부친의 웃음이었다.

고연은 덜덜 떨리는 두 손으로 수급을 잡았다가 가만히 수급에 자신의 뺨을 부볐다.

"아버님……."

고연은 수급을 부둥켜안고 소리 죽여 오열했다.

울음소리를 내지 않으려고 어금니를 악물었지만 흐르는 눈물은 주체할 수 없었고 사시나무 떨 듯 떨리는 몸 또한 어쩌지 못했다. 그리고 고연의 두 눈에서 흘러내리는 것은 시뻘건 핏물, 피눈물이었다.

"끄으으……."

고연의 목구멍 깊은 곳에서 창자를 토막 내듯 앓는 소리가 흘러나왔다. 심장도 허파도 잘게 조각나서 으깨어지고 가루가 되어 신음으로 흘러나왔다.

고연의 기억 속의 부친은 엄격하고 무섭기만 한 분이었다. 아들인 고연에게는 물론이거니와 그 누구에게도 따스한 눈빛이나 부드러운 말 한 번 건넨 적 없는 전형적인 무관이었다.

고연에게 그런 부친은 늘 경외(敬畏)의 대상이었고 극복해야만 할 벽이었다.

또한 가장 닮고 싶은 우상이기도 했다. 백무일실(百無一失). 부친의 언행과 행사는 언제나 완벽 그 자체였다.

최후의 전투가 있기 한 시진 전에 목격한 부친의 미소가 아니었더라면 고연의 기억 속에는 부친이 그저 무섭고 두려운 경외의 대상으로만 남아 있었을 것이다.

하나 그때 고연은 깨달았다. 세상의 그 어떤 아비보다도 아들을 사랑하는, 너무 사랑했기에 그 사랑을 표현하지 않고 오히려 사랑을 더욱 깊이 묻어둔 채 아들의 장래를 위해서 엄격함으로만 일관했던 더없이 자상한 분이라는 사실을.

그런 아버지가 지금 너무도 한스럽게 죽어서 목이 잘리어 장대에 효시되고 까마귀에게 쪼이며 풍상에 퇴색한 초라한 백골의 모습으로 아들의 품에 안겨져 있다.

정지된 듯 오랜 시간이 흘렀다. 고연은 상의를 벗어서 부친의 수급을 고이 싼 후 두 손으로 받들 듯이 들고 성루를 내려왔다.

그가 땅을 딛자 아란타가 공손히 아뢰는데 그의 옆에는 한 명의 초췌

한 고구려 복장의 노인이 황망한 표정으로 서 있었다.

"도련님, 이 노인은 성에서 마방(馬房)을 하던 탁(卓) 노인입니다."

마방지기 탁 노인은 고연 앞에 부복하며 눈물을 펑펑 쏟았다.

"태… 대형 각하, 살아 계셨군요."

"일어나십시오, 어르신."

고연이 공경히 말하자 아란타가 탁 노인을 부축해서 일으켰다.

고연은 평소에 누구에게나 예절 바른 사람이었고 특히 노인들에겐 지나칠 정도로 각듯했다.

고연과 탁 노인은 땅바닥에 마주 앉았다. 탁 노인이 말을 하자 고연은 듣기만 했으며 아란타는 고연 뒤에 도끼를 쥐고 우뚝 서 있었다.

탁 노인은 마을에서 공동으로 사용하는 우물 속 중간쯤에 안으로 움푹 패어진 구덩이에 숨어서 지냈기에 목숨을 부지할 수 있었다고 한다.

사흘이고 나흘이고 숨소리도 크게 내지 못한 채 숨어서 지내다가 도저히 배가 고파 참지 못할 지경이 되면 밤중에 몰래 기어나와서 당군이 먹다 남은 음식 찌꺼기 따위를 주워 먹고는 다시 우물 속으로 기어들어 갔다는 것이다.

탁 노인은 그렇게 숨어 지내는 동안 조금씩 용기가 생겨서 대체 바깥 세상이 어떻게 돌아가는지 궁금증을 참지 못하고 아주 가끔씩 우물 밖으로 나와서 고양이처럼 이곳저곳을 기웃거리기도 했다고 한다.

"뙤놈들은 눈에 불을 켜고 태대형 각하를 찾으러 다녔습죠. 태대형 각하께서 적장 이설인가 하는 자를 애꾸로 만들었다고… 기필코 찾아내서 사지를 찢어 죽이겠다고 서슬이 퍼랬습죠. 네."

고연은 자신이 적장의 눈을 베었던 것을 생생히 기억하고 있었다.

'그자가 당 고종의 친동생인 명신왕 이설이었군.'

고연은 그때 그자를 죽이지 못한 것을 아직도 못내 아쉬워했는데 그자가 이설이었다는 말을 듣자 더 더욱 원통한 심정이 되었다.

"뙤놈들은 젊은 여자들만 빼고는 성에 있는 사람들은 모두 다 죽였답니다. 창으로 찔러 죽이고 불에 태워서 죽이고… 심지어는 늙은이들과 아이들을 수십 명씩 커다란 구덩이에 몰아넣고 흙을 퍼부어 생매장시키기도 했습죠. 천벌을 받을 놈들!"

탁 노인은 콧물과 눈물이 범벅이 되어 흘리면서 마치 어린아이가 부모에게 억울한 일을 고해 바치듯이 하소연했다.

고연은 눈에서 불똥이 튀었고 어금니를 악문 채 간신히 분노를 억누르고 있었다. 주먹을 너무 심하게 움켜쥐어서 손톱이 손바닥을 파고들었으며 주먹이 핏기가 없이 하얗게 변했다.

고연은 유화와 어머니, 고예가 가장 궁금했지만 탁 노인은 울면서 계속 다른 얘기만 주절거렸다.

그는 더 이상 참지 못하고 탁 노인의 말을 잘랐다.

"어르신, 혹시 내 어머님을 못 보셨습니까?"

"봤습죠! 아가씨도 봤습니다요!"

탁 노인이 생각난다는 듯 대답하자 고연은 바짝 긴장했다.

"장군부의 여자들은 거의 모두 뙤놈들에게 겁탈당했다고 들었습죠. 그후에 여자들 대부분이 자결했다고 들었습니다요."

고연의 입술이 바싹 말랐다.

어머니는 사십이 넘은 나이다. 그 나이면 손자를 볼 수도 있는 나이인데 설마 놈들이 아무리 짐승이라지만 그런 어머니를 겁탈했겠는가? 고연은 스스로 그렇게 자위하며 속으로 고개를 가로저었다.

고구려인의 평균 수명은 오십 세 정도로 오십 세가 넘으면 장수했다는 소리를 듣는다. 고연 어머니의 나이라면 족히 할머니에 속하는 것이다. 그렇다면 고예와 유화는……

고연은 자꾸 입술과 목이 바싹바싹 타 들어갔다.

"보름째 되는 날 뙤놈들이 온 성에 불을 지르고 살아남은 여자들을 굴비 엮듯이 밧줄에 줄줄 묶어서는 끌고 갑디다."

탁 노인은 숨이 찬지 숨을 몰아쉬었다.

"소인은 몰래 숨어서 지켜봤는데 여자들은 끌려가지 않으려고 몸부림을 치다가 더러는 뙤놈들 칼에 찔려서 죽었습죠. 콜록콜록! 컥컥!"

탁 노인은 말을 많이 해서인지 숨이 넘어갈 듯이 기침을 해대더니 한참 후에야 말을 이었다.

"뙤놈들은 그때 전투에서 겨우 오천 정도만 살아남았습죠. 삼십만 명이나 되던 놈이 죄다 뒈져 버리고 오천 명만 남았으니 그 포악을 떨며 지랄을 한 게 아니겠습니까?"

고구려군 오만이 당군 삼십만과 싸워서 고구려군은 전멸했지만 당군은 겨우 오천이 살아남았다는 것이다.

그것은 누가 보더라도 고구려군의 승리였다. 그러나 고구려군은 전멸했다.

고구려 철기군이 단 백 명만 살아남았더라도 당군 오천쯤은 상대도 되지 않았을 것을. 그랬다면 요동성은 함락되지 않았을 터이다.

"어르신, 어머님과 누이동생을 보셨습니까?"

탁 노인은 고개를 갸웃거렸다.

"아까… 봤다고 말씀드리지 않았습니까요? 봤습죠. 대부인과 고예 아가씨, 그리고 또 한 명의 아주 아름다운 아가씨까지 세 명이 수레를 타고 떠났습니다요."

고연은 급히 물었다.

"틀림없습니까? 어머님과 고예, 그리고 유화 아가씨가 분명했습니까?"

탁 노인은 눈을 껌뻑거렸다.

"유화 아가씨가 누군지는 모르겠지만서두 아무튼 대부인하고 고예 아가씨하고 아주 예쁜 아가씨 세 분은 다른 여자들처럼 줄에 묶이지 않고 적장이 탄 마차 뒤의 수레에 타고 가시는 걸 똑똑히 봤습니다요. 보고 말굽쇼. 네."

"아아……."

고연은 자신도 모르게 한숨도 아니고 탄성도 아닌 소리를 뱉어냈다.

어머님과 고예, 그리고 유화까지 모두 살아 있다. 현재까지는.

그녀들이 겁탈당했을 거라는 생각은 하지 않았다. 겁탈을 당했으면 또 어떠랴. 살아 있기만 하면 된다.

고연은 오정산을 떠나 요동성까지 걸어오는 닷새 동안 내내 한 가지 생각에만 골몰했다.

어머님과 고예에게 무슨 일이 생겼다면, 아니, 더 솔직히 말해서 만약 유화가 죽기라도 했다면 고연 역시 살아갈 희망이 없다는 결론을 내렸다.

유화가 이 세상에 없다면 고연 자신도 그녀의 뒤를 따라야 마땅하나고, 당연히 그래야 한다고 생각했다. 그런데 유화가 살아 있다는 것이다. 게다가 어머님과 고예까지도 온전히 살아서 당나라로 끌려갔다는 것이다.

"가자!"

고연은 두 발에 힘을 주고 힘껏 일어섰다.

"우왁!"

그 순간 고연은 왈칵 핏덩이를 토해내고 말았다.

"도련님!"

고연이 휘청이며 쓰러지려는 것을 아란타가 급히 부축했다.

"도련님께선 아직 성한 몸이 아니십니다. 그 정도로 막심한 중상을 입고도 살아나신 게 기적일 정도입니다."

아란타는 걱정스럽게 말했다.

"아직 완치되시지도 않았는데 너무 먼 길을 왔고 또 여러모로 충격을 받으셔서……."

아란타는 앉아 있는 고연에게 널따란 등을 내밀었다.

"업히십시오."

고연은 말없이 업혔다. 아란타는 고연을 업고 가뿐하게 일어섰다.

"말씀만 하십시오, 도련님! 어디로 모실까요?"

만약 아란타가 없었다면…….

고연은 아란타의 넓은 등에 뺨을 댄 채 눈을 감고 나직이 중얼거렸다.

"왔던 곳으로……."

第九章　입문(入門) ■

고연과 아란타가 오정산으로 다시 돌아온 지 보름이 지났다.

두 사람은 동굴을 떠나 오정산의 주봉에서 멀지 않은 어느 계곡 냇가의 상류 어귀에 집을 지었다.

집이라곤 지어본 적이 없는 두 사람의 집 짓기란 그야말로 주먹구구식이었다.

냇가에는 크고 작은 바위와 돌들이 지천으로 널려 있었으므로 우선 그것들을 가져다가 냇가와 숲의 경계 지점의 땅을 잘 고른 후 지름 삼 장가량에 정사각형의 담을 쌓았고 담 안에는 두 개의 방과 한 칸의 부엌을 구분하는 벽을 쌓았다.

집 안의 바닥은 넓적하고 평평한 돌들을 골라 고루 깔았다. 그후에 길고 곧은 나무를 베어와 사면의 돌담 위에 가로와 세로로 얹고 굵은 나무를 세로로 얇게 켜서 넓고 긴 나무판을 만들어 지붕을 올렸고 끝으로 나무로 바깥 문을 만들어 달았다.

그렇게 대충 집을 완성한 후 나무를 자르고 켜서 뚝딱거려 침상과 탁자, 의자 따위를 만들어 들여놓으니 어설퍼 보이긴 해도 대충 집의 모양새를 갖추었고 그럭저럭 바람과 비를 피하며 생활하는 데에는 별반 어려움이 없을 것처럼 보였다.

고구려의 대다수 집은 원래 아궁이에 불을 때서 방바닥을 데우는 온돌식이었지만 이런 깊은 산속에서 그런 집을 꾸미기란 불가능했기에 두 사람은 그 정도로 만족했다.

고연은 아직 몸이 성치 않았기 때문에 당분간 산중에 기거하면서 몸을 회복시키는 한편 장백천급의 기초부터 수련해 볼 계획이었다.

몸도 부실한 데다가 일신에 특별한 무술이나 재주도 지니지 않은 상태에서 무작정 유화나 어머니를 찾겠다고 당나라로 향하는 것은 무모하다고 스스로 판단했다.

게다가 고연은 장백파의 백이십칠대 종주라는 막중한 신분이다.

우태 남매의 말에 의하면 당나라, 즉 중원에는 무림이라는 낯선 세계가 있으며 그곳에는 쟁쟁한 무림고수들이 밤하늘의 은하수처럼 많다는 것이다. 그리고 그들은 장백파 사람이라면 못 잡아먹어서 이를 간다고 했다.

고연이 중원에 가게 되면 유화와 어머니, 고예를 찾는 과정에서 예기치 않은 위험한 상황에 직면하게 될 것이다.

때로 장백파 종주의 신분으로 활동하다 보면 당연히 무림고수들과 맞딱뜨리게 될 터이기에 가능한한 자신을 강하게 만들어야 할 필요가 있었던 것이다.

초겨울의 첫눈치곤 발목이 빠질 정도로 많이 내렸다.

고연은 늘 하던 대로 동이 트기도 전에 일어나서 냇가의 커다란 바위의 꼭대기 평평한 곳에 가부좌의 자세로 앉아서 천원심법을 운기하고 있었다.

고연이 처음 우태에게서 장백천급을 물려받아 천원심법을 연마한 지 어느덧 두 달이 가까워지고 있었다.

고연은 예민한 사람이라서 하루가 다르게 변모해 가는 자신을 여실히 느낄 수 있었다.

오정산이 있는 요서의 초겨울은 매우 추워서 두터운 솜옷이나 짐승 털옷을 입고 있어도 뼛속까지 한기가 느껴지는 게 보통이었다.

벌써 냇물은 꽁꽁 얼어붙었고 살을 저며내는 듯한 북풍이 휘몰아치고 있었다. 그래서 고연이 앉아 있는 바위는 밤새 한기를 머금고 있었기 때문에 얼음보다 더 차가웠다.

그런데도 고연은 아무렇지도 않은 듯 바위 꼭대기에 앉아 운기에 몰입하는 중이었다.

입고 있는 옷이라곤 초가을에나 적합할 무명과 베로 만든 홑옷이 전부였지만 그는 전혀 추위를 느끼지 못했다.

그는 오히려 단전에서부터 비롯된 은은한 열기가 전신으로 퍼지며 훈훈하게 몸을 데우는 것을 느꼈다. 그는 그것이 한 알의 천보단을 복용해서 생긴 십 년 내공과 꾸준히 천원심법을 연마한 덕분이라는 것을 알고 있었다.

천원심법이라는 이름의 '천원(天元)' 은 곧 태극(太極)이다. 태극은 우주 만물의 근원이며 시작이다. 즉, 천원심법은 만물의 근원을 토대로 하는 심법인 것이다.

나중에 고연이 장백천급을 본격적으로 연마하게 되면 자연히 알게 되겠지만 검법은 오행에 기초를 둔 오행상극의 무궁무진한 변화를 바탕으로 이루어졌다.

또한 경신술은 팔괘(八卦)를 발전시킨 선천팔괘의 육십사괘와 후천팔괘의 육십사괘를 합친 일백이십팔괘(一百二十八卦) 속에 담긴 각 방위의 시와 공, 즉 시공(時空)의 상관 관계를 풀이하고 연결하는 기기묘묘한 이치를 바탕으로 하여 이루어진 것이다.

이렇듯 장백천급은 인간의 얕은 술수나 인위적인 조작에 의한 편협된 기록이 아니었다.

천지간과 우주 만물의 근원, 그 변환 과정의 오묘막측한 이치에 근거를 두고 있기에 연마하기가 보통 어려운 게 아니었지만 일단 성취하기만 하면 가공할 위력을 발휘하게 된다.

고연이 앉아 있는 바위 꼭대기는 폭이 이 장여의 제법 널따란 공간이었다.

그런데 지금 고연이 앉은 곳을 중심으로 폭 반 장 넓이에 쌓였던 눈이 모두 녹아서 물이 됐고 그 물이 김이 되어 증발해 버린 상태였다. 그것은 그의 몸에서 열기가 발산되고 있다는 사실을 증명하고 있는 것이었다.

고연은 바위 위에 쌓였던 눈이 다 녹아서 증발해 버리고 바위 표면이 말라서 물기가 조금도 남아 있지 않을 즈음에 운기를 끝내고 눈을 떴는데 그때 오정산 주 봉우리 옆으로 아침 해가 떠오르고 있었다.

고연은 눈도 깜빡이지 않고 냇물 건너의 허공을 쳐다보는데 두 눈에서 시리도록 맑은 정광이 흘러나왔다. 그는 언제나처럼 심신이 더없이 상쾌한 것을 느꼈다.

문득 고연은 유화의 모습을 떠올렸다. 그리고 차례로 어머니와 고예의 모습을 떠올렸다.

모두들 무사할까? 지금쯤 당을 향해 끌려가고 있겠지. 모두 함께 있을까? 아니면 뿔뿔이 흩어졌을까? 병에 걸리진 않았을까? 그녀들의 신변에 대해서는 손톱만큼도 추측할 수가 없었다.

고연의 가슴속이 먹물처럼 새카매졌다.

'유화…….'

고연은 자신의 어린 아내 유화가 사무치게 그리웠다. 그녀를 다시 만날 수 있을까?

'꼭 구하겠습니다! 꼭!'

고연은 두 주먹을 움켜쥐고 어금니를 힘껏 악물었다.

이윽고 그는 바위 위에서 아래로 훌쩍 가볍게 뛰어내렸다. 바위의 높이는 삼 장 정도로 고연의 키 네 배에 달했다.

쿵!

고연은 두 발로 묵직하게 바닥을 울리면서 내려섰다.

이 정도 높이에서 뛰어내린다는 것은 예전 같으면 엄두도 못 낼 일이었고 설사 객기를 부려 뛰어내리더라도 단박에 다리가 부러지거나 어디 한 군데 심하게 다칠 게 뻔했다.

하지만 지금의 고연은 예전과 많이 달라져 있었다. 천원심법을 연마하면 할수록 비록 비미한 수준이었지만 나날이 조금씩 강해지고 있다는 것을 느끼고 있는 고연이었다.

고연은 냇물의 상류 쪽으로 성큼성큼 걸어갔다.

쏴아아!

곧 냇물이 끝나고 십여 장 높이에서 떨어져 내리는 그리 크지 않은 폭포가 나타났다. 폭포 아래의 소(沼)는 깊어서 아직 얼지 않은 상태였다.

고연은 몸에 걸친 옷을 모두 훌훌 벗고 알몸이 되자 거침없이 소로 들어섰다. 소는 폭이 십여 장에 달할 정도로 제법 컸으며 깊은 곳은 일 장 가량 되었다.

고연은 능숙하게 폭포 아래로 헤엄쳐 갔다. 뼈를 얼릴 정도의 차디찬

물이었으나 고연은 전혀 추위를 느끼지 못했다.

폭포는 물로 직접 떨어지지 않고 크고 넓은 바위에 떨어졌는데 고연은 그 바위로 기어올라 거침없이 주저앉았다.

쏴아아!

폭포의 거센 물줄기가 고연의 온몸을 무지막지하게 두들겨 댔다.

비록 큰 폭포는 아니었지만 이 정도의 물줄기가 십여 장 높이에서 하강한다면 족히 천 근의 무게가 실려 있을 터였다.

고연은 폭포 아래에 굳건히 앉아서 다시 천원심법을 운기했다. 천 근 위력의 폭포 아래에서 그는 조금도 고통스럽다거나 힘들어하지 않았다.

처음에 고연은 폭포를 발견하고 근골을 강건하게 만들기 위해서 곧장 폭포 아래에 들어가 앉았다가 죽을 뻔했었다.

그는 폭포 아래에 가부좌를 틀고 앉자마자 천 근 무게의 폭포를 얻어 맞고는 즉시 기절하여 물로 굴러 떨어졌었다. 만약 그때 아란타가 고연을 구하지 않았더라면 그는 그대로 익사하고 말았을 것이다.

하나 고연은 포기하지 않았다.

그는 깨어나자마자 즉시 폭포로 달려갔고 두 번째에는 처음처럼 즉시 기절하지 않았으며 서너 차례 숨을 들이쉴 정도의 짧은 시간을 버티다가 또 기절했다.

물속으로 빠져드는 고연을 옆에서 조마조마한 심정으로 지켜보던 아란타가 다시 건져 냈다.

고연은 기절에서 깨어나자 또다시 폭포로 달려갔고 세 번째에는 두 번째보다 조금 더 오래 버티다가 기절했다.

고연은 줄기차게 폭포로 달려갔고 그때마다 조금씩 버티는 시각이 길어졌으며 아란타가 그를 물속에서 건져 내는 일도 뜸해졌다.

그것은 고연의 성격의 일면을 여실히 보여주는 좋은 예였다. 그는 어떤 일을 실행에 옮기기까지는 오랫동안 숙고한 후 계획을 세웠다.

하나 일단 결정을 내리면 자신의 몸을 돌보지 않으며 심지어는 목숨이 위태로울 지경에 처하더라도 멈추지 않고 반드시 이루고야 마는 무서운 집념과 추진력을 소유하고 있었다.

그가 반 시진가량 폭포의 물줄기를 맞고 물가로 나와 옷을 입고 있을 때 아란타가 걸어오는 게 보였다.

"진지드십시오, 도련님."

고연은 아까 바위 위에서 심법을 운기했을 때보다 심신이 더욱 날아갈 듯이 상쾌해졌다.

천 근 무게의 물줄기를 반 시진이나 두들겨 맞았으면 온몸에 멍이 들고 곧 쓰러질 정도로 파김치가 되어야 마땅한 결과겠지만 실상은 그게 아니었다.

고연은 물줄기를 맞으면 맞을수록 몸이 단단해지고 마치 새 털처럼 가벼워지는 것을 느끼고 있었다.

사실 고연은 모르고 있었지만 그가 연마하고 있는 천원심법과 폭포의 물줄기는 훌륭한 궁합을 이루어내고 있었던 것이다.

그의 체내에서 형성된 내공의 기가 그의 온몸을 돌면서 오장육부와 기혈을 강하게 만들어주고 있는 반면 폭포의 거센 물줄기는 그의 몸 바깥 부위의 전신 혈도를 강하게 두들기면서 체내에서 운기되고 있는 천원심법의 내공과 상호 작용하여 뼈와 근육의 기골을 강건하게 만들어주고 있었다.

체내의 기는 몸속 혈도의 안쪽을, 폭포의 물줄기는 혈도의 바깥쪽을 두드려 대어 안팎에서 전신 혈도를 자극하니 어찌 금상첨화의 효과를 얻지 않겠는가.

그런 오묘한 사실을 알 리 없는 고연이었지만 폭포를 맞으면 맞을수록 몸이 좋아지는 것을 느꼈기에 틈만 나면 폭포로 달려가는 것은 당연했다.

아란타와 함께 냇가의 집으로 걸어가고 있는 고연은 식사 후에 그동안 미루었던 일을 결정해야겠다고 생각했다. 그것은 아란타의 거취를 결정하는 일이었다.

부엌이라고 해봤자 흔한 솥 하나도 없이 그저 돌 바닥을 움푹하게 하여 불을 지필 수 있도록 만들어서 거기에 모닥불을 피우고 잡아온 산짐승을 굽는 것이 전부였다.

오정산에는 온갖 산짐승이 득실거렸다. 아란타는 늘 곰이며 멧돼지며 사슴, 산양 따위를 골고루 잡아와서 고연에게 대접했다.

아란타는 노비 출신이었기에 산과 강 따위의 자연의 법칙에 대해서는 잘 알고 있었다.

그는 먹고 남은 고기를 적당한 크기로 잘라 응달에서 잘 말려 건육을 만들어두었는데 그것은 훗날을 위해 비축했다.

또한 곰이나 호랑이, 표범 등 맹수의 가죽을 벗겨서 자르고 다듬어 침상이나 바닥에 깔고 앞으로 닥쳐 올 추운 겨울을 대비하여 따뜻한 털 가죽옷을 만들어두는 세심함도 잊지 않았다.

고연은 잘 구워진 사슴고기에 아란타가 늦가을에 준비해 둔 산 열매와 약초의 뿌리를 곁들여서 맛있는 아침 식사를 마쳤다.

모닥불은 꺼졌지만 벌겋게 열기를 뿜는 숯덩이 덕분에 훈훈한 열기가 느껴졌다.

"아란타."

"말씀하십시오, 도련님."

고연의 조용한 부름에 편한 자세로 앉아 있던 아란타는 즉시 무릎을 꿇고 공손한 자세로 긴장된 표정을 지었다.

하나 고연은 그대로 내버려 두었다. 아란타의 고집을 익히 알고 있기 때문이었다.

"자넨 앞으로 어쩔 계획인가?"

느닷없는 물음에 아란타는 날카롭게 옆으로 찢어진 눈을 약간 크게 뜨고 놀란 표정으로 고연을 쳐다보았다.

"무… 슨 말씀이신지……?"

아란타는 뭔가 불길한 느낌을 받았는지 조심스러운 어조로 되물었다.

"자네도 알다시피 고구려는 멸망했다. 그러므로 자넨 더 이상 고구려 군도 요동성의 누초도 아닌 거야."

아란타는 팽팽하게 긴장된 표정으로 눈도 깜빡이지 않고 고연을 주시했다. 마치 고연의 말에 자신의 운명이 달려 있다고 예감이라도 하는 듯한 표정이었다.

"이런 곳에서 내 하인 노릇은 더 이상 하지 않아도 된다는 뜻이지. 어디든 갈 곳이 있다면 떠나도 좋아."

고연의 조용한 말에 아란타의 눈이 더 이싱 커질 수 없을 정도로 힌껏 커졌다.

쿵!

아란타는 이마를 돌 바닥에 세게 찧었다.

"소… 인이 무슨 잘못이라도……?"

고연은 실소를 흘러냈다. 아란타는 늘 이런 식이었다.

"자넨 아무 잘못도 없네. 오히려 나를 잘 보살펴 주고 있으니 고맙지."

"소인이 도련님을 보필하는 것은 당연합니다."

아란타는 요동성에서도 모두들 가까이 하기를 꺼려할 정도로 괴팍하고 과묵한 성격의 소유자였지만 고연에게만큼은 끔찍할 정도로 지극 정성이었다.

아란타의 하늘은 해와 달이 뜨고 별이 뜨는 보통 사람들의 하늘이 아니라 바로 고연이었다.

고연은 조용히 입을 열었다.

"떠나지 않을 텐가?"

"도련님 곁에서 죽겠습니다."

아란타는 다시 한 번 이마를 바닥에 부딪치면서 나직하지만 분명한 어조로 대답했다.

"하면 내 뜻에 따르겠나?"

"죽으라고 하셔도 따르겠습니다."

미련할 정도로 충성스러운 아란타였다.

고연은 잠시 아란타를 응시하다가 조용히 입을 열었다.

"자넬 장백파의 문하 제자로 맞이하겠다."

아란타는 조심스럽게 고개를 들고 의아한 표정으로 고연을 쳐다봤다.

"장백파라고 말씀하셨습니까?"

"사실 나는 장백파의 백이십칠대 종주야."

아란타의 얼굴에 적잖이 놀라는 표정이 떠올랐다. 그는 원래 희로애락의 표정을 얼굴에 잘 드러내지 않는 성격인데 그런 그가 이 정도로 놀라는 표정을 짓는다는 것은 내심으론 엄청 놀랐다는 것이다.

"소인은 장백파의 제자가 되겠습니다!"

더 이상 말이 필요없었다. 아란타는 다시 머리를 깊숙이 조아리며 외치듯 복명했다.

수련장은 집에서 삼백여 장쯤 떨어진 곳에 정해졌다.

도망치는 사슴을 쫓던 아란타가 우연히 발견한 곳인데 은밀하면서도 무공을 수련하기에는 더없이 적합한 장소였다.

그곳은 오정산 주 봉우리의 아래쪽 뒤편이었는데 깎아지른 절벽의 왼편이 안쪽으로, 절벽의 오른편이 바깥쪽에서 왼편의 절벽을 마치 주름처럼 살짝 겹치듯이 덮고 있는 형태였고 바로 그곳에 두 사람이 나란히 진입할 정도의 좁은 틈이 있어서 가까이 다가가서 자세히 보기 전에는 쉽게 발견할 수 없었다.

일단 그곳을 통해서 안으로 들어가면 양쪽에 두 개의 깎아지른 절벽이 끝없이 위로 솟아 있는 폭 반 장여의 통로가 삼십여 장쯤 곧고 길게 뻗어 있었다.

그리고 통로가 끝나는 곳에 믿어지지 않게도 둘레가 암벽으로 둘러쳐진 거대한 원형의 넓은 공간이 나타났는데 폭이 무려 백여 장에 달했고 전체가 단단한 화강암으로 이루어져서 풀 한 포기 자라지 않았다.

고연은 이곳을 보자마자 대번에 수련장으로 정해 버렸다.

그는 아란타와 함께 장백천급의 권법부터 배우기로 결정했다.

천풍권(天風拳).

하늘의 바람 같은 권법이라……. 고연은 이름이 매우 마음에 들었다.

천풍권에는 도합 십삼 세(十三勢) 백팔 변(百八變)이 담겨 있었다. 그야말로 무궁무진한 기세이며 변화가 아닐 수 없었다.

그러나 그것은 단지 천풍권의 구결일 뿐 그것을 극성까지 연성했을 때 벌어질 결과에 대해서는 오직 한 사람만이 알고 있었다. 신옥, 바로 그였다.

신옥은 고주몽을 도와 고구려를 개국한 인물이다. 그가 그 옛날 환웅을 보필하여 하늘에서 내려온 풍백, 우사, 운사처럼 바람과 비와 구름을 부르는 능력이 있다고 전설에 기록된 것은 그의 무공이 화경의 경지까지 이르러 신의 능력을 발휘했기에 보통 사람들의 눈에는 당연히 그렇게 비춰졌을 것이다.

신옥은 수명을 다해서 죽은 것이 아니라 인간으로서 더 이상 오를 경지가 없음을 안타까워하여 스스로 신선이 되어 승천한 장백파 최고의 인물이었다.

고연은 우선 수련장의 단단한 암벽을 주먹으로 쳐서 단련하기로 마음먹었다.

지금의 그의 고사리 같은 주먹은 나뭇가지조차 부러뜨리지 못할 것이다. 아니, 단순하게 암벽을 쳐서 주먹만 단련시켜서는 천풍권을 발휘하지 못한다.

천풍권은 단순히 팔다리를 휘둘러 적을 공격하는 단순한 삼류 권법이 아니다.

내공을 발출해야만 무수한 변화를 일으킬 수 있다. 그렇지 못하면 그저 삼류 권법으로 전락하고 말 것이다.

고연은 암벽을 치면서 십 년 내공을 주먹을 통해서 발출하려는 계획이었다.

그는 한 번도 내공을 발출해 본 적이 없었으므로 어떻게 해야 내공을 주먹에 모았다가 뿜어내는지 방법을 몰랐다. 그것을 암벽 치기를 통해서 깨우치고 수련하려는 것이 그의 목적이었다.

이윽고 고연은 화강암 벽과 마주 서서 정신을 가다듬고 천원심법을 운기하면서 오른쪽 주먹으로 힘껏 암벽을 가격했다.

팍!

하나 최초의 가격에 그의 주먹은 으깨어져서 피가 줄줄 흘렀다. 역시 내공은 발출되지 않았다.

하나 그는 개의치 않고 두 번째 주먹을 날렸다. 주먹을 날리면서 어떻게든 내공을 발출하려고 애썼다. 그러나 그가 원하는 내공은 두 번째에도 발출되지 않았다.

고연이 열 번째 가격을 했을 때 옆에서 초조하게 지켜보던 아란타가 즉시 만류하지 않았다면 고연의 주먹 뼈는 아예 으스러지고 말았을 것이다. 아란타는 그 즉시 고연을 들쳐 업고 집으로 내달렸다.

마침내 고연의 집념이라는 병이 또 재발했다.

그의 주먹의 상처는 예상했던 것보다 훨씬 더 심각했다. 그러나 다행히 뼈에 이상이 없는 것을 확인하고서야 아란타는 안도의 한숨을 내쉬었다.

아란타는 고연의 손에 약초를 으깨어 잘 붙이고 헝겊으로 정성껏 묶어주고는 간곡하게 당부했다.

"종주, 제발 암벽 치기는 하지 마십시오!"

물론 고연은 아무 대답도 하지 않았다.

그날 밤 아란타는 거의 잠을 자지 못했다. 어느 순간에 고연이 수련장으로 달려갈는지 몰라서 그를 지켜보느라 뜬눈으로 밤을 지새웠다.

잠을 못 자기는 고연도 마찬가지였다. 아란타가 보니 그는 침상에 가부좌로 앉아 있었는데 심법을 운기하는 것 같진 않았다. 눈을 뜨고 뭔가 골똘히 생각에 잠겨 있는 모습이었다.

고연은 어떻게 해야 주먹으로 내공을 발출할 수 있을지 천원심법의 구결과 천풍권의 구결을 수없이 반복해서 외우다가는 하나하나 뜯어서 해석해 보기도 하는 등 온갖 방법으로 궁리하고 있었다.

밤새 고연을 감시하느라 잠을 설친 아란타는 어느 순간에 자신도 모르게 깜빡 잠이 들고 말았다. 그가 깨어난 것은 동이 트기 직전이었는데 고연은 집에 없었다.

아란타는 즉시 수련장으로 달려갔다. 아니나 다를까, 역시 고연은 수련장에서 암벽 치기를 하고 있었다.

그는 손에 묶었던 헝겊을 풀어버리고 맨손으로 암벽을 가격하고 있었는데 주먹이 형편없이 으깨어진 것으로 미루어 이미 수십 차례는 가격한 것 같았다.

고연은 고귀한 왕족의 신분으로 험한 일이라곤 해본 적이 없는 사람이었다. 태학에서 무술 수련을 할 때에도 언제나 무기를 사용했었기에 그의 손은 여자처럼 곱고 연약하기만 했다.

그런 주먹으로 쇠만큼이나 단단한 암벽을 쉬지 않고 가격하고 있으니 주먹이 온전하다면 그게 오히려 이상하지 않겠는가?

고연은 눈을 부릅뜨고 암벽을 쏘아보는데 눈에서 불꽃이 뿜어지는 것 같았고 어금니를 힘껏 악문 채 피투성이 주먹으로 쉬지 않고 암벽을 가격했다.

팍팍!

암벽은 고연의 주먹에서 흐른 피로 온통 피 범벅이었다. 여기저기 피가 튀어서 마치 핏물로 어수선한 그림을 그려놓은 것 같았다.

고연은 두 주먹의 살가죽이 완전히 벗겨져서 허연 뼈가 드러난 상태였는데도 암벽 치기를 멈추지 않았다. 게다가 그의 얼굴에는 일말의 고통스러운 표정도 떠올라 있지 않았다. 얼굴에 떠오른 것이라면 오직 집념뿐이었다.

"종주!"

아란타는 고연의 앞을 가로막으며 다급히 외쳤다.

뻑!

그러자 암벽을 가격하려던 고연의 오른 주먹이 아란타의 가슴에 정통으로 격중됐다. 아란타는 가슴이 빠개지는 듯한 극심한 통증을 느꼈다.

　그는 고연의 주먹이 이토록 강할 줄은 예상하지 못했기에 적잖이 놀랐다. 또한 이 정도로 전신의 힘을 실어서 암벽을 치고 있다는 것을 알았기에 더욱 말려야 한다는 생각이 들었다.

　"크으… 종주, 그만 하십시오!"

　아란타는 가슴에 통증을 느끼면서도 하나뿐인 팔로 와락 고연을 안으며 외쳤다.

　"놔라!"

　고연은 핏발 선 눈으로 소리쳤다.

　"차라리 저를 죽이십시오!"

　아란타도 지지 않고 마주 외쳤다. 고연은 서슬이 퍼레서 아란타를 쏘아보았다. 아란타도 물러서지 않았다. 죽이면 죽을 각오였다.

　이윽고 고연이 몸을 돌렸다.

　"가자."

　집으로 돌아온 아란타는 즉시 고연의 손에 으깬 약초를 바르고 헝겊을 묶어주며 걱정스럽게 말했다.

　"뼈와 살로 이루어진 주먹으로 암벽을 치면 주먹이 견디겠습니까? 방법을 바꿔보십시오."

　"목적한 바를 이루기 전에는 포기할 수 없다!"

　고연은 단호했다. 고연의 대답에 아란타는 입을 꾹 다물고 아침 식사를 준비하면서 내심으로 한 가지 결심을 했다. 자신도 암벽을 치기로.

　고연은 주먹이 너무도 형편없이 짓이겨져서 닷새 동안 쉴 수밖에 없었다.

　아란타의 간곡한 만류가 아니더라도 그는 스스로 암벽 치기를 중단했다. 내공을 발출하지도 못하면서 암벽만 치는 것은 무의미하다고 판단한 때문이었다.

그리고 엿새째 밤, 고연은 침상에 누워 있다가 벼락같이 집을 뛰쳐나 갔다. 뭔가 방법이 떠오른 듯한 표정이었다.

아란타는 낮의 고된 수련 때문에 곯아떨어져서 고연이 나가는 것도 몰랐다.

'그 방법이라면 가능할 수도 있다!'

고연은 작은 희망을 안고 숲 속을 쏜살같이 달렸다. 달리던 중에 고연은 흠칫 놀라며 멈춰 섰다. 주변에 뭔가가 있었다. 뭔지는 알 수 없었지만 그를 위협하는 그 무엇인가가 어둠 속에 웅크리고 있는 것이 스멀스멀 느껴졌다.

고연은 바짝 긴장했다. 그 순간, 그 긴장감에 실려서 내공이 그의 전신으로 순식간에 골고루 퍼져 나갔지만 그는 그것을 단지 긴장감이라고만 여겼다.

크워억!

순간 고연의 뒤쪽에서 우렁찬 포효성이 터졌다.

고연은 재빨리 돌아섰다가 크게 놀라고 말았다.

크르르!

거의 집채만한 불곰 한 마리가 고연의 일 장 전면에서 뒷발로 일어서서 앞발을 쳐들고 벌어진 입에서 침을 질질 흘리며 고연을 쏘아보고 있었다.

키가 고연보다 절반은 더 컸고 무게는 고연보다 대여섯 배는 더 나갈 것 같은, 그야말로 괴물 같은 놈이었다.

고연은 전신의 피가 역류하는 듯한 극도의 긴장감을 느꼈다.

크워워억!

휘잉!

　순간 불곰이 우렁찬 포효를 터뜨리며 고연을 향해 무시무시하게 앞발을 휘둘러 왔다. 곰은 거대한 덩치에 걸맞지 않게 빠르기가 전광석화 같았다.

　고연은 급급히 뒤로 몇 걸음 물러서며 가까스로 피하고 나서 미처 중심을 잡지 못하고 비틀거렸다.

　위잉!

　그 순간 불곰이 재차 앞발을 휘두르며 두 번째 공격을 가해왔다.

　첫 번째 공격보다 더 거셌는데 고연은 미처 자세를 바로잡지도 못한 상황이었다.

　불곰의 앞발은 고연의 얼굴보다 더 컸다. 거기에 일격을 당하면 살아남지 못할 것이다. 게다가 곰의 발톱은 나무도 벨 정도로 예리해 보였다.

　고연은 무기를 지니고 나오지 않은 것을 후회했다. 날고 기는 고수가 아닌 다음에야 무기 없이 맹수를 상대하는 것은 자살 행위였다.

　고연은 절망에 빠졌다. 어떻게 해볼 도리가 없었다. 수만 가지 상념이 찰나간에 그의 머리 속에서 명멸해 갔다.

　'이대로 개죽음낭할 순 없다!'

　순간 그는 어금니를 있는 힘껏 악물었다. 그의 두 눈에서는 줄기줄기 예리한 안광이 뿜어졌다.

　탓!

　그는 불곰의 앞발이 자신의 얼굴을 후려치기 직전에 간발의 차이로 오히려 불곰을 향해 두 발로 힘껏 땅을 박차고 튀어오르며 마주쳐 갔다.

　쩍!

　그의 주먹이 불곰의 콧등을 강하게 찍었다. 그 순간 그는 자신의 주먹을 통해서 체내의 내공이 폭발하듯이 뿜어져 나가는 것을 생생하게 느끼고는 크게 놀랐다.

쿵!

고연은 묵직하게 불곰 바로 앞 땅에 내려섰다.

꾸웍!

거대한 불곰이 포효를 터뜨리며 주춤주춤 몇 걸음 뒤로 물러섰다. 고연은 불곰의 코가 깨져서 피가 줄줄 흐르는 것을 발견했다.

그 순간 고연의 머리 속이 환해졌다.

'바로 이거다!'

그가 침상에 누웠다가 찾아낸 방법은 해보나마나 틀렸다. 해답은 바로 방금 전의 그의 행동에 있었다. 아니, 더 정확하게 설명한다면 해답은 그의 감정 의식에 있었던 것이다.

'절망이 극도의 긴장감을 불러일으켰고 그것이 자연스럽게 내공을 발출시켰다!'

바로 그것이었다.

그때 불곰이 계속 뒷걸음질치더니 몸을 돌려 줄행랑을 치기 시작했다.

고연의 십 년 내공을 정통으로 콧등에 격중당했으니 죽지는 않더라도 코가 깨져서 한동안 고생할 게 뻔했다.

'해답은 긴장감이었어.'

고연은 날아갈 듯이 기뻤다. 그는 그 길로 수련장으로 내달렸다.

고연과 아란타는 지난겨울과 봄 동안 줄곧 수련장에서 암벽을 상대로 하거나 서로 대련을 하면서 하루 두 끼 식사 시간과 두 시진가량 잠자는 시간을 제외한 모든 시간을 천풍권을 수련하는 것에 할애했다.

두 사람이 대련을 할 때는 인정사정 봐주지 않았다. 마치 원수끼리 싸우는 것처럼 치열했다.

이제 고연의 주먹이 암벽에 격중되면 처음과는 달리 둔중한 음향이 터져 나왔고 암벽이 은은하게 진동하기까지 했으며 바위가 깨져서 돌 가루가 흩날렸다.

수련장 암벽은 곳곳이 깨졌거나 움푹움푹 패여 있었는데 그로 미루어 두 사람이 얼마나 각고의 수련을 했는지 짐작할 수 있었다.

아란타는 고연이 내민 한 개의 포도알만한 금빛 환약을 보며 멀뚱한 표정을 지었다.

고연은 맞은편에 무릎을 꿇고 앉은 아란타에게 천보단을 내민 채 엄숙하게 말했다.

"이것은 본 파의 전대 종주께서 손수 제조하신 천보단이다. 이것을 복용하고 천원심법을 운기하면 즉시 체내에 퍼져서 단전에 십 년의 내공이 형성된다."

아란타는 적이 놀라는 표정으로 천보단을 쳐다보다가 공손히 두 손으로 받았다.

"천보단을 복용하고 자정까지 천원심법을 운기하도록."

고연은 그 말을 남기고 집 밖으로 휭하니 나가 버렸다.

아란타는 미리 저녁 식사를 준비해 놓은 후 바닥에 앉아 운기를 시작했다.

第十章　천풍(天風)　■

아란타가 운기에서 깨어난 것은 자정이 조금 지나서였다. 오후에 운기를 시작했으니 반나절도 넘게 몰입한 셈이었다.

집 안은 불을 켜지 않아서 몹시 어두웠고 모닥불은 꺼져서 썰렁한 한기가 가득했다.

아란타가 짐승의 기름을 짜서 만든 유등에 불을 켜고 모닥불을 새로 피우자 비로소 실내에 훈기가 돌았다.

그는 자신이 운기 전에 준비해 둔 저녁 식사가 건드려지지도 않은 채 그대로 있는 것을 쳐다보았다.

그는 그때까지도 고연이 돌아오지 않은 것을 깨닫고 그를 찾으러 서둘러 집을 나섰다.

수련장에 도착한 아란타는 깜짝 놀라고 말았다.

수련장에는 수백 개의 아름드리 나무와 사람 머리통 하나에서 두 배,

혹은 세 배쯤은 됨 직한 둥근 바윗돌 수백 개와 얼마나 많은지 가늠조차 되지 않는 칡덩굴이 수북하게 쌓여 있었던 것이다.

아란타가 궁금증을 억누르고 고연을 찾으려고 두리번거리고 있을 때 고연이 양 어깨에 두 개의 굵은 통나무를 메고 통로를 통해서 수련장 안으로 불쑥 들어섰다.

"종주, 뭘 하시는 겁니까?"

고연은 길이가 자신의 키 두 배는 되고 무게 역시 자신의 몸 두 배는 됨 직한 통나무 두 개를 거뜬히 메고는 조금도 힘겨워하지 않았다.

쿠쿵!

고연은 통나무를 내려놓고 몸을 돌렸다.

"가자. 내일은 할 일이 많다."

아란타는 궁금증이 먹구름처럼 피어났으나 더 이상 묻지 않고 즉시 고연의 뒤를 따라 집으로 향했다.

다음날 두 사람은 동이 트기도 전에 수련장에 당도했다.

고연은 천풍권의 구결을 모조리 외우고 있었을 뿐만 아니라 이미 그것들의 난해한 의미를 거의 완벽하게 이해하고 있었다.

이제 두 사람에게 필요한 것은 뼈를 깎는 혹독한 수련뿐이었다.

고연은 궁리 끝에 천풍권에 적합한 수련 방법을 구상해 냈다. 그것은 바로 수백 개의 통나무와 바윗돌을 이용해서 특수한 구조물을 만드는 것이었다.

고연은 머리 속에 구상해 놓은 것들을 하나씩 차근차근 만들어 나갔다.

평평하고 드넓은 수련장 전체의 돌 바닥에 통나무들을 눕혀서 줄줄이 잇대어 구불구불하며 혹은 직각, 또는 막다른 길, 또는 바닥에 각각 높이가 다른 틱들을 무수히 만들어 나갔다.

그리고는 양쪽에 통나무들을 빽빽이 세워서 벽을 만들고 벽의 양쪽에 높고 낮은 구멍을 수없이 팠으며 그 구멍에 다시 바깥쪽에서 통나무들을 찔러 넣었다.

위에도 통나무를 얼기설기 거미줄처럼 수없이 가로질러 칡덩굴로 바윗덩이를 묶어 혹은 길게, 혹은 짧게 매달았는데 높은 것은 이 장이나 됐다.

고연은 끼니도 거른 채 쉬지 않고 일에 매달렸고 아란타는 묵묵히 곁에서 도왔다.

그렇게 한 달이 지났을 때에는 수련장 전체가 괴이한 모양의 거대한 구조물로 가득 차게 되었다.

고연은 원래 구조물을 완성하는 데 열흘 정도면 충분할 거라고 예상했다. 그러나 워낙 복잡하고 기기묘묘한 변화를 필요로 하는 구조물이었기에 도중에 무수한 시행착오를 거쳐야만 했다.

세웠다가는 다시 허물고, 또다시 세우며 짓기를 수없이 반복했고 결국 최초에 계획했던 것보다 더 거대하고 치밀한 구조물이 완성된 것은 저음에 예상했던 열흘의 세 배인 한 달이 지나서였다.

고연은 원래 건축이나 구조물 따위 만드는 일에는 문외한이었으나 천풍권의 오묘한 구결에 따른 결과 이토록 훌륭한 기관장치(機關裝置)를 탄생시키게 된 것이었다.

천풍권은 붕(棚), 리(履), 제(擠), 안(按), 채(採), 열(挒), 주(肘), 고(靠)의 팔법(八法)과 진(進), 퇴(退), 고(顧), 반(盼), 정(定)의 오보(五步)가 합쳐져서 도합 십삼세(十三勢)로 이루어졌다.

팔법은 천풍권, 오보는 천풍보법(天風步法)이다.

권법을 수련하는 데 있어서 보법은 필수적이다.

보법은 가장 빠르고 원활하게 전진하고 후퇴하면서 권법을 펼칠 수 있게 해준다. 보법없는 권법은 말을 타지 않은 철기군과도 같다고 할 수 있을 것이다.

천풍권의 모든 동작은 힘을 사용하지 않고 뜻을 사용하기 때문에 뜻이 이르는 곳에 기가 저절로 따라가게 되고 이것이 내경과 탄력을 이루게 된다.

자연스러움을 거슬러서 함부로 힘을 사용하게 되면 전신이 굳어지고 경락이 불통되며 혈맥이 막혀서 동작이 영활하지 못하게 되는 것이다. 즉, '먼저 마음이 가고 뒤를 이어 몸이 간다' 는 이치이다.

천풍권은 바람과 구름이 흐르듯 자연스럽고 뇌성벽력처럼 강하며 고요한 바다처럼 잔잔하다가 폭풍처럼 천지를 뒤엎으며 압도한다.

수련장으로 진입하는 긴 통로의 끝이 기관장치의 입구였다.

고연은 상체를 벌거벗은 몸으로 입구에 우뚝 서 있었고 그 뒤에 아란타가 섰는데 두 사람 모두 얼굴에 긴장된 표정이 역력했다.

고연의 상체는 결코 근육질이라고는 할 수 없었으며 피부가 염소 젖처럼 뽀얗고 부드러웠다. 그러나 가슴과 등, 어깨, 옆구리에 뚜렷한 흉터가 새겨져 있어서 어떤 면으로는 강건해 보이기도 했다.

그의 목에 걸려 있는 유화가 준 비취 목걸이 원앙패가 햇살을 받아 눈부시게 빛났다.

아란타는 처음에 고연이 무엇을 하는 건지 모른 채 무작정 돕기만 했다. 그런 그는 사흘이 지나서야 자신들이 만들고 있는 구조물이 천풍권의 수련을 위한 기관장치라는 사실을 깨닫게 되었다.

아란타는 묵묵히 고연을 돕기는 했지만 시간이 지날수록 마음속으로는 좀처럼 불안함을 떨칠 수가 없었다.

　너무도 무섭고 끔찍하기까지 한 기관장치란 걸 그 자신이 잘 알고 있었기에 과연 이 기관장치로 수련을 하게 되었을 때 자신들이 죽지 않고 끝까지 잘 견뎌낼 수 있을까 하는 의구심이 먹구름처럼 피어난 것이다.

　척!

　이윽고 고연이 구조물 안으로 걸음을 내디뎠다. 고연의 얼굴에는 단호한 의지만이 떠올라 있을 뿐 두려움 따윈 찾아볼 수 없었다.

　저벅저벅.

　고연은 천천히 걸음을 옮겼다.

　기관장치의 입구로 들어서면 폭 반 장가량의 사방이 꽉 막힌 통나무 길이 나타나는데 그 길은 줄곧 여러 개의 갈지 자로 이어졌다.

　고연은 걸어가면서 왼쪽 벽에 자신의 가슴 높이로 일 척가량 튀어나와 있는 통나무를 쏘아보았다.

　이제 시작이다.

　어쩌면 그는 이곳을 살아서 나가지 못할는지도 모른다. 그러나 절대 포기하지 않는다.

　포기한다는 것은 유화를 포기하는 것이고 고구려인이라는 사실을 포기하는 것과 같다고 다부지게 마음먹었다.

　'나는 유화의 남편이며 대고구려인 고연이다!'

　고연은 지그시 어금니를 악물며 입속으로 중얼거렸다.

　슉!

　고연은 최초의 주먹을 쏜살같이 날렸다.

　딱!

　그의 오른 주먹이 통나무의 머리 부분을 짧고 강하게 끊어 쳤다.

　암벽 치기로 단련된 그의 주먹에 격중된 통나무는 벽 안쪽으로 한 뼘가량 쑥 밀려들어 갔다. 순간 고연은 극도로 긴장했다. 그가 설계하고 직접 만든 기관장치였지만 어떤 변화가 벌어질는지는 그 자신조차도 알지 못했다.

그의 주먹에 격중된 통나무가 벽 안쪽으로 들어가서 그곳에 거미줄처럼 연결되어 있는 질기게 꼰 칡덩굴 중 어느 것을 건드리느냐에 따라서 수많은 변화 중 한 가지가 벌어지기 때문이었다.

그가 통나무를 강하게 격중시켜서 통나무가 좀 더 깊이 벽 속으로 들어가거나 약하게 격중시켜서 조금 들어가는 것에 따라 다음에 벌어질 변화도 제각각 달라지는 것이다.

그것들은 모두 천풍권의 구결을 완벽하게 이해한 고연이 고심 끝에 만들었기에 기관장치 하나하나의 변화는 곧 천풍권 초식의 변화라고 할 수 있었다.

순간 고연의 눈이 빛났다.

슉!

바로 오른쪽 벽에서 통나무 하나가 고연의 옆구리를 노리고 쏜살같이 튀어나왔다.

무슨 적절한 대응 방법이 있는 것이 아니었다. 방법은 두 가지뿐으로 통나무를 피하거나 가격해야만 한다.

고연은 통나무가 너무도 빠르게 쏘아져 나와 때릴 수 있는 기회를 놓치고 말았기에 급히 바닥에 납작하게 엎드릴 정도로 허리를 굽혀서 가까스로 피했다.

이어서 고연은 즉시 허리를 펴고 몸을 바로 세우다가 흠칫 놀랐다.

횡!

위쪽에서 칡덩굴에 묶인 고연의 머리보다 두 배는 더 큰 바윗돌 하나가 그네를 타듯이 그에게 쏜살같이 쏘아져 오는 것을 발견한 때문이었다.

원래 계획대로라면 저 바위를 주먹으로 격중시켜야 한다. 그러기 위해서 기관장치를 만든 것이다.

그러나 그럴 여유가 없었다. 피하기만 해도 천만다행이었다. 저기에 맞으면 죽거나 중상을 모면하기 어려웠다.

바윗돌이 고연의 얼굴 정면을 노리고 쏜살같이 쏘아오는 그 찰나의 순간에 고연의 머리 속에서는 무수한 생각이 명멸했다.

휘잉!

고연은 급히 상체를 옆으로 기울여서 가까스로 바윗돌을 피했다.

퉁!

바윗돌은 고연을 지나쳐서 다시 위로 오르며 위에 가로쳐진 하나의 통나무를 때렸다.

슉! 슉!

순간 오른쪽 벽에서 머리 높이로, 왼쪽 벽에서 무릎 높이로 각각 하나씩의 통나무가 쏜살같이 튀어나왔다.

고연은 순간직으로 두 개를 동시에 피할 수 없다고 판단하고 머리를 향해 오른쪽에서 쏘아오는 통나무를 목표로 주먹을 날렸다.

뻑!

고연의 주먹이 통나무의 아래쪽을 가격하자 통나무는 약간 위로 솟구쳐서 그의 머리 위로 아슬아슬하게 스쳐 갔다.

픽!

하나 왼쪽에서 쏘아오던 통나무가 정통으로 고연의 무릎 옆쪽을 가격했다.

"윽!"

고연은 무릎이 끊어질 듯한 통증을 느꼈으나 쓰러지지 않았다. 어물거리다간 다음 공격에 당하고 만다. 그는 극도로 긴장한 채 아픈 다리를 끌며 절뚝거리면서 앞으로 나아갔다.

펙!

다음 순간 그는 등 한복판이 뽀개질 듯한 격렬한 통증을 느꼈다. 뒤쪽 위에서 그네처럼 휘둘러 온 머리통만한 바윗돌이 등을 무지막지하게 격중시킨 것이다.

고연의 몸이 앞쪽 허공으로 붕 떠올랐다가 떨어져 내렸다.

쩍!

그의 몸이 바닥에 닿기도 전에 이번에는 오른쪽에서 튀어나온 통나무가 그의 턱을 강타했다. 그리고 고연은 정신을 잃고 말았다.

그가 바닥에 쓰러진 후에도 바윗덩이와 통나무들이 한동안 정신없이 튀어나오다가 멈췄다.

아란타는 고연을 도울 수 없었다. 왜냐하면 그는 고연보다 더 먼저 기절한 때문이었다.

아란타는 고연이 기관장치로 들어가자 곧바로 뒤를 따랐다.

그러나 그는 첫 번째의 통나무 공격에 옆구리를 격중당했다가 두 번째 통나무 공격에 머리를 맞고 곧장 기절해 버렸다.

그리고 그를 공격한 통나무의 변화는 고연이 겪은 것과는 전혀 다른 것이었다.

아란타가 깨어난 것은 한밤중이었다. 통나무를 머리에 정통으로 맞았기에 그 충격이 컸다.

원래 강골인 데다가 고구려군 시절의 혹독한 무술 수련을 거치고 천원심법으로 무장된 아란타가 아닌 평범한 사람이 일격을 당했다면 아마 절명했을 터였다.

아란타는 머리가 욱신거리며 깨질 듯이 아팠지만 벽을 짚으며 힘겹게 일어섰다. 그는 머리를 절레절레 흔들며 정신을 수습하려고 애썼다.

밤이었지만 밤하늘에 보름달이 휘영청 밝았으므로 사위를 구별하는 데에는 어려움이 없었다.

픽!

털썩!

그때 보이지는 않았지만 갈지 자로 뻗은 길의 앞쪽 어디에선가 둔탁한 음향이 들리며 곧 이어 누군가 쓰러지는 소리가 뒤따랐다.

아란타는 고연이라는 것을 직감하고 즉시 달려나갔다.

턱!

마음이 급했던 아란타는 왼쪽 벽에서 무릎 어림의 높이로 삐죽이 튀어나온 통나무를 미처 발견하지 못하고 무릎으로 슬쩍 건드리고 말았다.

윙!

그러자 보름달 속에서 시커멓고 둥근 물체가 뚝 떨어지며 아란타의 머리를 향해 무시무시하게 쏟아져 왔다. 그가 아래쪽의 통나무를 건드렸기에 일어난 변화였나. 아란타의 등줄기로 식은땀이 주루룩 흐르며 소름이 확 돋았다.

바윗덩이는 그의 머리 세 배나 되는 크기였으므로 그것에 격중된다면 제아무리 강골의 아란타라고 해도 즉사하거나 중상을 입을 게 뻔했다.

휙!

아란타는 어금니를 부서져라 악물고 바위를 향해 주먹을 내질렀다. 피하기엔 이미 늦었고 방법은 그것뿐이라고 판단했다.

딱!

우지직! 빠각!

아란타의 주먹이 바위를 정면으로 격중시키자 그 순간 그의 손목뼈와

팔 뼈가 작살나는 소리와 어깨뼈가 탈골되는 소리가 연이어 터졌다. 그는 오른팔이 엉망이 되는 것으로 겨우 목숨을 건지게 되었다.

뿌악!

그러나 다음 순간, 오른쪽에서 튀어나온 통나무의 끝 부분이 아란타의 관자놀이를 강하게 격중시켰다.

쿵!

아란타는 머리를 왼쪽 벽에 부딪쳤다가 얼굴을 바닥에 묻으며 앞으로 고꾸라졌다.

그는 정신을 잃기 전에 입에서 피를 흘리며 겨우 중얼거렸다.

"으으, 무… 식한 종주……."

고연이 기관 장치의 출구로 나선 것은 입구로 진입한 지 닷새 만이었다.

그는 기진맥진한 상태였고 온몸이 성한 데가 한 군데도 없었으며 피투성이의 처참하기 짝이 없는 몰골로 변해 있었다.

그는 지난 닷새 중에 나흘이나 기관장치 안에서 기절해 있었고 깨어나면 악착같이 전진을 시도했다.

그 결과 도합 열두 차례 바윗덩이에 얻어맞았고 서른네 차례나 통나무에 두들겨 맞았다.

고연은 출구로 나서자마자 그대로 쓰러져 기절했다가 이틀이 지난 후에야 겨우 정신을 차렸다. 그는 정신이 들자마자 비틀거리며 다시 기관 장치의 입구로 걸어갔다.

입구에 가부좌로 앉은 그는 한 시진가량 운기를 한 다음 벌떡 일어섰다.

그는 걸음조차도 겨우 옮길 수 있을 정도로 만신창이의 몸이었지만 한

차례 운기를 하고 나자 어느 정도 원기를 회복할 수 있었기에 즉시 재도전을 감행했다.

그리고 두 번째 도전에서 그는 기관장치를 통과하는 데에 사흘을 소요했다. 처음보다 이틀을 줄였다.

고연이 두 번째로 출구로 나서며 발견한 것은 바닥에 피투성이가 되어 쓰러져 있는 아란타였다.

아란타가 출구로 나선 것은 하루 전이었는데 그는 부러진 팔을 부여안고 무수한 통나무와 바윗덩이의 공격을 피하기에만 급급하면서도 결국 칠 일 만에야 기관장치를 통과한 것이다.

고연은 세 번째의 도전을 잠시 보류해야만 했다. 아란타의 상태를 살펴본 결과 그대로 놔둔다면 죽을 것 같았기 때문이었다.

어느덧 오정산에 녹음방초가 우거지고 푸르름이 만연한 한여름이 무르익고 있었다.

고연과 아란타가 천풍권 기관장치에서 수련을 시작한 지도 어언 반년이 지나는 중이었다.

이른 새벽, 기관장치 입구에 웃통을 벗어붙인 고연이 우뚝 서 있었다.

열여섯 살이 된 그는 겉으로 보기에도 많이 변해 있었다.

신체적으로는 거의 다 자라서 육 척의 장신이 되었고 구레나룻과 턱, 코 아래에 꺼멓게 수염이 자랐으며 가슴과 어깨, 팔뚝에 울퉁불퉁한 근육이 튀어나왔는데 복부에는 임금 왕 자가 뚜렷이 새겨졌고 구릿빛의 잘 그을린 피부와 멋진 조화를 이루어 전체적으로 훌륭한 대장부로 변모한 모습이었다.

적당하게 그을린 그의 얼굴은 빼어난 영준함에 강인함까지 곁들여져 있어서 만약 여자들이 그의 모습을 보게 된다면 앞뒤 가릴 것 없이 한눈에 반하게 될 것이 틀림없었다.

척!

고연은 서슴없이 입구 안쪽으로 들어섰다.

오늘로써 이 기관장치와도 작별이었다. 그는 무척이나 가볍고 상쾌한 걸음으로 거침없이 전진해 들어갔다.

뻑!

왼쪽 벽에 가슴 높이로 튀어나온 통나무의 머리 부분을 주먹으로 약간 강하게 격타했다. 그 정도의 강도로 가격하면 최고조의 공격이 퍼부어진다는 사실을 이미 터득한 그였다.

슉! 슉!

휘잉!

양쪽 벽에서 두 개의 통나무가 얼굴 높이와 허벅지 높이로 튀어나왔고 거의 같은 순간에 전면 위쪽과 후방의 위쪽에서 고연의 얼굴 두 배, 세 배에 달하는 크기의 바윗돌이 칡덩굴에 묶인 채 무섭게 쏘아져 왔다.

사면 공격. 어느 것 하나라도 제대로 맞으면 일어나기 어려울 것이다.

뻑! 딱!

고연의 주먹과 무릎이 번개같이 두 개의 통나무 머리 부분과 아랫부분을 동시에 가격했다.

쩡! 쩡!

이어서 그의 주먹에 정통으로 격중된 두 개의 바윗덩이가 산산조각 박살나서 돌 가루가 사방으로 흩어졌다.

왼쪽으로 완만하게 꺾인 길.

따따딱!

고연은 한꺼번에 튀어나온 세 개의 통나무를 각기 다른 방향에서 격중시켰다. 주먹이 보이지 않을 정도로 빨랐으며 바람을 가르는 음향만 쉭

쉭거렸다.

다음 순간, 고연의 전면 오른쪽 벽, 그의 키보다 절반은 높은 곳에서 통나무가 튀어나왔다.

딱!

고연은 힘껏 뛰어올라 발끝으로 통나무의 아랫부분을 걷어 올려 차고 하강하면서 반대편에서 튀어나온 통나무를 발뒤꿈치로 돌려차기를 하여 격중시켰다.

쩌쩡! 따따딱! 뻑!

그는 다시 오른쪽 길로 꺾으면서 전진하여 갈지 자 세 곳을 통과하며 위쪽의 각기 다른 각도에서 떨어지는 세 개의 바위와 좌우에서 튀어나오는 통나무 여덟 개를 격파했다.

이어서 좌우 직각으로 빠르고 급하게 꺾어진 길 일곱 군데를 신속하게 나아가는데 허공과 좌우, 그리고 뒤에서 한꺼번에 열두 개의 공격이 퍼부어지자 그의 두 발이 순간적으로 수십 개의 방위를 밟으면서 육안으로는 구분할 수 없을 정도로 빠르게 교차하며 그 공격들을 모조리 피하면서 박살 냈다.

그는 다시 뒤로 후퇴했다가 전진하길 세 번 반복하고 소용돌이처럼 구불구불한 길을 통과하자마자 발목의 복숭아 뼈 높이에서부터 가슴 높이까지 양쪽에서 튀어나온 다섯 개의 통나무를 피해 허공으로 반 장쯤 튀어 올랐다.

쩡! 쩡!

그는 허공에서 바닥으로 내려서기 무섭게 몸을 공처럼 만들어서 바닥을 두 바퀴 굴렀다가 몸을 일으키며 두 개의 바윗덩이를 박살 낸 후 가뿐하게 출구로 나섰다.

그때까지 그는 예순다섯 개의 통나무를 가격했고 서른두 개의 바윗덩이를 박살 냈다. 물론 그러는 동안에 그는 통나무나 바위에 한 대도 얻어 맞지 않았다.

기관장치의 미로처럼 복잡한 길은 구궁팔괘(九宮八卦)를 바탕에 두고 도합 구구 팔십일의 변화무쌍한 보법을 익힐 수 있도록 안배되었다.

고연은 기관장치를 만들 때 비단 권법과 각법뿐만 아니라 보법에도 각별한 배려를 하였던 것이다.

그가 기관장치를 다섯 차례 더 완주했을 때 바윗덩이는 더 이상 남아 있지 않았다. 그가 모조리 박살 낸 때문이었다. 천풍권 기관장치는 이제 제 역할과 수명을 다했다.

고연과 아란타는 지난 반년 동안 뼈를 깎는 수련 끝에 천풍권과 천풍보법의 기초를 거의 터득하게 되었다.

그러나 아직 누군가와 싸워보지 않았기에 두 사람은 자신들의 실력을 대충이나마도 가늠할 수 없었다. 그렇다고 일부러 싸울 상대를 찾으러 길을 떠날 수도 없는 노릇이었다.

해는 머리 위 중천에 떠서 이글거리고 있었다. 고연은 조금도 힘들거나 피로감을 느끼지 못했지만 찌는 듯한 더위만은 어쩔 수 없었다.

그는 수련장에서 나와 숲길을 걸어갔다. 냇가로 가서 시원한 물에 뛰어들 생각을 하니 걸음이 절로 빨라졌다.

이 길은 원래 길이 없는 울창한 숲이었으나 고연과 아란타가 집에서 수련장으로 뻔질나게 왕래하다 보니 어느덧 좁다란 오솔길이 생겨났다.

오솔길을 걸어가던 고연의 시선이 전면의 어느 나무를 휘감아 오르며 자란 다래 덩굴에 고정됐다.

높이는 대략 이 장. 한 번에 도약하기에는 무리일 만큼 높아 보였지만 지금의 고연은 자신감에 충만해 있었으므로 시도해 보고 싶었다.

고연은 심호흡을 한 차례 크게 한 다음 전면으로 화살처럼 달려나갔다. 이어서 그는 충분히 탄력을 받았을 때 오른발로 힘껏 지면을 박차고 다래를 향해 솟구쳐 올랐다.

그 튀어 오른 높이는 그로서는 여태껏 한 번도 솟아올라 보지 못한 높이였기에 그는 목적한 높이까지 이르지 못했고 다래는 그의 머리에 닿을 듯 말 듯했다.

획!

순간 고연은 상체를 뒤로 확 젖히면서 빙그르 몸을 뒤집으며 다래를 향해 오른발을 차 나갔다.

탁!

발끝이 다래에 가볍게 격중되자 몇 개의 다래가 후둑둑 사방으로 흩어져 날아갔다.

쿵!

고연은 땅에 묵직하게 내려섰다가 약간 기우뚱거렸다.

그는 자세를 바로잡았다가 손을 뻗어 떨어지는 다래 하나를 가볍게 잡았다. 말랑말랑하게 잘 영근 다래였다.

고연은 자신이 방금 전에 뛰어올랐던 곳 아래에 서서 위를 올려다보았다. 자신의 키 세 배 이상의 높은 위치였다. 반년 전의 그였다면 쳐다만 봐도 고개가 아팠을 것이다.

고연은 약간 흡족했다. 그는 다래를 입에 넣고 씹으며 다시 걸음을 옮겼다. 다래가 터지며 새콤한 액체가 입 안 가득 퍼졌다.

第十一章　여체(女體) ■

첨벙!

냇가의 폭포 아래 소에 도착한 고연은 서둘러 훌훌 옷을 벗고 알몸이 되어 푸르다 못해 검게 보이는 물속으로 뛰어들었다.

서늘한 기운이 온몸으로 전해지며 폐부와 뱃속까지 시원해졌다.

그는 오랫동안 잠수하여 물속을 유유히 유영하다가 허파가 터지기 직전에 이르러서야 소의 맞은편 수면으로 솟아올랐다.

"푸우우! 컥!"

고연은 일어서서 길게 숨을 내쉬다가 한순간 심장이 멎어버릴 듯이 놀라고 말았다.

그곳은 그가 최초에 물로 뛰어들었던 곳의 맞은편이었는데 수심이 무릎 위까지밖에 안 차는 얕은 곳이었다.

그런데 고연의 앞에는 하늘에서 뚝 떨어졌는지 한 명의 소녀가 온몸이 물에 젖은 채 알몸으로 서 있는 것이 아닌가?

소녀는 고연을 쳐다보며 마치 귀신을 본 듯 혼비백산하는 표정이었다.

게다가 두 사람의 거리는 너무 가까워서 만약 고연이 한 뼘만 더 전진했다가 일어섰더라면 알몸의 소녀와 여지없이 부딪쳤을 것이다.

소녀는 원래 커다란 눈이었는데 놀라움 때문에 더욱 크게 떠져서 눈이 얼굴의 반을 차지할 정도가 돼버렸다.

조그만 입을 반쯤 벌린 채 동그란 얼굴에 극도의 놀라움이 가득 떠올라 있는 모습이 지금의 황당한 상황과는 무관하게도 도발적인 아름다움을 나타내고 있었다.

아마도 소녀 역시 고연처럼 더위를 참지 못하고 물에 들어온 모양이었다.

인적이라곤 찾아보기 어려운 깊은 산중이었으니 옷을 입고 물에 뛰어든다는 것이 오히려 이상한 일이었겠고 게다가 그녀는 방금 전에 막 물에 들어와서는 겨우 딱 한 번 물속에 앉았다가 일어서며 몸을 한차례 적신 게 고작이었다.

소녀는 만약 소 건너편 물에 고연이 있는 광경을 목격했다든가 그가 그토록 오래 잠수하지 않고 일찍 떠올라서 헤엄치고 있는 모습을 발견만 했더라도 결단코 물에 들어서지 않았을 것이다. 그것도 실오라기 한 올 걸치지 않은 알몸으로 말이다.

그런 소녀의 앞에서 느닷없이 고연이 벌거벗은 몸으로 불쑥 솟구쳐 올랐으니 무쇠 심장이 아닌 다음에야 어찌 혼비백산하지 않겠는가? 대낮에 도깨비가 튀어나왔더라도 이처럼 놀라진 않았을 터였다.

소녀는 너무나도 창졸간에 벌어진 상황 앞에서 미처 알몸을 가릴 생각도 하지 못했다.

소녀는 생김새나 피부 색으로 미루어 고구려인이나 한족(漢族:중국인)

은 아닌 것 같았다.

게다가 눈동자가 푸르스름한 연녹색이었는데 고연이 목에 걸고 있는 원앙패의 비취색과 같아서 무척 신비한 느낌을 주었다. 물에 젖어서 치렁치렁한 머리카락은 눈부신 갈색이었고 어깨를 살짝 덮으며 아래로 물결처럼 늘어뜨려져 있었다.

여윈 듯 가녀린 몸매에 한 손으로는 못 다 쥘 풍만한 젖가슴이 탱탱하게 붙어 있었으며 그 끝에 버찌 같은 연고동색의 아주 작은 유두가 수줍게 매달려 가녀리게 흔들렸다.

잘록하고 매끈한 허리와 희고 풍만한 엉덩이, 허벅지가 모여지는 지점에는 무성하고 짙은 갈색의 삼각형 숲이 수줍게 우거져 있는데 소의 물결이 잔잔하게 찰랑이면서 그 숲을 간질이듯 희롱하고 있었다.

소녀는 고연과 비슷한 나이이거나 한두 살 어려 보였는데 나이에 비해서는 꽤나 성숙하고 육감적인 몸매를 지니고 있었다.

알몸이긴 고연 역시 마찬가지.

잘 발달된 근육질의 몸과 소녀보다 머리 하나쯤은 더 큰 훤칠한 키, 구릿빛으로 잘 그을린 탄탄한 근육질의 피부 등이 멋진 조화를 이루어 누구와도 비할 바 없는 미장부의 모습이었다.

그러나 구레나룻과 입가에 수염을 텁수룩하게 길러서 나이보다 서너 살은 더 들어 보였다.

그때 소녀의 놀란 연녹색의 눈동자가 사르륵 고연의 아랫도리로 향하더니 그의 사타구니 사이에 덩그렇게 달려 있는 물건에 시선이 멈추어지는 순간 눈이 더욱 커지고 입도 한껏 벌어지며 더욱 경악했다.

첨벙!

그리고 소녀는 뻣뻣해진 채 작은 두 개의 주먹을 부르쥐고 몸이 뒤로 스르르 넘어가더니 그대로 기절해 버렸다.

그 직후 소녀는 누운 자세로 물속에 가라앉았는데 고연은 너무 놀라서 일순간에 상황 판단이 되지 않아 그녀를 멍하니 굽어보고만 있었다.

소녀의 눈은 꼭 감겨져 있었고 두 개의 작은 콧구멍에서는 방울이 뽀글뽀글 피어오르고 있었다.

“아!”

순간 고연은 나직한 탄성을 터뜨리면서 퍼뜩 정신을 차리고 허둥지둥 소녀를 물속에서 건져 냈다.

물에 흠뻑 젖은 소녀의 가녀리고 매끄러운 육체가 고연의 두 팔에 안겨졌다. 고연의 두 손바닥과 팔, 가슴을 통해서 소녀의 체온과 살결의 느낌이 고스란히 전해졌다.

“앗!”

첨벙!

고연은 자신이 난생처음 여체를, 그것도 물에 젖은 알몸을 안았다는 사실을 깨닫고 기절초풍해서 황급히 소녀를 놓아버렸다.

그러자 소녀의 몸은 다시 물속에 가라앉으며 이번에는 깊은 곳으로 스르르 흘러가고 있었는데 고연은 그것을 멀뚱하게 쳐다보고만 있을 뿐 어떻게 대처해야 할지 판단을 내리지 못하고 있었다. 너무 놀라움이 큰 때문이었다.

그 즈음 소녀는 소의 가장 깊은 곳의 바닥으로 가라앉고 있었다.

“앗!”

약간의 시간이 흘러서야 고연은 방금 전보다 더 놀라서 나직한 비명을 터뜨리며 부랴부랴 소녀를 건져 냈다.

소녀를 다시 안자 고연은 자신의 심장이 미친 듯이 쿵쾅거리고 목의 맥박이 펄떡펄떡 뛰는 것을 생생하게 느꼈다.

첨벙첨벙!

고연은 소녀를 안고 서둘러 물 밖으로 나왔다.

이어서 그녀를 풀 위에 조심스럽게 눕히고는 소의 반대편으로 부리나케 달려가서 옷을 입은 후 다시 소녀에게 달려왔다.

고연은 이런 상황에서 자신이 딱히 무엇을 어떻게 해야 하는지조차 모르는 채 황망한 심정으로 주위를 두리번거렸다.

문득 옆의 조그만 돌 위에 옷이 가지런히 개어져 있는 것을 발견하곤 소녀의 것이라고 직감했다.

그는 조심스럽게 소녀에게 옷을 입히기 시작했다. 되도록 손이 소녀의 몸에 닿지 않으려고 각별히 신경을 쓰면서.

하나 소녀가 정신을 잃은 상태로 늘어져 있었기 때문에 그녀의 상체를 일으켜 앉히고 또 쓰러지지 않도록 끌어안는 듯한 어정쩡한 자세로 상의를 입혀야 했는데 앞섶을 여며주다가 그만 고연의 손가락과 손등이 탱글거리는 젖가슴을, 어쩌면 유두였을지도 모르는 부위를 그만 살짝 스치고 말았다.

게다가 바지를 입히려고 그녀의 엉덩이를 들어 올리다가 본의 아니게 두 손바닥 가득 엉덩이를 움켜잡는 꼴이 돼버리자 그는 지레 화닥닥 놀라서 엉덩방아를 찧고 말았다.

소녀의 옷을 모두 입힌 고연은 요동성에서 당군과의 최후의 전투 때보다 백 배는 더 힘겨운 표정을 지었고 온몸은 땀으로 흥건하게 젖어들었다.

그런데 문득 고연은 소녀의 옷이 놓여 있던 돌 위에 하나의 희고 조그만 천 조각이 놓여 있는 것을 발견하고는 의아한 표정으로 집어 들었다.

그것은 삼각형의 손바닥만한 크기였는데 양쪽에 가늘고 긴 끈이 연결되어 있었다.

기실 그것은 소녀의 은밀한 부위를 가리는 속곳이었는데 그런 것을 한 번도 본 적이 없는 고연으로선 용도를 모르는 게 당연했다.

그 즈음 고연은 땀을 뻘뻘 흘리고 있다가 부지중 그 천 조각으로 얼굴의 땀을 닦으면서 어쩌면 그것이 손수건일지도 모른다고 나름대로 기특한 추측을 해보기도 했다.

소녀가 입고 있는 옷은 고구려나 말갈, 한족의 것이 아니었다.

고연은 문득 남경성 거리에서 본 적이 있는 한 무리의 이방인들을 떠올렸다. 그들은 소녀와 흡사한 용모에 비슷한 복장을 하고 있었다.

그의 기억이 틀림없다면 소녀는 서돌궐(西突厥:중앙 아시아계 투르크족) 사람일 것이다.

고연은 손에 천 조각을 쥐고 소녀를 굽어보다가 혹시 죽은 것이 아닌가 싶어서 그녀의 가슴에 귀를 대고 심장 소리를 들어보았다.

심장 뛰는 소리가 매우 작게 들렸기 때문에 그는 그녀가 위험한 상태라고 직감했다. 마음이 급해졌고 초조해졌다.

잠시 망설이던 고연은 이내 결심을 하고 숨을 크게 들이쉰 다음 고개를 숙여 자신의 입술로 소녀의 입술을 덮었다.

"후우! 후우!"

고연은 얼굴이 붉어지도록 소녀의 입 안으로 힘껏 공기를 불어넣어 주었다.

이어서 입을 떼고 두 손을 깍지 껴서 소녀의 가슴 한복판에 손바닥을 밀착시키고 약간 힘을 주어 여러 차례 눌렀다 떼었다를 반복했다. 그 바람에 소녀의 터질 듯한 젖가슴이 그의 손아래에서 한껏 찌그러졌다. 하나 고연은 그런 것까지 신경 쓸 겨를이 없었다. 그의 머리 속에는 오직 소녀를 살려야 한다는 일념밖에 없었다.

고연이 하고 있는 행동은 물에 빠져서 위험한 상태의 사람을 살려내는 소생술인데 태학에서 배운 적이 있었다.

고연은 땀을 뻘뻘 흘리면서 소녀의 입에 입을 맞추어 공기를 불어넣고는 다시 가슴을 압박하는 행동을 계속 반복했다.

얼마나 시간이 흘렀을까? 고연은 그 행위에 열중해 있느라 소녀가 이미 정신을 차려서 눈을 뜨고 있다는 사실을 미처 깨닫지 못했다.

소녀는 현재 자신이 처해 있는 상황이 금방 이해되지 않는다는 듯 눈을 뜨고 말끄러미 허공을 바라보고 있었다.

하지만 누군가의 입술이 자신의 입술을 덮쳤다가 세게 훅훅 하고 입바람을 불어넣고는, 그 직후에 큼지막한 손바닥이 자신의 젖가슴을 짓누르며 꾹꾹 압박하고 또 입술을 덮치기를 반복하고 있다는 사실을 그녀가 깨닫는 데에는 그리 오랜 시간이 걸리지 않았다.

그리고 고연도 막 입술로 소녀의 입술을 덮으려다가 그녀가 눈을 한껏 크게 뜨고 경악하는 표정을 짓고 있는 걸 발견하곤 뚝 동작을 멈추고 말았다. 고연은 얼굴이 시뻘겋게 붉어졌고 비 오듯 땀을 흘렸는데 숨을 몰아쉬면서 급히 소녀에게 물었다.

"헉헉헉! 괜찮소?"

소녀의 신비스러운 언녹색의 눈동자가 또르르 굴러 고연의 얼굴로 향했다.

고연은 손에 쥐고 있던 손수건(?)으로 이마의 땀을 닦으며 안도의 표정을 지으며 애써 부드럽게 말했다.

"낭자는 위험한 상태였소. 그래서 어쩔 수 없이 소생술을 행한 것이니 오해는 하지 마시오."

소녀의 시선이 고연의 손에 쥐어져 땀을 닦는 용도로 쓰이고 있는 천 조각에 고정되는 순간 그녀의 두 눈이 더 이상 커질 수 없을 만큼 흡떠졌다.

"꺄아악!"

순간 소녀는 두 손으로 자신의 뺨을 감싸 쥔 채 비단 폭을 찢는 듯한 날카로운 비명을 터뜨렸다.

고연은 당황해서 어쩔 줄 몰랐다.

“무서워하지 마시오. 나는 낭자를 해칠 사람이 아니오.”

“아아악!”

하나 소녀는 더욱 날카롭게 비명을 질러댔다.

고연은 난감하기 짝이 없었다. 대체 이 사태를 어떻게 해결해야 할지 막막하기만 했다.

“이놈아! 무슨 짓을 하는 게냐?”

그때 고연의 뒤쪽에서 쩌렁하고 고막을 울리는 호된 외침이 터져 나왔다.

고연은 본능적으로 퉁기듯이 일어서며 뒤돌아보다가 흠칫 놀랐다.

휘잉!

쉬익!

두 명의 건장한 서돌궐 사내가 막 몸을 돌리고 있는 고연을 향해 각각 커다란 도끼와 철퇴를 무시무시하게 휘둘러 온 때문이었다. 아니, 도끼와 철퇴는 이미 고연의 몸 두 자 거리까지 쇄도하고 있는 중이었다.

고연은 상대가 누구이며 무엇 때문에 다짜고짜 자신을 공격하는 것인지 생각할 겨를이 없었다. 그중 하나에라도 격중된다면 즉사를 면치 못할 것이라고 판단한 때문이었다.

두 사내는 고구려군이나 당나라군과는 달랐다. 고도로 수련된 무사가 분명했다.

순간 고연은 천풍권 기관장치 안에서 자신을 향해 무섭게 쏘아오던 바윗덩이를 떠올렸다.

그 순간의 고연은 한 가지만 생각하기로 했다.

'먼저 마음이 가고 뒤를 이어 몸이 간다.'

고연이 허리를 굽히며 상체를 좌우로 빠르게 흔들자 도끼와 철퇴가 아슬아슬하게 그의 뒷머리와 등을 스쳐 지나갔는데 날카로운 파공음이 쉭쉭거리며 귓전을 울렸다.

고연은 고개를 들고 퉁기듯이 허리를 펴면서 쏘아낸 화살처럼 앞으로 쏘아 나갔다. 석 자 거리에서 두 명의 사내가 도끼와 철퇴를 방금 막 휘두른 자세를 취하고 있었다.

두 사내는 자신들의 급습을 고연이 너무도 간단하게 피하고 오히려 즉각 반격해 오자 크게 놀랐다. 그리고 그것이 그들이 이승에서 지어본 마지막 표정이 되었다.

쩍! 쩍!

고연의 왼 주먹과 오른 주먹이 거의 동시에 두 사내의 얼굴 한복판에 꽂히듯 격중되었다. 고연의 팔을 통해서 뭔가 단단한 것이 박살나는 느낌이 분명하게 전해져 왔다.

두 사내는 얼굴이 짓뭉개져서 피투성이가 되어 뒤로 일 장이나 붕 날아갔나가 쓰러졌는데 두 번 다시 일어나지 못했다. 그대로 절명한 것이었다.

고연은 죽은 두 명의 사내를 보며 적잖이 놀랐다. 자신의 주먹이 이 정도의 위력일 줄은 전혀 예상하지 못한 때문이었다.

고연은 비록 두 사내가 급습을 했고 그들의 공격에서 살의가 물씬 풍겼지만 죽일 생각까진 없었다. 다만 그가 자신의 주먹의 위력을 제대로 파악하지 못한 데다가 아직 주먹의 강도를 제대로 조절하지 못한 게 죄라면 죄였다.

고연의 오른 주먹에는 그가 손수건일 거라고 생각하는 소녀의 천 조각이 여전히 쥐어져 있었다.

고연은 소녀를 쳐다보았다. 소녀는 일어서 있었는데 크게 놀란 얼굴로 고연을 바라보고 있었다.

그는 소녀에게 다가가면서 씁쓸하게 해명했다.

"죽일 생각은 없었소."

고연은 어쩌면 소녀가 고구려 말을 모를 수도 있다고 생각했다.

"얼마나 봤지?"

그런데 소녀는 유창하게 고구려 말을 구사하며 대뜸 반말을 내뱉었다. 그녀의 음성에는 싸늘한 한기가 물씬 배어 있었다.

고연은 의아한 표정을 지었다.

"뭘 말이오?"

"내 몸."

"……."

고연은 일순간 대답할 말을 찾지 못했다. 이럴 땐 대체 뭐라고 대답해야 하는 것인가?

"내 몸을 다 봤지?"

"그… 렇소."

봤으니까 봤다고 대답할 수밖에.

소녀의 표정이 얼음 가루가 펄펄 날리는 것처럼 싸늘해졌다.

"게다가 내게 입을 맞추고 가슴을 멋대로 주물렀어!"

"낭자를 살리려면 어쩔 수 없었소."

"난 허락하지 않았어!"

소녀는 입술을 잘근잘근 깨물며 두 눈에 독기를 품었다.

죽어가는 사람에게 무슨 허락을 받는다는 말인가? 그럼 죽게 내버려 뒀어야 옳았다는 말인가? 고연은 어이가 없었다.

획!

고연은 그대로 몸을 돌려 폭포 위쪽으로 걸어갔다. 억지만 쓰는 소녀와 입씨름하는 게 시간 낭비라고 생각한 것이다.

삐이익!

그때 고연의 뒤에서 날카로운 음향이 터져 나왔다.

고연이 가볍게 놀라서 뒤돌아보자 소녀가 뭔가를 입에 물고 힘껏 불어대고 있었다.

삐이익!

그것은 손가락만한 크기의 호각이었는데 소녀는 양 볼이 터지도록 호각을 불어댔다. 아마도 누군가에게 신호를 보내는 것 같았다.

소녀는 입에서 호각을 떼고 고연을 차갑게 쏘아보며 말하는데 두 눈에 눈물이 그렁그렁 고여 있었다. 분함을 견디지 못하는 기색이 역력했다.

"널 죽이고야 말겠어!"

고연은 어이가 없었다.

"내가 뭘 잘못했소?"

"내 몸을 보고 만졌잖아!"

"그건……."

고연은 해명하려다가 어이가 없어서 그만두었다. 앞뒤가 꽉 막힌 그녀에겐 무슨 말을 해도 소용없다는 생각이 들었다.

"마음대로 하시오."

고연은 그 말을 남기고 폭포 위쪽의 냇물을 따라 상류로 걸어갔다. 집과는 반대 방향이었다. 낯선 사람에게 집이 있는 방향을 알리는 게 싫어서 빙 돌아서 가려는 생각에서였다.

방금 전에 소녀가 호각을 분 것은 도와줄 사람을 부른 것 같았지만 고연은 조금도 두렵지 않았다. 자신의 실력을 믿기 때문이었다.

대신 의구심이 뭉게구름처럼 피어났다. 그는 이곳에서 아홉 달 동안 생활했지만 사람은 지금 처음 봤다. 그것도 고구려인이나 한인이 아닌 서돌궐 사람이라니? 게다가 호각을 불어 사람을 부른다는 것은 더 많은 서돌궐 사람이 있다는 뜻이 아닌가?

'서돌궐 사람들이 이런 깊은 산중에서 무얼 하는 것일까?

고연은 생각하는 중에 어느덧 숲 속으로 들어서고 있었다. 폭포 위쪽의 냇물은 더욱 가늘어져서 실개천을 이루었는데 폭이 일 장 정도에 불과했고 주위에는 숲이 우거져 있었다.

고연이 이쯤에서 냇물을 건너뛰어 멀리 돌아서 집으로 가야겠다고 생각하고 있을 때 느닷없이 전면의 나무 뒤에서 세 명의 사내가 불쑥 나타났다.

세 명의 사내는 모두 고구려군의 복장을 했는데 생김새도 고구려인의 모습이었기에 고연은 그들을 발견하는 순간 적잖이 놀라면서 또한 의아한 생각이 들었다.

그들 세 명 중에 두 명은 도를 쥐고 있었고 한 명은 고구려군이 사용하는 칼날 겸용의 창을 쥐고 있었다.

'고구려군이라니……'

고연은 그들을 보면서 복잡한 감회에 사로잡혔다.

아홉 달 만에 처음 보는 고구려인이 그것도 고구려군이었다. 그런데 그들이 소녀가 호각을 분 직후에 불쑥 나타나서 무기를 쥐고 자신을 가로막고 있는 것이다.

그때 고연의 좌우와 뒤쪽에서 또다시 여섯 명의 사내가 불쑥불쑥 나타났는데 그들은 모두 서돌궐인이었고 도끼와 서돌궐 특유의 반달처럼 구부러지고 폭이 넓적한 만도(蠻刀)를 움켜쥐고 있었다.

고연은 포위된 상태에서 더욱 복잡한 심정이 되었다. 고구려군이 서돌궐인과 함께 행동하는 것을 어떻게 해석해야 하는가?

고연은 고구려군 중에서 한 청년을 살펴보았다.

어깨에 '백(百)'이라는 글자가 수놓아져 있는 것으로 미루어 고구려군 백인장(百人長)의 복장이었다. 백인장이라면 백 명의 고구려군 보졸을 거느리는 지위이다. 어딘가에서 백인장의 옷을 주워 입었는가, 아니면 정말 백인장이었는가?

그는 이십오 세가량의 청년이었는데 각 진 턱에 날카로운 눈빛을 지녔고 두툼한 입술이 굳게 닫혀 있었다. 고연은 그의 용모에서 용맹하면서도 우직한 성격을 읽어낼 수 있었다.

고연은 백인장 복장의 청년을 주시하며 나직이 입을 열었다.

"싸우고 싶지 않소."

백인장 복장의 청년의 눈이 가벼이 흔들렸다가 곧 평상을 되찾았다. 고연이 고구려 말을 했기 때문일 것이다.

고연은 사슴 가죽으로 만든 무릎 위까지 오는 짧은 바지에 역시 사슴 가죽의 헐렁한 상의를 입고 있었기에 영락없는 산사람으로 보였는데 고구려 말을 하자 백인장 복장의 청년은 뜻밖이라고 생각하는 것 같았다.

"소가한(小可汗)을 괴롭혔느냐?"

백인장 복장의 청년은 굳은 얼굴과 딱딱한 어조로 내뱉었다.

고연은 가볍게 놀랐다.

'소가한이라니? 저 소녀가?'

고연은 포위망 밖의 어느 크지 않은 바위에 여태까지와는 다르게 당당히 우뚝 서 있는 연녹색 눈의 소녀를 발견하곤 그녀가 소가한일 거라고 짐작했다.

고연은 고개를 가로저었다.

"아니오."

그러나 대화는 더 이상 이어지지 않았다. 소녀 소가한이 고연을 가리키면서 서슬 퍼렇게 외친 때문이었다.

"뭣들 하는 거냐? 당장 저놈을 죽여라!"

고연은 쓸쓸하게 중얼거렸다.

"옛말에 섣불리 사람을 구하지 말라고 했거늘……."

그의 말에 백인장 복장의 청년의 얼굴빛이 가볍게 변했다. 그는 고연의 한마디에 일이 대충 어떻게 된 것인지 짐작하는 듯했다.

먼저 공격한 것은 서돌궐인들이었다.

그들 여섯 명은 고연의 좌우와 뒤에서 일제히 도끼와 만도를 휘두르며 덮쳐 왔는데 그 합공은 전혀 무질서하지 않았고 오히려 잘 수련되어 있는 동작들이었다.

여섯 명의 서돌궐인의 합공은 고연이 피할 수 있는 모든 방위를 차단했다. 피할 수 있는 곳은 전면에 서 있는 세 명의 고구려군이 있는 방위뿐이었다. 서돌궐인들은 고연을 일부러 그들 쪽으로 모는 것 같았다.

그러나 고연은 굳이 고구려군 쪽으로 피할 생각이 없었다. 그는 빙글 몸을 돌려 뒤를 향하는 것과 동시에 상체를 숙이고 오히려 뒤에서 공격해 오는 두 명의 서돌궐인을 향해 마주쳐 갔다.

모두들 무기를 지니고 있었지만 고연 혼자 적수공권(赤手空拳), 맨손이었다.

그는 평소에 부친의 유물인 삼족오검을 지니고 다니지 않았다. 너무 소중한 물건이었으므로 은밀한 장소에 깊숙이 감춰두었다. 게다가 그는 아직 장백천금의 검법을 익히지 않았으므로 검을 지니고 다녀도 별로 소용이 없었다.

빡! 뿌악!

고연은 뒤쪽의 두 서돌궐인이 휘두르는 만도를 슬쩍슬쩍 가볍게 피하고는 오른 주먹으로 그들의 얼굴과 가슴 한복판을 찍듯이 연달아 가격했다.

그것으로 그들은 안면의 뼈가 안으로 깊숙이 함몰하고 갈비뼈가 모조리 박살나서 즉사했다.

가격당한 두 명의 서돌궐인이 뒤로 일 장 반가량 퉁겨져 날아갈 때 좌우에서 덮쳐 온 도끼와 만도는 이미 고연의 몸 한 자 거리까지 도달해 있었다.

휙!

순간 고연의 몸이 허공으로 불쑥 솟구쳐 오르자 네 자루 무기는 거의 동시에 그의 발 아래 허공을 후려쳤다.

좌우에서 덮쳐 왔던 네 명의 서돌궐인은 흠칫 놀라면서 허공에 떠 있는 고연을 쳐다보았다.

고연은 서돌궐인들의 얼굴 높이까지 떠오른 상태였는데 그의 왼발 끝이 서돌궐인 한 명의 턱을 향해 번개같이 튀어나갔다.

퍽!

턱을 격중당한 서돌궐인의 상체가 뒤로 확 젖혀지며 날아갔다.

그 직후 고연은 여전히 허공에 떠 있는 상태에서 오른발이 수평으로 반원을 그리며 허공을 갈랐다.

뻑!

고연의 발뒤꿈치가 또 한 명의 서돌궐인 관자놀이를 무지막지하게 강타했다.

나머지 두 명의 서돌궐인이 놀라고 있을 때 고연은 두 팔로 무릎을 감싸 안고 몸을 공처럼 구부려서 빙글 회전하며 그들 두 명의 뒤에 그들의 등을 보면서 가볍게 내려섰다.

휙! 쉭!

두 명의 서돌궐인은 고연을 향해 재빨리 몸을 돌리는 것과 동시에 거

세게 도끼와 만도를 휘두르며 공격을 퍼부어왔다.

빽! 빽!

경쾌한 격타음이 터졌다. 그들의 도끼와 만도가 막 휘둘러지기 시작했을 때 고연의 두 주먹이 그들의 안면 한복판에 깊숙이 꽂혔다. 역시 안면 뼈가 안쪽으로 깊숙이 함몰하며 그들의 뇌를 짓이겼다.

설명은 길었지만 고연의 모든 동작은 두세 차례 호흡할 짧은 시간에 벌어졌고 이내 끝나 버렸다.

마지막으로 고연의 주먹에 맞은 서돌궐인 두 명은 뒤로 붕 날아가서 풀 위에 떨어졌다가 일 장 정도 더 밀려가서 비로소 멈췄는데 그들은 더 이상 숨을 쉬고 있지 않았다. 역시 즉사였다.

고연을 죽이려고 덤볐다가 격중당한 여섯 명의 서돌궐인은 모두 그 자리에서 즉사했다.

세 명의 고구려군 복장의 사내들은 크게 놀라며 고연을 쳐다보았다.

고연은 아무 일도 없었다는 듯 늠연하게 우뚝 서서 소녀 소가한을 쳐다보았다.

"이제 그만 합시다."

소가한은 입술을 깨물며 싸늘하게 말했다.

"그럼 무릎을 꿇고 용서를 빌어라!"

"나는 잘못한 게 없소."

고연은 어이없는 표정을 지었다.

"네놈이 감히……!"

소가한은 작은 주먹을 움켜쥐고 분노로 몸을 바르르 떨어댔다.

"뭐 하느냐? 당장 저놈을 죽여라!"

소가한은 세 명의 고구려군에게 표독하게 외쳤다.

그러자 고연이 고구려군들에게 조용히 말했다.

"나도 고구려인이오. 나라를 잃은 것도 서럽거늘 같은 고구려인끼리 싸워서야 되겠소?"

백인장 복장을 한 청년의 눈꼬리가 파르르 가늘게 떨렸다. 고연의 말에 적잖이 충격을 받은 듯했다.

기실 백인장은 아무나 할 수 있는 지위가 아니다. 전장에서는 백인장의 말 한마디에 백 명의 수하 목숨이 좌지우지된다. 그러므로 전장에서 잔뼈가 굵은 백전노장이거나 무술, 혹은 지혜가 뛰어난 인물이 십인장과 오십인장을 거쳐서 비로소 백인장이 되는 것이다.

만약 백인장 복장의 청년이 정말 고구려군의 백인장이었다면 싸우려 들지 않을 것이라고 고연은 생각했다.

"싸우지 않겠습니다. 나중에 소가한께 벌을 받겠습니다."

백인장 복장의 청년은 소가한에게 허리를 굽히며 공손히 말했다. 언행으로 미루어 그는 소가한을 몹시 공경하는 것 같았다.

"건방진 놈, 내 명을 거역하다니!"

소가한은 너무 화가 나서 주먹을 움켜쥐고 파들파들 떨었다.

철썩! 철썩!

급기야 소가한은 백인장 복장의 청년 앞에 다가가 그의 뺨을 사정없이 후려갈기며 날카롭게 외쳤다.

"죽기 싫으면 당장 저놈을 죽이란 말이다! 어서 죽여!!"

철썩! 철썩!

소가한이 이성을 잃은 듯 마구 뺨을 때리는데도 백인장 복장의 청년은 피하지 않고 고스란히 맞기만 했다.

고연은 그 광경을 보며 소가한이 뛰어나게 아름다운 용모와는 달리 몹시 오만하고 독선적인 성격의 소유자라는 것을 알게 되었다.

하나 소가한은 백인장 복장의 청년을 더 이상 때리지 못했다.

고연이 그녀의 뒤에서 팔목을 움켜잡은 때문이었다.

"너… 너!"

소가한은 너무 화가 나서 말을 잇지 못하고 고연을 노려보았다.

"그만 두시오! 너무 심한 것 아니오?"

고연은 소가한을 가볍게 꾸짖었다.

고연은 어떤 연유에서 고구려군들이 소가한에게 꼼짝 못하는지는 알 수 없었지만 서돌궐의 소녀가 고구려군을 때리는 광경을 더 이상 지켜보고만 있을 수는 없었다.

"아, 아파!"

고연이 소가한의 손목을 세게 잡았는지 그녀는 신음을 흘렸다.

짝!

그러나 고연이 그녀의 손을 놓아주자마자 그녀는 고연의 뺨을 세차게 후려쳤다. 고연의 눈썹이 확 꺾였다.

짝!

"악!"

뒤이어 고연의 손바닥이 소가한의 뺨에 작렬했다.

소가한의 얼굴이 홱 돌아가면서 몸이 허공으로 붕 떠올랐다가 풀 위에 내동댕이쳐졌다.

백인장 복장의 청년이 크게 놀라서 다급히 소가한을 부축했다.

"소가한!"

철썩!

"놔라! 그 더러운 손으로 어딜 잡느냐?"

소가한은 또다시 앙칼지게 외치며 백인장 복장의 청년의 뺨을 갈긴 후 입에서 피를 흘리며 독기 어린 눈빛으로 고연을 쏘아보았다.

"네놈을 정녕코 죽이고야 말겠다!"

바로 그때 소가한이 고연의 뒤쪽을 보면서 얼굴이 환해졌다. 그러나 세 명의 고구려군은 소가한과 같은 방향을 보면서 크게 놀라는 표정을 지었다.

고연은 흠칫 놀라면서 급히 고개를 돌려 뒤돌아보다가 안색이 급변했다.

그의 뒤에는 불과 반 장 거리에 언제 나타났는지 한 명의 사십 대 초반의 중년인이 뒷짐을 진 채 바람처럼 표표히 서 있는 것이 아닌가?

중년인은 서돌궐인이 아니었다. 세 가닥의 짧은 수염을 길렀고 턱이 약간 각졌으며 가느다란 눈에 얄팍한 입술을 지녔다. 냉혹하면서도 깊은 심계(心計)를 지녔을 것 같은 용모였다.

그리고 중간 정도의 키로 고연보다 한 뼘쯤 작아 보였고 약간 마른 듯한 체구에 헐렁한 청의 장삼을 입었으며 오른쪽 어깨에는 손잡이에 두 가닥 수실이 달린 검을 메고 있었다. 그런데 그가 입은 청의 장삼은 한족들이 입는 옷차림이었다.

"숙부, 그놈을 죽여요!"

소가한이 중년인에게 앙칼지게 외쳤다.

중년인은 느긋하게 뒷짐을 진 자세로 고연에게 조용히 말했는데 고구려 말이었다.

"아이야, 너는 내 조카에게 무슨 잘못을 했느냐?"

고연은 대답 대신 중년인에게 곧장 걸어가며 조용히 중얼거렸다.

"비키시오."

고연은 자신의 실력을 믿었다. 이미 서돌궐인 여덟 명을 즉사시킨 솜씨가 아닌가? 여차하면 중년인도 일권에 즉사시키겠다고 마음먹었다.

고연이 두 걸음 앞까지 다가왔지만 중년인은 뒷짐 진 자세를 풀지 않았고 표정은 여유로웠다.

고연은 중년인의 지나친 여유로움에 순간적으로 뭔가 심상치 않음을 감지했다.

횡!

두 사람이 거의 부딪칠 지경에 이르자 고연은 중년인의 가슴을 노리고 번개같이 일권을 내뻗었다.

상대의 숨결조차도 느낄 수 있는 짧은 거리였다. 고연은 당연히 주먹에 묵직한 느낌이 전해질 것이라고 기대했다. 그러나 그의 주먹은 허공을 때리고 말았다.

중년인은 여전히 뒷짐 진 자세였는데 어느새 옆으로 반 걸음쯤 옮겨 가서 여유있는 미소를 짓고 있었다.

휘잉!

고연은 잠시 어이없는 표정을 지었다가 재차 중년인의 얼굴을 향해 벼락같이 주먹을 날렸다. 그의 주먹이 바람을 가르는 소리가 허공을 울렸다. 주먹이 제대로 적중된다면 중년인은 더 이상 여유로운 미소를 짓지 못할 것이다.

고연을 향해 무섭게 쏘아오던 바윗덩이를 정확하게 격중시켜서 박살 냈던 주먹이다. 첫 번째는 실수했지만 두 번째는 명중이라고 고연은 내심 확신했다.

하나 중년인은 그 자리에서 움직이지 않고 상체를 비틀며 슬쩍 뒤로 젖혀서 고연의 주먹을 턱 아래로 아슬아슬하게 스쳐 가게 했다.

두 번째 공격도 실패했다.

고연의 짙은 눈썹이 꿈틀 꺾였다. 가슴속에서 승부욕이 꿈틀거렸다.

고연은 세 번째 주먹을 날렸다. 중년인은 뒤로 한 걸음 물러나면서 상체를 옆으로 비스듬히 기울여 그것마저 가볍게 피해 버렸다.

휘잉! 획! 획!

그러나 고연은 멈추지 않고 중년인에게 그림자처럼 바짝 다가들며 연달아 좌우 주먹을 날렸다.

십 년 내공을 모두 끌어올리고 자신이 알고 있는 천풍권의 모든 초식을 한꺼번에 펼치면서 소나기 같은 공격을 퍼부었다. 하나 중년인은 왼쪽으로, 오른쪽으로, 뒤로 흐르는 구름처럼 움직이면서 모두 어렵지 않게 피해 버렸다.

'이럴 수가……!'

고연은 일순간 온몸의 힘이 풀렸다. 자신이 전력으로 발휘하는 천풍권을 이처럼 아무렇지도 않게 갖고 놀 듯이 피할 수 있다니? 비록 천풍권을 완벽하게 터득하진 못했더라도 이 정도는 아니라고 고연은 생각했다.

고연은 호승심이 부쩍 일었다. 그는 중년인에게 더욱 바짝 다가들며 왼 주먹을 날렸다. 아니, 날리는 시늉만 했다. 허초로 미끼를 던지는 것이었다.

분명히 중년인이 반응을 보일 것이라고 예측했다. 역시 중년인의 상체가 오른쪽으로 미끄러지듯 이동했다.

팟!

순간 고연의 오른 주먹이 중년인의 얼굴을 향해 화살처럼 빠르게 쏘아졌다. 중년인의 가느다란 눈이 약간 커지며 이채를 발했다.

'됐다!'

고연은 내심 쾌재를 불렀다.

하나 고연의 주먹이 중년인의 얼굴에 닿으려는 찰나 중년인은 우뚝 선 채로 주르르 뒤로 미끄러지듯 물러나며 간발의 차이로 피해 버렸다.

고연은 흠칫 놀랐으나 숨 쉴 틈을 주지 않고 중년인에게 덮쳐 갔다. 그 짧은 순간에 여러 가지 생각이 떠올랐다가 사라졌다. 그리고 그는 한 가지 방법을 생각해 냈다.

상대를 맞추려 하지 말고 천풍권의 보법을 밟으면서 상대가 피할 수 있는 모든 방위를 차단하며 공격하는 것이다.

획! 획! 획! 획!

고연의 주먹이 육안으로 식별하기 어려울 정도로 빠르게 와르르 쏟아져 나갔다.

일순 중년인의 눈에 가볍게 놀라는 빛이 떠올랐다.

백인장 복장의 청년은 손에 땀을 쥐고 두 사람의 싸움을 지켜보고 있었다. 아니, 그것은 싸움이라기보다 고연의 일방적인 공격을 중년인이 가볍게 피하기만 하는 광경이었다.

백인장 복장의 청년은 중년인의 무공이 얼마나 고강한지 너무나 잘 알고 있었다.

그는 고연이 서돌궐인들을 간단하게 때려눕히는 것을 봤지만 중년인의 상대는 못 된다고 여겼다. 그래서 싸움이 시작되자마자 고연이 피를 뿌리며 죽을 거라고 예측했다. 한데 어찌 된 일인지 중년인은 고연을 쉽게 죽이지 않았다.

사사사사!

중년인의 두 발이 보이지 않을 정도로 빠르게 교차되면서 몸이 전후좌우로 경쾌하게 움직이며 고연의 주먹을 좌우 어깨 위로 흘려보내고 있었다.

원래 천풍권과 그에 따른 천풍보법은 타의 추종을 불허하며 그 방면의 최고봉이었다.

다만 현재 고연이 터득한 수준이 천풍권의 기초로써 고작 일성(一成) 정도였기 때문에 그 위력도 십분의 일밖에 발휘하지 못하고 있을 뿐이었다.

나중에 알게 될 일이지만 고연이 중년인과 평수를 이루려면 천풍권의 기초를 완벽하게 터득하고 본론의 사성(四成), 이기려면 오성(五成)의 경지까지 터득해야 하는데, 또한 그것은 중년인이 지금처럼 검을 사용하지 않는다는 조건 하에 가능한 일이었다.

고연의 두 발이 천풍보법을 밟으면서 그림자처럼 중년인을 따라잡았다. 순간 중년인은 고연의 보법을 밟는 발을 보며 가볍게 흠칫했다.

'설마?'

찰나 고연의 눈이 번쩍 빛을 발했다.

'허점!'

휘잉!

그 순간 고연의 오른 주먹이 옆쪽에서 중년인의 턱을 향해 무섭게 허공을 갈랐다. 거기에 격중된다면 이후 중년인은 결코 입으로 음식을 씹지 못하게 될 것이다.

딱!

경쾌한 음향이 터졌다. 그리고 믿어지지 않는 광경이 벌어졌다.

고연의 주먹이 중년인의 턱에서 한 뼘가량 떨어진 거리에 멈춰져 있었는데 주먹의 검지와 중지 사이의 가장 단단한 부위를 중년인의 검지 끝이 바늘처럼 찌르고 있었다.

암벽치기로 단련되어 비수로 베어도 흠집조차 나지 않는 고연의 주먹을 중년인은 단지 손가락 하나로 막아낸 것이다.

그뿐이 아니었다. 그 순간 고연은 주먹이 으스러지는 듯한 극심한 통증을 느껴야만 했다.

아니, 순식간에 오른팔 전체가 마비되고 말았다. 중년인의 검지가 고연의 일선문혈(一扇門血)을 찌른 것이었다.

쩍!

그 순간 고연의 왼 주먹이 번갯불처럼 빠르게 중년인의 오른쪽 겨드랑이 아래를 강타했다. 그의 주먹이 중년인의 몸에 닿는 순간 십 년의 내공이 폭발하듯이 뿜어졌다.

중년인의 눈이 커졌다. 그의 동공이 놀라움으로 흔들렸다.

그것은 중년인으로선 전혀 예상치 못한 일격이었다. 중년인은 오른손 검지로 고연의 주먹을 찌르느라 오른쪽 겨드랑이가 들려 있었고 고연은 그걸 놓치지 않았다.

중년인은 약간 기우뚱하며 왼쪽으로 한 걸음 밀려갔다. 그는 겨드랑이에서 시작된 찌르는 듯한 통증이 삽시간에 격렬한 통증으로 변하면서 상체 전체로 확산되는 것을 느꼈다.

그러나 중년인은 아픔보다 더 큰 놀라움을 맛보았다.

'그 상황에서 오히려 반격이라니……. 게다가 내공까지 발출했다.'

고연의 반격은 무림의 고수들이나 취할 수 있는 반응이었다. 오른팔이 마비되어 제압된 상황이 아니었던가? 중년인은 자신이 고연을 과소평가 했다고 여겼다.

백인장 복장의 청년과 두 고구려인은 그 광경을 보며 크게 놀라는 표정을 지었다.

그들은 지금 겨드랑이 아래를 맞아 비틀거리고 있는 중년인과 소가한의 부친이 천하에서 가장 강한 인물이라고 알고 있었다. 그런 그에게 고연이 일격을 가했으니 경악하고도 남을 일이었다.

소가한은 눈을 동그랗게 뜨고 고연을 바라보았다. 그녀는 눈을 깜빡이며 한동안 고연에게서 시선을 떼지 못했다.

사실 중년인은 처음부터 고연과 싸울 생각은 눈꼽만큼도 없었다.

당장 쳐 죽이라고 펄펄 뛰는 사랑스러운 조카에게 밉보인 어린 놈. 하지만 서돌궐의 용사 여섯을 단숨에 때려 죽인 제법 쓸 만해 보이는 어린 놈의 솜씨를 잠시 구경해 볼 요량으로 슬쩍슬쩍 상대한 것뿐이었다.

하나 고연의 일격은 강했다.

무림고수인 중년인조차도 그 일격을 맞고 잠시나마 숨을 쉬지 못할 정도로 충격을 받았다.

중년인은 아주 씁쓸한 기분을 맛보고 있었다. 그가 고연을 죽이는 것은 여반장(如反掌)처럼 쉬운 일이었다. 그러나 그는 처음부터 고연을 죽일 마음이 없었다.

"계속 덤빌 테냐?"

중년인은 가슴 전체가 욱신거리는 걸 느끼면서 고연을 보며 조용히 입을 열었다.

"당신이 날 막는다면."

고연은 상처 입은 어린 맹호처럼 나직이 으르렁거렸다. 그의 눈에서 잔잔하지만 번갯불 같은 안광이 일렁였다.

'좋은 눈빛이로군.'

중년인은 고연의 눈빛이 마음에 들었다.

"내가 널 죽이려고 마음먹었다면 이미 시체가 됐을 게다."

"인정하오."

고연은 동의했다. 중년인은 계속 피하기만 했고 마지막 순간에 손가락 하나로 고연을 제입했다.

만약 그가 검을 뽑았다면 고연은 그의 말대로 이미 시체가 되었을 것이 분명했다.

인정은 했지만 고연의 자존심이 스멀거렸다.

"그러나 여태 내가 무공을 수련한 기간만큼만 더 수련한 후에 당신과 다시 맞붙게 된다면 방금 전에 한 당신의 말이 꼭 맞는다고만은 할 수 없을 것이오."

지기 싫어하는 고연의 승부욕이 꿈틀거렸다.

중년인은 어처구니없는 얼굴로 물었다.

"도전하겠다는 게냐?"

"받아준다면."

"네가 여태 무공을 수련한 기간만큼 더 수련한 후라고? 얼마나 기다려 주면 되겠느냐? 삼 년? 오 년?"

"여섯 달."

중년인은 자신의 귀를 의심했다. 순간적으로 고연이 자신을 농락하고 있다는 생각마저 들었다.

"여섯… 달이라고 했느냐?"

"그렇소. 주먹을 단련시키느라 암벽을 쳤던 기간까지 합친다면 아홉 달이오."

'이런.'

중년인은 자신이 겪은 고연의 실력으로 미루어 그가 짧으면 사오 년, 길면 십여 년 정도는 무술을 수련했을 것이며 그것도 뼈를 깎는 혹독한 수련이었을 것이라고 판단했다. 그런데 고작 여섯 달이라니……. 그는 잠시 어이가 없었다.

하나 그는 고연이 거짓말을 한다고는 생각하지 않았다. 그는 경험이 풍부한 사람이었다. 고연 같은 눈빛과 성품을 지닌 사람은 거짓말 따윌 하지 않는다는 걸 경험을 통해서 잘 알고 있었다.

중년인은 고연을 묵묵히 응시했다. 고연은 눈도 깜빡이지 않고 마주 쳐다보았다.

이윽고 중년인은 가볍게 고개를 끄덕였다.

"좋다. 아홉 달 후에 널 찾아가마."

"여섯 달이 아니오?"

"암벽 치기도 무공 수련의 일부다. 그러니 아홉 달로 쳐주마."

중년인은 소가한을 쳐다보며 눈으로 그녀의 의중을 물었다.

"내기를 한다면 기다려 주겠어요."

중년인은 눈에 넣어도 아프지 않을 만큼 귀여운 조카의 성격을 너무나 잘 알고 있었다. 그녀가 고연을 죽이는 것보다 더 통쾌한 것을 내기에 걸 것이라고 예상했다.

"좋소."

고연은 선선히 수락했다.

소가한이 고연을 보면서 생글생글 웃으며 말했다.

"네가 숙부에게 패하면 평생 내 종이 되어라."

고연은 흠칫했고 중년인은 실소를 흘렸다.

'허헛, 그럴 줄 알았다.'

고연이 소가한의 종이 된다면 그것은 차라리 죽는 게 훨씬 나을 정도로 고통스러운 일이 될 것이다. 소가한은 종이 된 고연을 갖은 방법으로 괴롭힐 게 뻔했으므로.

"그러겠소."

잠시 후 고연은 고개를 끄덕였다.

소가한과 중년인은 동시에 가볍게 놀랐다. 고연이 자신에게 불리하기 짝이 없는 내기를 섭시리 수락하지 않을 거라고 생각한 때문이었다.

"흥! 만약 도망치다가 숙부에게 걸리면 그 즉시 처참하게 죽고 말 거다!"

소가한이 차갑게 냉소하며 고연을 협박했다. 그녀는 고연이 어떻게든 지금의 상황을 모면해 보려고 잔꾀를 부리는 것일지도 모른다고 생각했다.

그녀의 내심 따윈 아랑곳하지 않고 고연이 중년인에게 조용히 물었다.

"내가 이기면 어쩌겠소?"

그러자 소가한은 어이없다는 표정을 지었다.

그녀는 고연이 이긴다는 것은 손톱만큼도 생각하지 않았다. 그랬기에 당연히 그에게 조건 따위가 있을 리 없다고 여겼다. 고연이 중년인을 이긴다는 것은 하늘의 별을 따는 것이나 같았고 계란으로 바위를 치는 것이나 다름없었으므로.

"설마 이 내기의 조건이라는 것은 내가 패할 경우에만 적용되는 것이오?"

'배짱까지 두둑한 놈이로군.'

중년인은 시간이 흐를수록 고연에게 조금씩 매료되고 있었다. 그는 가볍게 고개를 끄덕였다.

"그렇군. 내기란 공평해야지. 너의 조건은 무엇이냐?"

"낭자를 내 종으로 삼겠소."

고연은 소가한을 보며 태연하게 말했다.

순간 소가한은 자신의 귀를 의심하는 것 같은 표정을 지었다. 그녀는 잔뜩 어이없는 얼굴로 고연을 바라보았다.

"헛헛헛!"

중년인이 너털웃음을 터뜨렸다.

"왜 웃어요, 숙부?"

소가한이 중년인을 하얗게 흘겼지만 그는 쉽사리 웃음을 멈출 수가 없었다.

그러나 중년인은 곧 마음이 냉정해졌다. 그는 자신이 고연에게 베풀던 자비를 이쯤에서 약간은 거두어야겠다고 결정했다.

"아홉 달 후의 싸움에서 난 검을 사용하게 될 것이다."

중년인의 음성은 여전히 조용했는데 여태까지와는 달리 다소 냉정함이 묻어 있었다.

"좋도록 하시오."

고연은 그 정도는 예상하고 있었다. 검을 지니고 있으니 검을 사용하는 것은 당연했다.

"좋아, 네놈이 이긴다면 나는 기꺼이 네놈의 종이 돼서 발바닥이라도 핥아주마! 하지만 그 따위 어이없는 기적은 절대 일어나지 않을 거야! 깔깔깔깔!"

소가한은 말을 마치고 낭랑한 교소를 터뜨렸다. 웃으면서 그녀는 어서 빨리 아홉 달이 지나가기를 고대했다. 그래서 저 건방지고 버릇없으며 파렴치한 놈을 종으로 삼아 개처럼 네 발로 기게 한 후 개처럼 엉덩이를 흔들며 멍멍 짖으라는 명령을 내리겠노라고 내심 곱씹어 다짐했다.

사실 고연은 소가한을 종으로 삼고 싶은 생각은 전혀 없었다. 다만 그녀가 고연을 종으로 삼겠다고 하자 오기가 발동해서 똑같은 조건을 제시한 것뿐이었다.

문제는 아홉 달 후에 그녀를 종으로 삼는 게 아니라 어떻게든 중년인을 이겨야 한다는 사실이었다.

"너는 그만 가보거라."

고연은 중년인의 말이 채 끝나기도 전에 이미 냇물을 건너고 있었다.

소가한과 중년인, 그리고 세 명의 고구려군은 숲 속으로 사라져 가는 고연을 묵묵히 주시했는데 그들은 제각기 다른 생각을 하고 있었다.

"저놈 목에 쇠사슬을 묶어서 개처럼 끌고 다닐 거야!"

소가한이 좀 더 멀어진 고연을 보며 입술을 깨물면서 독하게 말했다.

"너희들 목숨도 아홉 달 동안 살려두기로 하겠다!"

그녀는 고개 숙이고 있는 세 명의 고구려군에게 야멸차게 내뱉었다.

'설마 천풍보법은 아니겠지.'

중년인은 이미 고연이 사라지고 없는 숲을 주시하면서 오래전에 중원을 피로 물들였던 동방(東方)에서 온 한 명의 기인을 떠올렸다.

第十二章　극기(克己)　■

극기(克己)

아란타는 집으로 들어서다가 고연이 방바닥에 앉아서 운기하고 있는 것을 발견하고는 안도의 한숨을 내쉬었다.

그는 갑자기 사라진 고연을 찾느라 온 산을 헤매다가 결국 찾지 못하고 온통 걱정에 휩싸여서 힘없이 돌아오는 길이었다.

그는 고연을 조심스럽게 살펴봤지만 별다른 이상은 찾지 못했다. 이윽고 그는 소리를 내지 않고 조심스럽게 저녁 식사를 준비하기 시작했다.

모닥불에 얹어놓은 달구어진 편편한 돌 위에서 먹기에 알맞게 잘라진 멧돼지고기가 적당하게 익기 시작할 때 고연은 운기에서 깨어났다.

아란타는 잘 익은 고기 한 점을 그릇처럼 사용하고 있는 얇고 편편한 돌에 얹어서 공손히 고연에게 내밀었다.

아란타는 아무것도 묻지 않았다. 그는 원래 말이 없는 성격이었는데 고연에겐 더욱 말을 삼갔다.

고연이 말 많은 것을 싫어하기 때문이었다. 고연 또한 꼭 필요한 말 외에는 하지 않았다. 그랬기에 별로 말하기를 즐겨하지 않는 두 사람은 어떨 때는 한 달 가까이나 한마디 말도 하지 않고 지낸 적이 있을 정도였다.

고연은 고기를 내려놓고 조용히 입을 열었다.

"일이 있었네."

아란타는 조용히 귀를 기울였다. 고연이 일단 말을 할 때에는 매우 중요한 일이 분명했다.

고연은 오늘 폭포 아래 소에서 벌어진 일에 대해서 아란타에게 조금도 숨기지 않고 모두 설명했다.

고연이 태어났을 때 아란타는 이미 열 살이었고 그의 누이동생 수인타는 세 살이었으므로 고연은 거의 그들 남매의 손에 의해서 키워졌다고 해도 지나친 말이 아니었다. 그랬기에 두 사람은 형제처럼 자라면서 티끌만한 비밀도 없었다.

고연이 소가한이라는 소녀에게 추호도 음심이 없었기 때문에 그는 그녀의 알몸을 만졌고 그녀를 살리느라 입맞춤과 가슴을 만졌던 일조차도 숨김없이 말했다. 그리고 듣고 있는 아란타 역시 있는 그대로만 받아들였다.

아란타는 묵묵히 끝까지 다 듣고 나서도 아무 말이 없었다.

"내가 쓸데없는 짓을 한 건가?"

고연은 대답을 원하지 않는 물음을 혼잣말로 중얼거렸다.

"아닙니다. 잘하셨습니다."

아란타는 일단 말을 꺼내면 절대 거짓말을 하지 않았고 속에 있는 말을 돌려서 말하거나 감추지도 않았다.

"종주께서 말씀하신 그 중년인은 고수인 것 같군요."

"응, 검을 사용하지 않았는데도 날 어린아이처럼 가지고 놀았지. 마지막 순간에 그가 방심하지만 않았더라도 나는 한차례도 그를 때리지 못했을 거야."

"그자는 실력이 있었는데도 왜 종주를 죽이지 않은 것입니까?"

"그걸 모르겠어. 하나 특별한 이유는 없는 것 같더군."

"종주의 신분을 아는 것 같았습니까?"

"아니, 전혀."

일단 말문이 열리자 아란타는 중요하고 핵심적인 것들만 질문했다.

고연은 알 수 없다는 듯 중얼거렸다.

"내가 궁금한 것은 왜 서돌궐인들이 이곳에 있느냐는 거야."

아란타는 뭔가 생각하는 듯한 표정으로 물었다.

"사람들이 그 소녀를 소가한이라 불렀다고 하셨는데 그게 무슨 뜻입니까?"

고연은 조용히 설명했다.

"돌궐은 원래 철륵(鐵勒:바이칼 호 근처에 살던 투르크 족) 중 한 부족이었는데 나중에 유연(柔然:몽골 지역의 고대 유목 민족이며 동돌궐의 전신)으로 합쳐졌다가 그후 아사나씨족(阿史那氏族) 토문(土門:족장)이 철륵과 유연을 모두 무찔러 선제를 통합하여 돌궐의 이리가한(伊利可汗)이라고 불리우게 됐었지."

태학에서는 타 민족에 대해서도 가르쳤다.

고구려는 고구려와 뿌리가 같은 신라, 백제, 말갈, 거란을 제외한 모든 나라와 족속을 적으로 간주했고 그들과 언제 어느 때 전쟁을 하게 될지 모르기 때문에 그들에 대해서 상상을 초월할 정도로 상세하게 가르쳤다.

"돌궐은 그 다음 대인 목간가한(木杆可汗)에 이르러서 압달(押達:에프탈. 투르키스탄과 아프카니스탄을 통일한 국가)을 점령하고 동쪽으로는 고구려 북부 지역, 남쪽으로는 수나라 북부 전역, 서쪽으로는 대식국(大食國:

아라비아)에 이르는 엄청난 영토를 지배하게 됐어."

고기가 타고 있었지만 아란타는 듣기에만 열중했다.

"그러나 지금으로부터 백여 년 전에 돌궐 종족 간에 충돌이 생겨서 내전(內戰)으로 이어졌고 그 결과 동돌궐(東突厥:몽골족)은 동쪽 영토를, 서돌궐은 서쪽 영토를 각각 나누어 차지하게 됐지."

"서돌궐은 이곳에서 수만 리나 떨어져 있지 않습니까?"

"음, 백여 년 전에는 동돌궐과 서돌궐의 영토가 비슷한 크기였지만 그 후에 계속된 전쟁에서 서돌궐은 동돌궐에게 영토의 대부분을 뺏기고 발율국(勃律國:발티스탄(Baltistan)지금의 카슈미르 지역)이라는 나라로 근근히 명맥을 유지하게 되었지."

"발율국이 서돌궐의 나라였군요."

아란타는 처음 알게 됐다는 표정을 지었다.

고연은 뭔가 생각하는 듯한 얼굴로 중얼거렸다.

"소가한은 돌궐의 왕인 가한(可汗)의 딸을 가리키는 걸세. 그러니까 그녀는 서돌궐의 공주인 셈이지. 소가한이 이곳에 있다면 가한도 함께 있을 가능성이 크군."

"발율국의 왕이 말입니까?"

아란타는 적잖이 놀랐다.

"왕이 이곳에 있다면 도대체……."

"아무래도 발율국에 무슨 일이 생긴 것 같군."

고연은 그 말을 끝으로 입을 다물었다. 그리고 그는 그때부터 앞으로 아홉 달 동안 어떤 방법으로 무공을 수련할 것인가에 대해서 고심하기 시작했다.

아홉 달은 그리 길지 않은 시일이다.

고연은 현재 자신의 실력이 중년인에 비해서 십분의 일 수준이라고 냉

철하게 자평했다. 여하히 아홉 달 만에 나머지 십분의 구를 이루는가? 불가능했다.

고연이 십분의 일을 터득하는 데에 반년이 걸렸으니 이론상으로 전체 십(十)을 완성하려면 사 년 하고도 반년이 더 소요된다. 하나 약속된 기일은 아홉 달 후다.

결코 평범한 수련 방법으로는 십을 완성할 수 없을 터였다.

'굳이 십을 이룰 필요는 없지 않은가?'

그리고 고연의 생각이 거기에 미쳤다.

'목표는 그를 이기는 것이다. 십을 이루지 않고도 그를 이길 수 있는 방법이 있다면 그걸 찾아내야 한다!'

그때부터 고연은 자지도 먹지도 않으며 끝없는 상념에 빠져들었다.

아란타는 하루 종일 고연을 보지 못했다.

고연은 동이 트기도 전에 집을 나가서 땅거미가 지고 있는 지금껏 돌아오지 않고 있었다.

그러나 아란타는 고연을 찾으러 돌아다니지 않았다. 대신 집 안에서 고연을 기다리며 천원심법을 운기하거나 수련장에서 천풍권을 수련했다.

현재의 아란타는 수십 명의 건장한 사내를 일각 안에 맨손으로 모조리 때려눕힐 수 있을 정도의 무술 실력을 보유하고 있었다. 그는 과거 고구려군 누초 시절보다 열 배 이상 강해졌고 나날이 강해지고 있는 자신을 생생하게 느끼는 중이었다.

그는 장백파의 문하 제자가 된 것을 더할 수 없는 영광으로 여겼고 하늘처럼 모셔왔던 고연을 장백파의 종주로 모시게 된 것을 더욱 큰 영광으로 여겼다.

장백파의 문하 제자로서 한 점 부끄러움이 없도록 그는 고연이 가르치는 것에 각고의 노력을 쏟았다.

아란타가 운기에서 깨어난 것은 자시에서 일각쯤 지난 시각이었는데 온몸에서 힘이 넘쳤고 몸이 날아갈 듯이 가벼웠다.

덜컥!

그가 크게 심호흡을 할 때 통나무 문이 열리고 몹시 지친 듯한 고연이 들어섰다.

고연은 모닥불 가에 털썩 주저앉더니 그대로 운기에 들어갔다.

아란타는 식사 준비를 마치고 고연의 맞은편에 앉아서 그가 깨어나길 묵묵히 기다렸다.

고연이 하루 종일 무얼 했는지 아란타로썬 알지 못했다. 다만 상상조차 못할 수련을 준비하고 있을 거라고 막연히 짐작만 할 뿐이었다.

슉!

운기에서 깨어난 고연이 두 개의 커다란 고깃덩이를 깨끗하게 먹어치우자 아란타는 묵묵히 돌 그릇을 내밀었다. 편편한 돌 그릇에는 얇게 자른 여러 종류의 약초 뿌리가 수북이 담겨 있었다.

"말린 산딸기 가루에 좀 버무려 봤습니다. 입맛에 맞으시려는지……."

아란타는 묻지도 않은 말을 조심스럽게 하며 돌 접시의 약초를 먹고 있는 고연의 얼굴을 살폈다.

아란타는 고연이 약초를 깨끗이 비우고 침상에 눕는 것을 보며 보일 듯 말 듯 안도의 한숨을 토해냈다.

다음날 새벽에 침상에서 눈을 뜬 아란타는 가볍게 놀랐다. 아란타의 머리맡에 고연이 우뚝 서서 그를 묵묵히 굽어보고 있기 때문이었다.

고연의 눈은 깊숙이 가라앉았는데 어떤 무언의 뜻을 담고 있었다. 아란타는 그의 눈빛이 무엇을 말하는지 즉시 알아차렸다.

하지만 아란타는 모르는 체하고 침상에서 내려와 고연에게 공손히 허리를 굽혀 인사하고는 아침 식사로 먹을 고기와 약초 뿌리 따위를 서둘러 준비하기 시작했다.

아란타는 식사를 준비하는 내내 기분이 좋았다. 하늘 같은 종주를 멋지게 속여넘긴 때문이었다.

사실 그는 전에 고연이 주었던 천보단을 복용하지 않고 줄곧 간직하고 있었다.

천보단에 십 년의 내공이 담겨 있다는 고연의 말을 듣는 순간 그것은 하찮은 자신이 먹어치울 게 아니라 언젠가는 반드시 따로 중요하게 쓰일 곳이 있을 것이라고 내심 생각하고 있던 아란타였다.

그리고 그 시기가 바로 지금이라고 판단한 아란타는 지난밤에 천보단을 으깬 가루에 버무린 약초 뿌리를 시침 뚝 떼고 고연에게 주었는데 그는 전혀 눈치 채지 못하고 깨끗이 먹어치웠던 것이다.

아란타는 고연이 약초 뿌리의 맛이 이상하다고 느낄까 봐 산딸기 가루로 버무렸냐고 거짓말을 했는데 사실은 천보단 가루였다.

고연은 늘 새벽에 눈을 뜨면 침상에 앉아서 천원심법을 운기하는 것으로 하루 일과를 시작했다. 그런데 오늘 새벽은 몹시 이상했다.

운기를 하는데 어제까지만 해도 느끼지 못했던 거센 기운이 체내에서 마구 용솟음쳤다.

그는 너무 놀라서 하마터면 입마(入魔)에 들 뻔했다. 운기 중에 심적으로 큰 충격을 받게 되면 기혈이 흩어지며 각 경락에 치명적인 손상을 입게 되는데 그것을 입마라고 한다.

입마를 제대로 다스리지 못하거나 외부로부터 충격을 받게 되면 주화(走火)에 걸리는데 이런 현상들을 주화입마(走火入魔)라 하고 주화입마에 들게 되면 폐인이 되거나 심하면 칠공에서 피를 흘리며 즉사하게 된다.

하나 아란타는 아직 주화입마가 뭔지 모른다. 그는 오직 고연에게 천보단을 복용시켜서 내공이 증진되어 아홉 달 후에 있을 중년인과의 싸움에서 승리하기만을 고대할 뿐이었다.

영특한 고연은 단번에 어떻게 된 일인지 간파했다. 그는 지난밤에 너무 피곤해서 세심히 신경 쓰지 못하고 아란타가 주는 대로 천보단 가루에 버무린 약초 뿌리를 먹은 자신을 자책했지만 이미 때는 늦은 후였다.

아란타의 바람대로 고연은 순식간에 십 년 내공을 보태어 이십 년의 내공을 지니게 되었다.

그러나 고연의 마음은 내내 편치 않았다. 아란타는 아침 식사를 준비하는 동안 고연의 따가운 시선을 느껴야 했지만 짐짓 모른 체했다. 아란타는 오정산에 들어온 이래 가장 행복한 하루를 시작했다.

아침 식사를 마친 고연과 아란타는 바느질을 시작해서 해가 중천에 떴을 때에야 끝마쳤다.

두 사람 앞에는 자신의 몸에 맞게 만들어진 각각 한 벌씩의 이상한 모양의 옷이 놓여 있었다.

그것은 튼튼하고 질긴 곰 가죽으로 만들어졌는데 두 겹이었고 상의와 하의가 통으로 붙었으며 가슴과 등, 옆구리, 양쪽 허벅지와 종아리에 각각 커다란 주머니가 달려 있는 이상한 모양이었다.

두 사람은 그 이상한 옷을 입었다. 상의와 하의가 붙었기 때문에 머리 쪽의 구멍으로 발을 집어넣은 후 옷을 끌어 올려 입고 양쪽 어깨에 달린 가죽 끈을 묶었다.

아란타는 집을 나가 냇가로 향하는 고연을 묵묵히 따랐다.

고연은 냇가에 지천으로 깔려 있는 조약돌을 집어 들어 아란타가 입고 있는 옷의 가슴 주머니에 담기 시작했다.

절그럭! 절걱!

고연이 아란타의 가슴 주머니에 조약돌을 집어넣자 조약돌이 배꼽에 닿을 정도로 주머니는 깊었다.

수십 개의 조약돌을 넣어 아란타의 배가 임산부처럼 커지고 주머니가 터질 지경에 이르렀을 때 고연은 돌 넣기를 멈추고 주머니 입구를 끈으로 단단히 묶었다.

앞주머니에 넣은 조약돌의 무게는 족히 오십 근(斤:한 근은 600g)은 나갈 듯했다. 아란타는 묵직함을 느꼈으나 얼굴에는 전혀 드러내지 않았다.

고연은 아란타의 등 주머니에도 오십여 근 무게의 조약돌을 쑤셔 넣었고 그 다음에는 양쪽 허벅지 바깥쪽의 두 개의 주머니와 종아리의 주머니에도 조약돌을 가득 담았다.

돌 넣기를 모두 마쳤을 때 아란타의 온몸에 있는 주머니에 담긴 조약돌의 무게는 무려 백칠십 근에 이르렀는데 그것은 건장한 사내 두 사람을 합친 무게와 맞먹는 것이었다.

찌는 듯한 폭염의 한여름 더위에 백칠십 근을 몸에 매단 아란타는 소나기처럼 땀을 쏟고 있었지만 그래도 견딜 만했는지 묵묵히 고연의 주머니에 조약돌을 담았다.

"꾹꾹 눌러 담게."

고연의 주머니를 좀 헐겁게 채우려던 아란타는 고연의 조용한 말에 찔끔해서 주머니마다 조약돌을 가득 채웠다.

각각 백칠십 근의 조약돌을 주머니에 담은 고연과 아란타는 이윽고 숲길을 걸어갔다.

고연은 별로 힘든 기색 없이 걸었는데 뒤따르는 아란타는 점점 뒤처지더니 끝내는 멈춰 서고 말았다.

고연이 뒤돌아보자 아란타는 십여 장쯤 뒤처져서 힘겹게 나무에 기대어 있었다.

"주봉 북벽(北壁)을 오를 거야."

고연은 그렇게 말한 후 뒤도 돌아보지 않고 걸어갔다.

'맙소사……!'

설마 거기까지는 생각하지 못한 아란타였다. 그는 고연의 모습이 시야에서 사라지기도 전에 다리에 힘이 풀려서 그대로 주저앉고 말았다.

'주봉을 오르다니…….'

아란타는 나무에 기대어 주저앉은 채 저 멀리 숲 한복판에 우뚝 솟아 있는 오정산의 주봉을 망연자실해서 쳐다보았다.

주봉은 몇 겹이나 되는 구름을 뚫고 솟아 있었기 때문에 꼭대기가 보이지 않을 정도로 까마득히 높았다.

아란타는 고연이 어제 주봉 꼭대기까지 오르느라 늦게 돌아왔다는 것을 그제야 깨달았다. 그는 주봉을 쳐다보는 중에 기가 질려서 더욱 힘이 빠졌으며 그후로는 좀처럼 일어날 수가 없었다.

고연은 여러 겹의 칡덩굴을 꼬아 족히 오십 근은 넘을 바위 하나를 칭칭 묶어 등에 메고 오정산 주봉의 북벽을 오르고 있었다. 그는 도합 이백 이십여 근의 돌 무게를 지고 오르는 것이다.

그는 뜻하지 않게도 아란타가 몰래 천보단을 먹이는 바람에 십 년의 내공을 더 보태어 이십 년 내공이 되었기 때문에 원래 계획했던 돌 무게에 오십 근의 무게를 더 추가했다.

어제 고연은 맨 몸으로 일곱 시진 정도 걸려서 주봉의 정상까지 올랐었다. 그의 대략적인 계산으로 주봉의 높이는 오천 척(약 1,650m)가량이었다.

고연이 무거운 돌을 지니고 주봉을 오르는 데에는 두 가지 목적이 있었다.

근력과 경쾌함을 키우는 것이었다. 그는 오랜 고심 끝에 이 두 가지가 자신에게 가장 필요한 것이라고 판단했다.

그에겐 스승이 없다. 장백천급이 교본이며 본능과 끝없는 실패에서 얻어지는 경험이 스승인 셈이었다.

그는 중년인과의 싸움을 곰곰이 되새기며 분석해 보았었다. 그 결과 자신에게 근력과 경쾌함이 절실하게 필요하다는 사실을 깨달았다.

근력은 그가 천원심법을 운기행공하여 단전에 형성하는 내공과는 또 다른 성질인 외적 힘이다.

내공이 심후해지면 단전에 내단이 형성되기 마련이다.

내단술(內丹術)은 약물(藥物), 화로(火爐), 화후(火候)를 흡기(吸氣), 내시(內視), 존상(存想), 태식(胎息) 등의 방법을 운용하여 체내에서 대소주천(大小周天)의 진기 운행하는 것을 말하는데 이것은 천원심법의 기초 단계이다.

흡기는 토납법으로 기를 흡입하는 것이고 내시는 눈을 감고 몸 안을 두루 살피는 것이다.

존상은 내시를 하면서 신(神)을 수련하는 것이고 태식은 기를 단련하여 심후한 단계에 이르면 신이 기 속으로 들어가 하나가 되고 호흡이 있는 듯 없는 듯하며 기경팔맥이 모두 통하고 전신이 편안해져서 마치 태아가 어머니의 자궁 속에서 외호흡(外呼吸)이 없는 상태로 내기(內氣)만으로 호흡하는 것을 말한다.

천원심법은 크게 다섯 단계로 나누어지는데 그 첫 번째가 축기(築基)이다.

축기는 체내의 모든 기능을 정점(頂點)으로 회복하여 정(精), 기(氣),

신(神)을 단련하는 방법인데 고연은 현재 이 단계를 수련 중이다. 두 번째가 연정화기(煉精化氣)이며 이는 정(精)을 단련시켜서 기로 변환하는 단계이다.

세 번째는 연기화신(煉氣化神)으로 두 번째 연정화기의 기초 위에서 기와 신(神)을 함께 단련하여 기를 신 속에 귀일(歸一)시켜 하나로 만드는 단계이며 네 번째는 연신환허(煉神還虛)로써 신을 단련하여 허공, 즉 무(無)로 돌아가는 단계이다.

마지막 다섯 번째가 연허합도(煉虛合道)인데 허공을 단련하여 무와 도가 합쳐지는 극상의 단계이다.

이 다섯 단계를 완벽하게 익히면 내공으로써는 더 이상 오를 수 없는 경지인 화경(化境)에 이르게 되는데 이는 모든 무인이 동경하는 꿈의 경지이다.

근력은 오직 외부적인 수련으로만 얻어진다. 고연은 자신의 내공이 중년인에게 현저히 못미친다고 판단했다.

그래서 근력을 최대한 키워 일권을 발경(發勁)하는 순간에 내공과 근력을 동시에 뿜어내면 모자란 내공을 보충할 수 있다고 나름대로 계산했다.

상대가 내 공격을 피한다는 것은 내 공격이 상대에게 읽혀지고 있다는 뜻이다.

그러므로 내가 공격을 시도하거나 공격이 진행되는 동안에 상대는 공격의 의도와 방향을 간파하여 즉시 방어, 혹은 반격을 시도하게 되는 것이다.

고연은 그걸 파훼하기 위해서는 공격의 속도가 엄청 빠르거나 비록 상대가 읽었다 하더라도 미처 방어하지 못할 만큼 짧은 거리로 다가들어서 공격하는 두 가지 방법뿐이라는 결론을 얻었다.

그것이 발경의 최소 범위인 이른바 촌경(寸勁), 혹은 분경(分勁)인데 고연은 그것을 가르치는 사람이 없어도 스스로 체득해 내기에 이르렀다.

촌경은 말 그대로 한 뼘도 안 되는 거리에서 권을 뻗어내는 것이고 분경은 상대와의 거리가 공(空)일 때, 즉 주먹을 상대의 몸에 대고 내공을 뿜어내는 것이다.

중년인에게 나의 공격을 추호도 읽히지 않고 가장 빠르고 가장 가깝게 접근하여 일격을 가하는 것, 그리고 그 일격에는 엄청난 힘이 실려 있어야 하며 그것에 격중당한 중년인이 결코 반격하지 못하게 되는 것은 물론이다.

이어서 두 번째 공격이 반드시 중년인을 주저앉혀야 한다. 다시는 일어서지 못하도록.

그것이 고연의 계획이었다. 그러기 위해선 그에게 최고도의 근력과 경쾌함이 필요했다.

꿍!

십여 장쯤 오르던 고연은 잡고 있던 돌부리가 암벽에서 쑥 빠지는 바람에 그대로 봉우리 아래 땅으로 떨어지고 말았다.

그는 등에 바윗덩이를 메고 있었기 때문에 바위가 먼저 땅에 닿으면서 동시에 등뼈가 온통 부서지는 거센 충격을 받았다. 예전의 고연이었다면 그것대로 즉사하고 말았을 것이다.

고연은 반 시진가량 혼절해 있다가 겨우 깨어났는데 온몸이 조각나는 듯한 고통이 엄습했다. 그러나 그는 눈을 뜨자마자 버둥거리며 다시 봉우리를 기어오르기 시작했다.

그가 주봉의 북벽을 선택한 것은 그곳이 가장 가파르고 험한 때문이었다 북벽은 거의 수직에 가까웠고 거울처럼 매끄러워서 붙잡고 디딜 만한 곳이 거의 없었다.

수련이 혹독하면 혹독할수록, 위험하면 위험할수록 그걸 끝까지 견뎌
내고 마쳤을 때 얻어지는 성과가 더 값지다는 것을 고연은 그동안의 경
험을 통해서 잘 알게 되었다.

십 장, 이십 장, 삼십 장······.

오십 장 높이에 이르렀을 때 그는 잡고 있던 바위 모서리를 놓치고 말
았다. 그의 두 손은 나뭇잎을 쥘 만한 악력조차 남아 있지 않을 정도로
힘이 빠져 있었다.

파바바박!

고연은 추락하는 중에 다급히 열 손가락을 갈고리처럼 세워서 암벽을
긁듯이 훑었다.

이대로 오십 장 높이에서 추락한다면 죽을 수밖에 없다는 생각이 뇌리
를 스쳤기에 열 손가락을 꼿꼿하게 세워서 암벽을 긁으며 추락했다. 손
톱이 부러지고 빠지며 피가 튀었다.

찰나의 만분의 일의 순간, 그의 오른손이 하나의 바위틈을 감지했다.
고연은 본능적으로 그 틈에 손가락을 쑤셔 박았다. 그로써 추락하던 그
의 몸이 겨우 정지했다.

우두둑!

하나 떨어지던 무게를 오른팔 하나로 고스란히 감당했기 때문에 팔꿈
치와 어깨뼈가 그대로 빠져 버렸다.

그는 오른팔을 쭉 뻗어서 검지와 중지로 바위틈의 모서리를 간신히 잡
은 채 매달려 있는 형국이었다. 팔이 덜덜 떨렸고 손가락은 아예 감각조차
없었다. 온몸에서 폭포처럼 땀이 쏟아졌고 악다문 턱이 와들와들 떨렸다.

뼈가 탈골되었기에 힘을 줄 수도 통증이 느껴지지도 않았고 전혀 남의
팔 같았다.

"유화······."

얼마나 매달려 있었을까. 고연의 입이 벌어지고 흐느낌 같은 중얼거림이 알아듣기 어렵게 흘러나왔다. 그는 더 이상 버틸 힘이 없었다.

그런 상황에서 두 손가락의 힘만으로 자신의 몸무게와 이백이십 근의 돌 무게를 합친 삼백사십 근의 무게를 끌어 올려야 한다는 것은 불가능했다.

그는 마지막 한 올의 힘마저도 완전히 소진한 상태였다. 지금 그에게 필요한 것은 기적뿐이었다.

"유화!"

고연은 갑자기 피를 토하듯 처절한 외침을 터뜨렸다.

아니, 그것은 차라리 절규였다. 그리고 그 다음 순간 그는 믿을 수 없게도 탈골된 팔의 순전히 두 손가락의 힘만으로 삼백사십 근을 끌어 올리고 있었다. 실로 불가사의한 일이었다.

"흐으으! 호옥! 흑!"

고연은 헐떡이면서 두 눈에서 용광로 같은 불꽃을 뿜으며 다시금 아주 느리게 암벽을 기어오르기 시작했다.

열 손가락은 보소리 뭉그러져서 피가 칠칠 흘렀다. 이디에서 그런 힘이 솟았을까? 고연은 악귀처럼 처절한 모습으로 꿈틀꿈틀 오르고 또 올랐다.

그의 뇌리를 커다란 종소리처럼 울리는 음성이 있었다.

'포기하지 마세요, 내 사랑.'

밤이었다.

"헉헉헉!"

고연은 암벽이 안쪽으로 약간 움푹 들어간 곳에 엎드린 채 거친 숨을 몰아쉬었다.

그는 자신이 얼마쯤 올라왔고 위로 얼마나 남았는지도 알지 못했다.
지금은 그저 숨 쉬는 것조차 힘겨운 상태였다.

"허억! 헉헉헉!"

얼마나 시간이 흘렀을까? 이윽고 거칠던 호흡이 잦아졌다. 하나 그것
뿐 손가락 하나 까딱할 힘이 없는 것은 여전했다.

고연은 아주 힘겹게 일각이나 걸려서 몸을 일으켜 앉았다. 이어서 어
두워서 보이지 않는 암벽 아래를 굽어보았다.

아란타는 어찌 됐을까? 이렇게 힘들 줄 알았으면 그에겐 이번 수련을
시키지 말았어야 했다는 후회가 밀려들었고 어쩌면 이번 일로 아란타를
잃을지도 모른다는 불안감이 엄습했다.

'아란타! 포기해라! 올라오지 마라!'

고연은 아래를 향해 외쳤으나 그것은 소리가 되어 입 밖으로 터져 나
오지 못하고 목 안에서만 맴돌았다.

고연은 착잡한 마음으로 오른팔의 탈골된 팔꿈치와 어깨뼈를 맞춰 넣
은 후 운기에 들어갔다. 그리고 그가 운기에서 깨어난 것은 동이 틀 무렵
이었다.

"허억! 헉헉헉헉!"

고연은 주봉을 오르기 시작하여 네 번째 여명을 맞이하기 직전에 마침
내 주봉 정상에 올랐다. 사흘 반나절 만에 성공한 것이다.

그는 암벽 꼭대기 낭떠러지 가장자리에 엎드려서 일각 동안 거친 숨만
몰아쉬며 일어나지 못했다.

한참이 지나서야 고연은 후들후들 떨리는 다리로 땅을 딛고 간신히 일
어섰다. 그리고 천천히 주위를 둘러보았다.

주봉의 정상은 폭이 삼백여 장가량의 꽤 넓은 원형의 평지였는데 정상

의 둘레 가장자리를 제외하곤 전체가 울창한 대나무 숲이었다. 그것도 먹처럼 검은 오죽(烏竹)의 숲이었다.

고연은 당장이라도 메고 있는 바윗덩이와 주머니의 조약돌을 모두 쏟아내고 싶은 마음이 간절했으나 꾹 눌러 참았다.

아직 해가 떠오르지 않은 여명 속에서 그는 정상의 가장자리를 따라 반대편으로 느릿하게 걸어갔다.

그가 정상의 동쪽 절벽 위에 도달했을 때 아득히 먼 산 끝에서 태양이 떠오르기 시작했다.

이글거리는 불덩이가 산 위로 서서히 시뻘건 웅자를 드러냈다. 거기에 유화의 모습이 겹쳐졌다.

고연은 여태까지의 힘겨움을 떨치고 이내 벅찬 마음이 되어 내심으로 중얼거렸다.

'나 고연은 저 태양을 닮을 것입니다, 유화.'

그는 떠오르는 태양의 기운을 받으려는 듯 그 자리에 앉아서 운기에 들어갔다.

〈제1권 끝〉

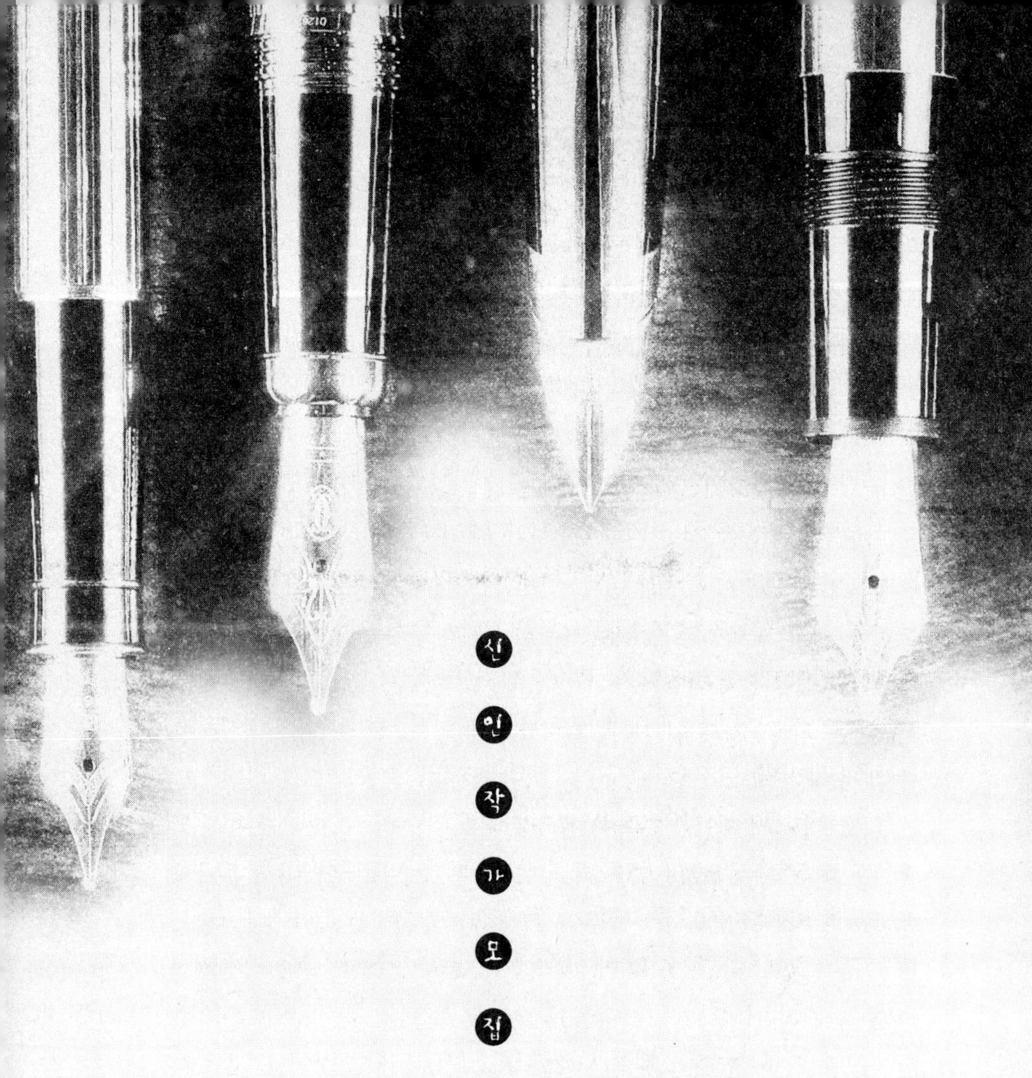
신
인
작
가
모
집

시작이 반이라고 했습니다.
작가의 길에 대한 보이지 않는 벽을 과감히 깨뜨리십시오!
청어람은 작가 지망생 여러분들의
멋진 방향타가 되어드리겠습니다.

저희 도서출판 청어람에서는
소설 신인 작가분들을 모집합니다.
판타지와 무협을 사랑하시는 분들의 많은 참여를 바랍니다.
소정의 원고(A4용지 150매)를 메일이나 우편으로 보내주시면
검토 후 출판 여부를 알려드리겠습니다.

주소:경기도 부천시 원미구 심곡1동 350-1 남성B/D 3F 우편번호420-011
TEL:032-656-4452 · FAX:032-656-4453
http://www.chungeoram.com
e-mail:chungeoram@chungeoram.com